o que te faça feliz

William Sutcliffe

o que te faça feliz

Tradução de
ANA BAN

EDITORA RECORD
RIO DE JANEIRO • SÃO PAULO
2009

CIP-Brasil. Catalogação-na-fonte
Sindicato Nacional dos Editores de Livros, RJ

Sutcliffe, William, 1971-
S966q O que te faça feliz / William Sutcliffe; tradução de Ana Ban.
– Rio de Janeiro: Record, 2009.

Tradução de: Whatever makes you happy
ISBN 978-85-01-08138-4

1. Mãe e filho – Ficção. 2. Romance inglês. I. Ban, Ana. II Título.

CDD – 823
09-2095 CDU – 821.111-3

Título original em inglês:
WHATEVER MAKES YOU HAPPY

Publicado pela primeira vez na Grã-Bretanha pela Bloomsbury em 2007

Editoração eletrônica: Ô de Casa

Texto revisado segundo o Novo Acordo Ortográfico da Língua Portuguesa

---

Impresso no Brasil

ISBN 978-85-01-08138-4

PEDIDOS PELO REEMBOLSO POSTAL
Caixa Postal 23.052
Rio de Janeiro, RJ – 20922-970

CÓPIA NÃO AUTORIZADA É CRIME
ABDR
ASSOCIAÇÃO BRASILEIRA DE DIREITOS REPROGRÁFICOS
RESPEITE O DIREITO AUTORAL
EDITORA AFILIADA

Para Maggie e Saul

Uma criança saiu de dentro de mim. Não dá para entender nem tentar explicar. Só posso dizer que a minha vida pregressa se tornou alheia a mim. Só posso dizer que virei presa, para o resto da vida, de cada mínima coisa.

Anne Enright

Minha mãe… Ela não está muito bem hoje.

Norman Bates

Carol e Matt

Sete lasanhas congeladas

— O que aconteceu?

— Eu só quis dar uma passada aqui para dar um oi.

Matt olhava fixo para a mãe, estarrecido. Não conseguia imaginar o que a tinha feito aparecer ali, na porta do apartamento dele, em uma noite no meio da semana, sem ter sido convidada, sem nem mesmo ter avisado. Esse comportamento não tinha precedentes, e ele logo ficou achando que alguma coisa tinha ocorrido, algo horrível demais para ser dito pelo telefone: algum acontecimento que precisava ser discutido em voz baixa, sentado e bebendo um chá quente e doce. No mínimo, alguém devia ter morrido.

— Qual é o problema? — ele perguntou.

— Não tem problema nenhum.

— Todo mundo está bem?

— Todo mundo está ótimo — ela respondeu.

Ficaram se olhando na soleira da porta, os dois sem saber o que fazer, como alpinistas que de repente se dão conta de que estão perdidos.

— Você não vai me convidar para entrar? — Carol acabou perguntando.

— Claro, claro — Matt respondeu. — Entre, vou fazer um chá. Desculpe, estou um pouco surpreso de ver você aqui. Tem certeza de que está bem?

— Tenho, sim. Estou ótima.

Ao ouvir a mãe proferir essas palavras naquele tom agudo e ríspido só dela, ele retornou vinte anos no passado, até a adolescência, quando a palavra "ótima" era usada como uma das principais armas do arsenal emocional da mãe. Essa palavra tinha uma variedade imensa de significados, dependendo de diversas nuances de tons sutis, como se não fosse em inglês, mas sim em chinês. "Estou ótima" podia significar "estou tensa" ou "estou aborrecida" ou "estou zangada" ou "por que nunca ninguém me ouve?" ou até "veja, estou tirando a mesa do café da manhã que você ficou de arrumar e não arrumou". A declaração, de fato, tinha uma gama de significados quase infinita, todos com algo em comum. Em essência, queria dizer sempre: "Não estou bem."

As habilidades interpretativas de Matt estavam um pouco enferrujadas, mas seu melhor palpite para o que ela queria dizer nesta ocasião era: "Estou tensa." Esse era um termo abrangente que englobava vários outros significados mais sutis e não dizia muito a respeito do humor da mãe, já que a tensão tinha um papel na vida dela semelhante ao do oxigênio. Matt mal podia imaginá-la sem estar tensa. Até quando relaxava era de um jeito tenso, lendo o jornal na mesa da cozinha, sentada com a coluna ereta na cadeira dura. Se alguém tentasse convencê-la a se descontrair de verdade, forçando-a a se sentar no sofá, na frente da TV, em 15 minutos ela caía em um sono profundo. Observando seus globos oculares disparando de um lado para o outro por baixo das pálpebras, dava para vê-la sonhando seus sonhos tensos. O único programa de TV a que ela assistia do começo ao fim sem cochilar era o noticiário, que gostava de ver duas vezes por noite, empoleirada na beirada da poltrona.

Seu rosto se transformava numa máscara espasmódica de empatia, horror e aflição pela maneira tenebrosa e imprevisível com que o horror no mundo crescia.

Era a ansiedade que mantinha Carol inteira. Privá-la disso seria como remover o cimento da construção de uma casa.

Naquele momento, o fato de ela parecer apenas tensa, em vez de à beira de um colapso nervoso, provavelmente indicava que sua visita não havia sido motivada por nada assim tão terrível. Na cabeça dela, devia haver alguma coisa que lhe parecia urgente (sem dúvida algo bizarro, possivelmente incompreensível), mas Matt estava começando a ter a certeza reconfortante de que não era nada próximo demais do espectro de crises familiares que compreendia morte ou divórcio.

— Sente-se — Matt ofereceu, mas sabia que ela não ia aceitar.

E não aceitou. Ela o acompanhou de perto até a cozinha, que ficava na outra ponta do loft.

— Não estou interrompendo nada, estou? — Carol perguntou.

— Não, não. Nada de importante.

No exato momento em que a campainha tocou, ele jogava PlayStation, mas estava se preparando para mandar alguns e-mails e queria olhar um resultado de futebol na internet. Ele também estava pensando em ligar para uma garota. No fim das contas, fizera uma programação para aquela noite (ele tinha várias coisas para fazer) e, graças à mãe, talvez não fosse ter tempo para nenhuma delas. Ela sempre conseguia ser inconveniente de algum jeito.

Matt encheu a chaleira e jogou os saquinhos de chá nas duas xícaras mais limpas que conseguiu encontrar. Ele viu sua mãe registrar, com olhar tristonho, a inexistência de um bule. De acordo com a visão de mundo de Carol, havia duas maneiras de fazer as coisas: a fácil e a certa. Escolher o caminho da conveniência era, para ela, a expressão fundamental da degeneração moral. E não era só o bule que fazia diferença: o mínimo necessário da hospitalidade compreendia bule, leiteira e biscoitinhos dispostos com muito cuidado em cima de uma bandeja.

Obviamente, ela não tinha conseguido incutir esses ideais no filho. Aliás, Matt crescera com uma aversão tão grande a leiteiras que a peça chegava a despertar nele uma vontade de cometer violência física.

Matt sabia exatamente o que Carol estava pensando quando ele lhe entregou a xícara de chá moralmente degradante, mas não estava nem aí. Para falar a verdade, ele se deliciava com a desaprovação dela. Aos 34 anos, sabia que provavelmente já estava velho demais para curtir esse tipo de rebeldia em pequenos gestos domésticos, mas ainda nutria carinho por seu adolescente interior, e era incapaz de exterminá-lo de vez. Talvez mais tarde, ele pudesse preparar outra xícara de chá para ela no bule, só para deixá-la feliz. Isso se ele conseguisse encontrar um.

— Vamos para a sala? — Matt disse.

— É assim que você chama aquilo? — Carol perguntou.

— Chamo o quê?

— A sala.

— Como assim?

— Só acho interessante, mais nada. Quer dizer, isso é bom. O fato de você continuar chamando de sala, apesar de o apartamento todo ser... Bom... — Carol fez um gesto amplo com os braços, apontando para o plano aberto convertido em apartamento, como se fosse um corretor de imóveis fingindo entusiasmo por uma propriedade de mau gosto, difícil de empurrar. Matt adorava o apartamento, ainda mais pelo fato de a mãe odiá-lo. Ele achava engraçado como a simples ideia de morar em um imóvel sem divisões parecia tão estarrecedora para ela, vinte anos depois de todas as outras pessoas do planeta já terem se acostumado isso.

Toda vez que ela o visitava (o que era raro) Matt achava interessante detectar a leve pena que Carol sentia por ele: parecia que ele tinha sido ludibriado por algum tipo de culto que convencia as pessoas a comprarem péssimos imóveis, que roubava todo o dinheiro dos fiéis e os deixava na miséria, ocupando ilegalmente algum espaço industrial abandonado como se fosse um fugitivo da justiça. Se ele preparasse o chá em um fogareiro de acampamento apoiado em dois tijolos no meio do piso, ela não ficaria nada surpresa. Talvez até ficasse contente de ver suas desconfianças se confirmarem.

— Nunca parei para pensar nisso — Matt disse.

— Eu estava justamente me perguntando se isto aqui é mesmo uma cozinha.

— Claro que é uma cozinha.

— Que bom. Fico feliz. Achei que talvez você tivesse outro nome para o espaço.

— Não tenho.

— Você é corajoso. Por morar desse jeito.

— Corajoso? Muita gente quer morar em um apartamento desses, mãe. Custa caro.

— Bom. Se você está feliz morando aqui...

— Estou — Matt respondeu, em tom um pouco mais irritado do que pretendia.

Era natural que ela não se sentisse à vontade ali. Com suas roupas desalinhadas e o corpo em forma de um barril ela parecia deslocada no apartamento dele da mesma maneira que a TV de plasma de 42 polegadas pareceria na sala toda decorada em chintz dela. Se sua aparência representasse seu desconforto, era óbvio que ela não se sentia à vontade.

Matt fechou as persianas das portas de vidro que davam para a sacada. Ele geralmente não se dava ao trabalho de fazer isso, já que gostava de ver e ouvir o trânsito lá embaixo, e o fato de os outros poderem vê-lo nunca o preocupava. Se ele jamais iria conhecer as pessoas que moravam no prédio da frente, o que tinha a esconder? A vista do apartamento era o motivo por que ele morava ali, principalmente depois do anoitecer, quando Londres brilhava e zumbia. Dava para se sentir como parte da cidade, mesmo sem sair de casa. Mas seu apartamento não tinha nada a ver com o gosto da mãe, que tinha decorado sua casa semigeminada estilo Tudor, localizada no subúrbio (cujos fundos davam para a loja de 1,99 da principal rua de comércio de Pinner), de modo a transmitir aos visitantes a impressão de que estavam na Hampshire da era eduardiana; a coisa era tão detalhada que se estendia até mesmo ao móvel de TV, cuja inconsistência lógica ela sempre se recusava a discutir.

Com as persianas fechadas, ele se juntou à mãe no meio da sala. Carol estava sentada ereta na beirada do sofá, resistindo ao chamado das almofadas fofas e caras com tecido à prova de manchas (apesar de estarem manchadas). Matt se jogou na poltrona, dando o exemplo.

— Então, o que está acontecendo? — ele perguntou.

Carol olhou para as próprias mãos. Não estava conseguindo olhar Matt nos olhos. Já estava perdendo a autoconfiança. Tinha esperança de que pudesse passar um tempinho com ele, conversando sobre amenidades, antes de expor as verdadeiras razões e a duração pretendida de sua visita. Mas tinha sido uma estupidez não prever que a surpresa de Matt com sua aparição súbita faria com que ele não conseguisse relaxar até saber o que ela estava fazendo ali.

Mas ela não podia contar. Não ainda. Estava com a boca seca demais e o coração batia muito rápido, e ela sabia que qualquer coisa que dissesse sairia desconexa e confusa. Ela só conseguiria se explicar quando se sentisse um pouco menos nervosa.

— Eu devia ter trazido uma garrafa de vinho — ela disse. — Esta é uma ocasião especial, não é mesmo? Só você e eu. Quando foi a última vez que tivemos uma boa conversa em particular?

— Vinho! — Matt disse, caindo na armadilha dela. Ele pulou da poltrona e começou a remexer nos armários da cozinha. — Deve ter uma garrafa guardada aqui em algum lugar. Aliás, que tal eu sair para comprar um bom vinho? Tem um mercadinho aqui embaixo. Volto em um minuto.

Ele já estava de casaco quando Carol conseguiu responder.

— Não, não. Não precisa. Estou bem com este chá.

— Não é incômodo nenhum. Mesmo. Se eu soubesse que você viria, teria uma garrafa à sua espera. Só vou demorar um minuto.

A porta bateu. Matt precisava beber alguma coisa.

Nada iria impedi-lo de comprar aquele vinho, muito menos a falsa preferência da mãe por chá.

O homem atrás do balcão olhou para a compra de Matt com desconfiança: era o tinto mais caro da loja.

— *Vinho?* — perguntou.

Matt era um dos fregueses mais assíduos do mercadinho e, em cinco anos, só comprara cerveja.

— Minha mãe apareceu lá em casa.

— Ah, sei — disse o vendedor, em tom piedoso.

— Achei que seria legal oferecer uma coisa boa para ela.

— Bom... aproveite.

Matt não sabia muito bem se ele estava falando sobre a visita da mãe ou sobre o vinho, mas, de todo modo, o comentário pareceu um tanto sarcástico, por isso ele se limitou a um resmungo de despedida e saiu.

Na volta, já no elevador, começou a tirar a etiqueta do preço, depois mudou de ideia e a deixou ali mesmo. O curto período fora do apartamento tinha sido suficiente para ele organizar as ideias. A mãe com certeza tinha algo a lhe dizer, mas não queria falar logo de cara. A insinuação sobre o vinho não tinha sido nada sutil, mas ele ficou feliz com a sugestão. Afinal, se ela precisava de um copo de vinho para falar, ele provavelmente precisaria de dois para escutar. Seja lá o que fosse, não tinha como ser uma notícia boa.

Ele torcia para que fosse alguma coisa que só parecesse ruim para ela. Tentou eliminar o mau presságio lembrando-se de que existiam muitas, mas muitas coisas mesmo, que ela considerava tenebrosas e que, na verdade, eram absolutamente normais, como drogas, palavrões, qualquer música gravada depois de 1965 e chicletes, o que quer que lhe estivesse passando pela cabeça parecia apavorante para ela, mas isso não queria dizer nada. Por enquanto, Matt não tinha motivos para entrar em pânico.

Mas uma leve náusea tinha se alojado na boca do estômago dele, e não havia como convencer a si mesmo que aquilo era desnecessário. Aquela visita era muito estranha. A mãe não apareceria na porta do apartamento dele sem avisar a não ser que algo fundamental na ordem das coisas tivesse se alterado. A essa altura da vida, com os pais na casa dos 60, qualquer mudança só podia ser involuntária e para pior. Se os últimos dez anos tinham servido para provar alguma coisa, era que os pais não mudavam. Pelo menos, não por escolha própria. Assim como esquis, comida japonesa e móveis coloridos, a mudança não tinha nada a ver com eles.

— Comprei um tinto italiano bem bom — Matt anunciou ao entrar no apartamento.

Carol ainda estava empoleirada no sofá. Olhava para a caixa de *Grand Theft Auto*, que Matt tinha deixado na mesinha de centro.

— Isto aqui é um filme? — ela perguntou enquanto ele procurava o saca-rolhas e um par de taças de vinho.

— É um jogo.

— Um videogame?

— É.

— Que interessante. Alguma criança veio visitar você? Amigos?

— É meu — ele respondeu, impaciente. — Eu jogo. Não é para crianças. É coisa de adulto. A indústria do videogame faz mais dinheiro do que a do cinema, mãe. Aliás, eu estava jogando quando você tocou a campainha. — Ele não sabia dizer por que, mas um certo tom de petulância tinha se instalado em sua voz.

— Ah. Achei que isso fosse coisa de criança.

— Bom, não é. Se quer saber, esse aí é proibido para crianças.

— É mesmo? Por quê?

— Ah... não importa.

— Não, explique. Fiquei interessada.

— É só que... É um pouco violento, só isso.

— Ah. E é sobre roubo de automóveis?

— Essa é uma parte do jogo.

— Como é? Você tem que prender os ladrões?

— Não. Você é quem rouba os carros.

— E o jogo é isso? Roubar carros?

— Mais ou menos. Tem outras coisas.

— Como o que, por exemplo?

Como a mãe tinha conseguido reduzi-lo a uma criança com tanta facilidade? Sentir-se envergonhado não fazia parte de seu dia a dia. Ele tinha 34 anos, era bem-sucedido, ganhava bem, se dava bem com as mulheres; era quase arrogante, não o tipo de cara que fica se lamentando, tímido ou deslocado. Sua vida estava nos trilhos. Ele tinha vencido. Vivia da maneira com que a maior parte dos homens de sua idade apenas sonhava. No entanto, dez minutos depois de a mãe chegar, ele já estava se sentindo como um adolescente inseguro, envergonhado e acanhado por causa de seus prazeres secretos.

Não, a vergonha não era para homens como ele. Precisava combatê-la. Não ia deixar a mãe fazer aquilo com ele. Não tinha nada a esconder. Se ela não gostava da parte da vida dele que era capaz de enxergar, o problema era dela, não dele.

— Venda de drogas — ele respondeu. — Você vira traficante e sai pela cidade fazendo um monte de coisas ruins. É divertido.

A mãe ficou olhando para ele com uma expressão que era meio aflição meio perplexidade. Era a mesma cara que ela fazia durante reportagens sobre guerra no noticiário.

— E é assim que você passa as suas noites?

— Normalmente, eu saio. Se eu estiver em casa, posso passar um tempo jogando, ou não. É igual a quando você fica ouvindo rádio. É a mesma coisa.

— É mesmo? — ela perguntou.

Claro que não era a mesma coisa. Ele sabia disso, e imediatamente se arrependeu do que disse. Assim ele parecia ainda mais corrupto e superficial, como se fosse incapaz de perceber a diferença entre tomar parte em uma matança indiscriminada em um mundo de fantasia e escutar *Discos para levar a uma ilha deserta*.

Matt considerou a ideia de confessar que entendia os argumentos dela e sabia que jogar *Grand Theft Auto* era um mau hábito, mas ele não gostou nada do rumo que esse raciocínio poderia tomar. Afinal de contas, as coisas que ele fazia eram normais. Todo mundo fazia isso. E ele ainda fazia menos do que a maioria. E daí? Era só um jogo! Ele nunca tinha vendido drogas na vida real. Não drogas de verdade. Já tinha passado uma coisinha aqui e ali para amigos, algumas vezes, às vezes para ganhar uma grama em cima, mas isso não fazia dele um traficante de drogas. Comparado à maioria das pessoas, ele era extremamente respeitador da lei. Jamais seria capaz de bater em alguém, muito menos de sair armado pela cidade, matando cafetões rivais com golpes de tampa de lata de lixo. Aquilo era só um pouco de diversão inofensiva. Só um idiota não conseguiria ver a diferença entre a fantasia e a realidade.

Sua voz interior já estava atingindo um tom agudo adolescente. Ele tinha que ficar calmo e lembrar que, apesar do jeito como a mãe falava com ele, era adulto.

— Saúde — ele disse, erguendo a taça para um brinde.

— Saúde.

— Então — ele disse, esparramando-se novamente no abraço caloroso da poltrona, cuja marca (La-Z-Boy, corruptela em inglês para "garoto preguiçoso") jamais poderia ser do conhecimento da mãe. O ideal seria também que ela jamais soubesse que os braços da poltrona continham compartimentos ocultos para abrigar quantos controles remotos um homem fosse capaz de imaginar. A sensação de náusea continuava lá. Ele não aguentava mais esperar. Tinha que ser informado logo sobre o horror. — Por que você veio aqui? — ele perguntou com um esboço de sorriso. — Claro que é ótimo receber sua visita. Quer dizer, foi sorte eu estar em casa. Normalmente não estou. Mas nós dois demos sorte. É isso o que quero dizer. Então... A que devo o prazer de sua visita? — Estava levando a coisa longe demais. Começava a soar falso, talvez até sarcástico.

— Bom — ela disse, permitindo que o corpo cedesse ligeiramente às tentações do estofamento moderno. — Andei pensando muito, você é meu único filho e...

— Tem alguém doente? Está tudo bem com você?

— Estou ótima. Todo mundo está bem. Só estou tentando dizer que o nosso relacionamento parece ter se desgastado até não sobrar nada. Acho que não conheço mais você. E gostaria de consertar isso.

Essa era a coisa mais assustadora que Matt tinha escutado na vida. Os pelos de sua nuca se arrepiaram e sua língua ficou anestesiada. A dança de guerra dos maoris lhe parecia menos aterradora do que aquilo.

— Por isso, achei que seria bom eu passar alguns dias aqui — Carol prosseguiu. — Você tem um quarto extra. Eu não vou dar trabalho. Aliás, eu posso ajudar. Este lugar está precisando de uma boa arrumação. Uma semana, mais ou menos. Até que possamos voltar a nos conhecer. Achei que se eu falasse isso pelo telefone, você não iria compreender e iria inventar alguma desculpa, então resolvi vir até aqui.

Carol virou o resto do vinho em um só gole.

— Estou exausta — ela prosseguiu. — Você se incomoda se eu me recolher?

E, com isso, ela se levantou e se dirigiu para o quarto de hóspedes. Parou no meio do trajeto para pegar uma bolsa volumosa que tinha escondido embaixo de uma capa de chuva drapeada.

— Tenho certeza de que não vamos ficar entediados — ela disse, animada, fechando a porta atrás de si.

Matt estava chocado demais para reagir, ou até mesmo para se mexer. Percebeu que estava de boca aberta, mas nenhum som tinha saído ali. De todas as possibilidades apocalípticas que tinham lhe passado pela cabeça desde que ela chegara, essa era uma opção que ele nem começara a cogitar.

Que diabos poderia ter levado àquilo?

Uma semana?

Ela saiu do quarto extra mais ou menos um minuto depois, de camisola, apertando na mão um nécessaire roxo de que Matt se lembrava vagamente e lançou-lhe um breve sorriso ao passar pela frente dele com passos apressados. Enquanto ela fechava a porta do banheiro, Matt ouviu-se gaguejando:

— Mas e o papai?

— Deixei sete lasanhas congeladas.

Ele ouviu o clique da porta sendo fechada e trancada.

Quando ela reapareceu, a visão das pernas da mãe emudeceu Matt, e ela desapareceu quarto adentro, antes que ele pudesse proferir qualquer palavra.

Cafés da manhã constrangedores

Matt já estava saindo do quarto, nu, bocejando e intumescido, quando se lembrou de que não estava sozinho. Voltou e bateu a porta, rezando para não ter sido visto, e pulou para cima e para baixo algumas vezes para ajudar a gravidade a redistribuir o fluxo sanguíneo. Quando foi possível colocar uma toalha em volta da cintura sem parecer muito indecente, ele saiu e foi até o banheiro, com o corpo inclinado para a frente e os olhos baixos, na esperança de não ser forçado a travar uma conversa tendo apenas uma toalha separando a mãe de sua nudez.

— Bom dia! — disse a voz animada da cozinha. — Dormiu bem?

— A-hã. Obrigado. Vou tomar um banho.

— Tem algum lugar aqui perto onde eu possa comprar um croissant?

— Hum... tem sim. Tem um supermercado na esquina, para aquele lado.

— Maravilha. Volto em dois segundinhos.

Enquanto Matt tomava banho, apreciando a sensação de seus músculos endurecidos pela academia escorregando sob o sabonete líquido, começou a ensaiar discursos para se livrar da mãe. A abordagem de "a ideia é ótima, mas nesta semana vai ser impossível" parecia ser a mais gentil. Podia até propor que remarcassem para um outro momento, ciente de que novas desculpas surgiriam quando ele precisasse delas.

Quando terminou de se barbear (ritual prolongado que envolvia a aplicação de mais cremes do que o pai tinha comprado em toda a vida), ele já estava bem seguro em relação a sua estratégia de fuga. Enquanto passava gel no cabelo, concluiu que a visita da mãe não tinha sido tão ruim assim, afinal de contas. Talvez pudesse convidá-la para jantar um dia desses.

Escolheu com calma a roupa que usaria naquele dia e chegou à mesa do café da manhã pensando mais no dia de trabalho que teria pela frente do que na tarefa de mandar a mãe embora. Descobriu que ela tinha voltado do supermercado com uma quantidade ridícula de comida. Uma ampla variedade de croissants, *pains au chocolat*, pães fresquinhos, geleias, iogurtes e frutas cobria cada centímetro quadrado da mesa; parecia mais um bufê para dez pessoas do que uma refeição para duas. Se ele começasse a tomar um café da manhã como aquele, chegaria atrasado ao trabalho. Sua rotina matutina diária era uma xícara de café e uma tigela de flocos de milho consumida em pé, na frente da TV.

Ele decidiu que se permitiria chegar atrasado. Uma refeição juntos não era uma exigência assim tão grande da parte da mãe, mesmo que fosse em um horário inconveniente. E ao longo da refeição, depois de demonstrar toda a sua hospitalidade, paciência e gentileza, ele conduziria a conversa para o discurso de "a ideia é ótima, mas nesta semana vai ser impossível" que tinha aperfeiçoado no chuveiro.

— Preparei um bule de chá Earl Grey — Carol disse.

— Onde você achou isso?

— Eu comprei.

— Comprou o quê, um bule?

— Não, o chá.

— Ah.

— O bule estava embaixo do fogão, atrás das panelas.

— Ah. Está certo.

Matt até estava acostumado a compartilhar cafés da manhã constrangedores com mulheres que mal conhecia, mas a mulher em questão ser sua mãe era um fator fora do comum.

— Dormiu bem? — ela perguntou de novo.

— Dormi sim, obrigado.

Matt alcançou um croissant e pegou um pote novinho de geleia de framboesa Bonne Maman. Não tinha bem certeza se ela escolhera aquela marca como piada, mas não estava a fim de perguntar. Tinha algo no formato tão conhecido do pote e na padronagem xadrez da tampa que o conduziu de volta à infância. Ele tinha se esquecido daquela geleia, de como gostava dela, e ficou surpreso por nunca ter pensado em comprar um pote por conta própria.

Fazia anos que ele não comia geleia. Quando o doce derreteu em sua língua, junto com o croissant fresco e amanteigado, ele sentiu uma onda de emoção não identificável se espalhar pelo corpo.

O gosto daquele croissant, misturado com a geleia levou-o para longe. Não que ele comesse croissants o tempo todo quando era criança, nem que a geleia tivesse algum sabor especificamente nostálgico, mas alguma coisa naquela sensação particular em sua língua fez com que ele saísse do agora. Do lugar onde estava sentado, na mesa de jantar com a mãe, por uma fração de segundo ele se sentiu uma criança observando o Matt adulto em um dia normal, em pé ao lado da mesinha de centro, engolindo sem prazer nenhum colheradas de cereal açucarado, olhando para algum programa de TV estridente e desinteressante, sozinho.

Matt não era um homem solitário. Estava muito longe de ser solitário. Tinha um emprego invejável, um belo apartamento e uma agenda eletrônica com o número de telefone de muitas das pessoas mais importantes da imprensa e de algumas das mulheres mais sexy do país, muitas quais já havia levado para a cama. Se tivessem lhe pedido aos 16 anos que escrevesse um texto fantasioso sobre tudo o que desejaria ter na vida, seria exatamente assim. A ideia de que pudesse existir qualquer espaço para solidão em sua vida ocupada e tão lotada de eventos sociais era ridícula.

Mas, de vez em quando, Matt olhava para seu apartamento (para a cozinha que nunca usava, para a mobília que ele mesmo tinha escolhido, para os cabides com as roupas da moda, para sua aparelhagem eletrônica e para sua parede forrada de DVDs) e se perguntava se essas coisas tinham alguma coisa a ver com ele. Havia períodos estranhos, que ocorriam em intervalos de alguns meses, em que ele simplesmente não tinha vontade de sair, de ver ninguém nem de fazer nada.

Por alguma razão, a primeira mordida daquela refeição que fazia com a mãe tinha trazido à tona aquela sensação, não porque suspeitasse que esse estado de espírito se instalaria novamente, mas devido a alguma conexão sutil que ele não conseguia compreender direito: talvez porque tomar café da manhã com a mãe fizesse com que ele se lembrasse da infância, de uma época anterior, em que essas ansiedades não significavam nada; talvez porque ele visse nos olhos dela um prognóstico desalentador de sua própria vida.

— Está gostoso? — ela perguntou.

— Mmm. Muito.

Então Carol começou a falar. Contou a Matt as últimas novidades do pai e as coisas que tinham acontecido em Pinner, antes de iniciar um relato animado das fofocas locais a respeito das famílias entre as quais ele havia crescido, concentrando-se em casamentos, empregos e hospitalizações, reservando o maior número de detalhes para filhos de amigos de infância, pessoas das quais ele teria se esquecido completamente se não fosse pelas atualizações periódicas da mãe. De algum modo, Carol se lembrava de todos os nomes, e até mesmo de um ou outro peso de bebê na época do nascimento.

Matt mal ouvia, nem entediado nem interessado, apenas esperando por uma brecha para introduzir o discurso do chuveiro, mas, à medida que as oportunidades iam surgindo, ele percebia que as frases planejadas lhe fugiam. O balão de indignação diante da invasão dela em sua vida se desinflava misteriosamente. Sentado à mesa de jantar de sua casa lotada de comida, tomando café da manhã na frente daquela mulher de idade, infinitamente familiar, ele percebeu que havia algo de íntimo naquilo tudo, algo de companheirismo, algo que não era inteiramente desagradável.

Será que precisava mesmo ter essa pressa tão desesperada para mandá-la embora? Afinal de contas, passaria o dia todo no trabalho. O que custava deixar que ela ficasse mais uma noite? Não era possível que ela quisesse mesmo ficar uma semana. Devia ter dito aquilo só para assustá-lo, ou talvez fosse uma brincadeira. A esta hora, amanhã, ela ia querer ir para casa. Ela sairia por vontade própria, sem que ele precisasse fazer nenhum discurso difícil. Por mais que se tente ser gentil, por mais desculpas que se tenha preparado, nunca é muito simples expulsar a mãe da casa da gente.

Certas coisas nunca são esquecidas em família. Se ele a mandasse embora agora, ela podia passar anos jogando isso na cara dele. Analisando a situação a longo prazo, ele percebeu que talvez fosse melhor deixar que a mãe fizesse as coisas do jeito dela mais um pouquinho.

Quando saiu para trabalhar, ele só disse:

— Até mais tarde — e se dirigiu para a porta sem entender muito bem o que o tinha impedido de tentar se livrar dela.

— Eu trouxe minhas chaves de reserva — ela disse. — Assim posso entrar e sair.

Matt ficou incomodado ao perceber que aquela informação não o incomodara.

— Certo — ele disse, fechando a porta atrás de si.

No trajeto do elevador até o térreo, ele se sentiu como imaginava que uma pessoa que rouba algo de uma loja deve se sentir: esgueirando-se para a luz do dia com uma culpa secreta. Ele corava de vergonha só de pensar no que os colegas diriam se soubessem o que ele tinha feito.

Helen e Paul

Um pouco mais de interesse

Ali, deitada na cama, ouvindo o marido fazer barulho na cozinha, Helen sabia que precisava se levantar. De maneira geral, ela não acreditava em interações humanas antes das 11 horas da manhã, mas naquele dia não ia ter como evitar o confronto com Clive antes de ele sair para o trabalho. Se ela tivesse sido um pouco mais corajosa, a conversa não teria que acontecer no café da manhã, mas ela tinha sido preguiçosa e enrolara até o último minuto.

Helen se arrastou até se levantar e vestiu um penhoar velho e confortável, todo acolchoado, que ficara guardado com naftalina no intervalo entre seus dois casamentos, mas que tinha ressurgido novamente pouco depois da segunda lua de mel.

— Bom dia, querida — Clive disse quando ela entrou na cozinha arrastando os pés. — Quer uma xícara de chá?

— A-hã.

— Você acordou cedo.

— A-hã.

— Algum motivo especial?

— Nada de mais.

— Vai a algum lugar?

— Na verdade, é sobre isso que eu queria falar.

— Ah, é?

— Vou me encontrar com o Paul hoje.

— No café da manhã?

— Não. Lá pela hora do almoço.

— Certo — Clive respondeu, com uma entonação que deixou bem claro que Helen não estava falando coisa com coisa, mas ele nem tentaria arrancar uma explicação dela. Uma das coisas que Helen achava mais atraente em Clive era a falta de curiosidade dele a respeito de sua personalidade. No decorrer do casamento, ela alimentara aquilo com muito cuidado. A última coisa que se deseja de um segundo marido é que seja inquisitivo. Às vezes, no entanto, um pouco mais de interesse teria facilitado as conversas com ele.

— Vou ficar um pouco com ele — ela disse.

— Ah. Tudo bem.

— Alguns dias, eu quero dizer.

— Alguns dias?

— Uma semana. Provavelmente.

— Uma semana? Você vai lá almoçar e vai ficar uma semana?

— O almoço não é importante. Só vou até lá em algum momento hoje, ainda não sei bem quando, e vou ficar uma semana.

— Por que isso agora?

— Sou a mãe dele.

— Disso eu sei. É só que... bom... tudo bem. É aniversário dele?

— Não. Só vou porque estou com vontade.

— Bom... Divirta-se. Não deixe de ligar para dizer como as coisas estão.

Tudo o que Helen tinha feito durante os anos que os dois passaram juntos tinha ensinado Clive a se comportar assim. Ela o havia treinado para deixá-la em paz. Ele tinha aprendido (da maneira mais difícil) que tentar segurá-la era inútil. Ainda assim, uma parte dela ainda desejava ser desafiada e confrontada, como acontecia com o primeiro marido.

Clive aceitara suas explicações sem nem mesmo tentar fazê-la confessar que estava indo sem ser convidada e que poderia muito bem estar de volta em casa naquela mesma noite, rejeitada e humilhada. Se ele tivesse parado para pensar no assunto mais que um segundo, teria se dado conta de que Paul jamais a convidaria para ficar lá uma semana inteira. Ele nem chegava a convidá-la para jantar. E se tivesse percebido que Paul não fazia ideia de que a mãe estava para chegar, ele com certeza tentaria convencê-la a ser razoável e faria com que ela desistisse de cometer um ato tão idiota.

É disso que as pessoas precisam em um marido. O papel dele é ajudar a conter seus instintos e desejos mais loucos. As amigas a convenceram a fazer aquilo, agora ela precisava do marido para convencê-la a não fazer. Mas esse não era o departamento de Clive. Ela nunca permitira que ele desempenhasse aquele papel. Seria demais exigir dele que, na única vez que ela realmente queria que alguém a confrontasse, ele devesse de alguma forma sentir a necessidade de tomar uma atitude.

Com um beijo na testa e o tilintar das chaves do carro, Clive saiu da casa. Agora ela estava comprometida. Achava que passaria a maior parte do dia refletindo se prosseguiria ou não com o plano, mas agora já tinha dito a Clive, e ele aceitara com tanto descaso que ela não tinha mais nada sobre o que pensar. Não podia não ir, nem adiar a ida.

As duas melhores coisas que já aconteceram a ela

Helen não fazia ideia de por que tinha descrito sua visita como um almoço. Não havia motivo para chegar à casa de Paul antes de ele voltar do trabalho. De algum modo, almoço parecera mais plausível. Ela estava acostumada a almoçar com as pessoas, por isso foi a primeira coisa que lhe veio à cabeça.

Agora que tinha falado aquilo, o dia se estendia vazio à sua frente. Estava inquieta, agitada e nervosa demais para pensar em qualquer coisa que não fosse a visita a Paul, mas não podia tomar nenhuma atitude útil a respeito disso até o fim da tarde, quando ele chegaria do trabalho.

No fim, ela resolveu ir até lá e explorar um pouco a região em que Paul morava. Assim, ela teria algo razoavelmente relevante para fazer, o que também a ajudaria a reunir coragem. Ela ainda não conhecia a casa nova de Paul, apesar de ele já estar morando lá havia seis meses. E também nunca tinha visitado Hoxton. Seria interessante, e o tempo passado ali a ajudaria a entrar no mundo do filho antes de encará-lo frente a frente.

Acontece que Hoxton era mais estimulante do que ela esperava. Nunca estivera em um lugar tão esquizofrênico, tão confuso em relação ao rico e ao pobre. As fachadas do comércio pareciam se alternar entre mercadinhos em que nada é fresco e tudo é estrangeiro e restaurantes em que garçons irritantemente lindos servem esculturas de comida equilibradas em pratos que não são redondos. Em algumas ruas, parecia que uma turba tinha destruído tudo na semana anterior; outras fediam a dinheiro. As pessoas que circulavam por ali, ou vestiam alta-costura ou trapos de mendigo, sendo que cada grupo era, aparentemente, invisível ao outro.

Era como uma sobreposição mágica para economizar espaço: uma área rica de algum modo teria aterrissado dentro de uma área pobre sem que ninguém notasse que metade de tudo que havia ao redor era feito para outra pessoa.

Quando seus pés e seu cérebro se cansaram, Helen resolveu passar o resto da tarde em um café. Ela tinha duas opções, de lados opostos da rua. Uma servia chá genérico de saquinho em copo de isopor por 30 centavos e o outro tinha um cappuccino com mais espuma do que café por 2 libras. Ela escolheu o segundo, apesar de se sentir igualmente deslocada em ambos. Nesse tipo de questão, a regra básica dela era a seguinte: *Se estiver em dúvida, escolha um lugar limpo*. Quando era mais moça, havia trabalhado em um hotel, e isso a deixara com a firme certeza de que todos os lugares eram pelo menos duas vezes mais sujos do que aparentavam. Não era algo que a preocupava muito, mas ela simplesmente sabia que o espelho do banheiro do hotel provavelmente tinha sido limpo com a toalha suja do ocupante anterior, a comida era em grande parte composta das sobras da véspera e que a colcha nunca tinha sido lavada e continha todos os fluidos corporais identificáveis e não-identificáveis.

Ela trabalhava como garçonete quando conheceu Larry. Tinha servido o almoço para ele e, como acontecia com a maior parte dos homens naquela época, ele flertou com ela, mas, para sua surpresa, ela se pegou retribuindo o flerte. Ela era do tipo que fazia cabeças se virarem, seus passos eram um pouco mais leves e mais fáceis do que hoje, como se sua vida fosse acolchoada e levitasse com a potência eletrizante da juventude e da beleza. O que naquele tempo estava no auge era exatamente o que ela sentia se esvair com uma rapidez cada vez maior nos últimos anos.

Os homens a desejavam, e ela sabia que eles a desejavam, e eles sabiam que ela sabia, e era quase impossível falar com algum homem sem ter consciência de seu próprio magnetismo. Seu cabelo era liso e escuro, com cachos bem torneados nas pontas, que ela arrumava todas as manhãs com seu adorado modelador. Em seguida, contornava com cuidado os olhos escuros com delineador preto pesado. Sem os cachos e o delineador, ela não se sentia ela mesma. Suas pernas, que ela achava finas e compridas demais quando adolescente, também exerciam um poder estranho sobre os homens e, conforme as saias foram ficando mais curtas, ela percebia que atraía cada vez mais olhares. Durante uns dez anos de sua vida, Helen literalmente não soube o que era ser ignorada.

Na infância, não fora preparada para o que aconteceria em Londres aos 20 e poucos anos. A mãe sempre a menosprezava; o pai era imprevisível e cruel; a irmã mais velha, invejosa e sarcástica. Jamais um professor, em todos os anos que passou na escola, se impressionara minimamente com algum de seus trabalhos. Tudo nos primeiros anos de vida de Helen servira para plantar em seu coração uma sensação de profunda mediocridade. Ela nem chegava a sentir falta de ter alguma qualidade superior, já que ser inteligente ou bonita ou interessante nunca lhe parecera uma opção. Sua vida se passara em uma cidade sem graça, cheia de gente que sentia que seu papel no mundo era apenas fazer número. Helen não conhecia nenhuma outra alternativa.

Então, aos 20 anos, contrariando os conselhos dos pais, ela pegou o trem de Derby para Londres e se dirigiu às cegas para a capital, sem ter a menor noção do que encontraria por lá. Uma amiga dela tinha feito a mesma coisa e arrumara emprego de garçonete em uma semana. Helen tinha dinheiro suficiente para passar uma quinzena.

Em dois dias, arranjou um lugar para dormir nas imediações de Edgware Road e um emprego em um café em Chelsea. No primeiro mês, passou seu tempo livre só caminhando pela cidade, tomando conhecimento da agitação de um lugar que se sabia ser importante, cheio de gente disputando posições mais altas. No início, ela se sentia como mera espectadora, mas, à medida que a latinha embaixo de sua cama começou a se encher com salários e gorjetas, que ela gastava alegremente em King's Road, ela foi perdendo a aparência de caipira e parou de se sentir como uma. A visão de seu próprio reflexo em uma vitrine às vezes fazia com que ela parasse para olhar de novo. A primeira coisa que ela geralmente pensava era: "Ela está bonita... o que está usando?", antes de perceber que a silhueta desconhecida que ela vislumbrava era de seu próprio eu reinventado.

As duas melhores coisas que aconteceram na vida dela ocorreram naquele mês. Primeiro, descobriu que tudo o que os pais tinham lhe ensinado estava errado. Apesar de ela saber que aquilo aconteceria, a revelação foi, como é para todo mundo, uma surpresa repleta de alegria, como a primeira vez que os pulmões se enchem de ar puro.

Segundo, descobriu os homens; mais especificamente, o efeito que ela provocava neles. Eles a desejavam. Parecia que todos a desejavam. Eles queriam seu corpo ou, na falta disso, só uma conversa ou um sorriso, ou o privilégio de uma mínima troca de olhares. Qualquer coisa que ela desse, por menor que fosse, eles absorviam com avidez. Até senhores de idade, motoristas de ônibus e colegiais desavergonhados: quase todos os homens a olhavam de um jeito que só agora ela compreendia totalmente. Começou a notar que os homens sempre estavam à sua disposição, em qualquer lugar em que estivesse. Deve ter sido assim, ela imaginava, que Clark Kent se sentiu quando descobriu que era capaz de voar.

Ela não apenas tinha o prazer de usar seus poderes quando bem entendia; ela também nutria a intensa satisfação de possuí-los.

Era capaz de ficar feliz sem fazer nada em seu apartamento, só escutando o rumor abafado da cidade, saboreando em sua privacidade a certeza de que, apesar de tudo que os pais tinham-na induzido a acreditar, ela era, afinal de contas, alguém especial.

Larry tinha alguma coisa de que ela gostara logo de cara. O jeito como ele flertava era tão escancarado, tão direto, tão incomum que a fazia sorrir. Não havia nada de velado ou discreto em sua abordagem. Mal dava para chamar aquilo de flerte, estava mais próximo de luxúria, pura e simples.

Larry a convencera a anotar seu número de telefone na conta e, naquela mesma semana, ele a convidara para o que chamou de show. Ela estava esperando música alta em alguma espelunca, mas o evento era um concerto no Albert Hall, que culminou no "Concerto para Violino de Britten", que ela nunca tinha ouvido antes, mas que a partir de então passou a fazer seu coração disparar de emoção; hoje, sempre a fazia chorar. Naquela noite eles fizeram amor, primeiro de maneira frenética, depois mais uma vez, com prazer lento e intenso, e depois novamente, só porque não conseguiam acreditar que ainda se desejavam e que ainda eram capazes de fazer. Na terceira vez, no meio do ato, ele sussurrou no ouvido dela que um dia iriam se casar. Ela disse para ele calar a boca e mordeu seu pescoço com aborrecimento fingido, mas ele estava certo, e já na época ela desconfiou que estivesse.

Ele nascera nos Estados Unidos e, apesar de ter deixado o país havia anos, ainda carregava algo de Nova York em seu jeito. O lugar em que ele estava sempre parecia ser o centro de tudo. Não era um homem bonito, de jeito nenhum: o nariz, os lábios, o queixo e as sobrancelhas pareciam ser grandes demais para caber em um rosto só, mas ele era surpreendentemente atraente, talvez porque sua própria confiança nisso fazia com que fosse verdade.

Nenhum outro ser humano jamais havia lhe provocado tamanha atração, e ela gostava de vê-lo exercer o mesmo efeito sobre outros, algo que ele fazia com facilidade: tanto homens quanto mulheres. Quando eles iam juntos a festas, Helen adorava ficar ao lado dele e sentir as atenções do salão se voltarem na direção dos dois. Nenhum ambiente, por mais cheio que estivesse, permanecia indiferente à presença de Larry. Aliás, quanto maior a plateia, mais feliz Helen se sentia com ele.

Ele a introduzira na cena das festas de West London e do Soho; seu instinto gregário logo se revelou tão superdimensionado quanto sua aparência e sua libido. Os dois primeiros anos que passaram juntos tinham sido tão cheios de eventos sociais que Helen tinha a sensação de que, apesar de raramente se afastarem, eles só conseguiam ficar juntos de verdade quando estavam no quarto.

Quando Paul nasceu, eles se afastaram um pouco da vida social que exigia tanto deles, mas, depois de mais ou menos um mês, Larry simplesmente retomou o agito sem ela. O parto tinha deixado Helen combalida, dolorida e desinteressada por sexo. Apesar de ele negar veementemente, Helen não acreditou nem por um instante que Larry pudesse ser o tipo de pessoa que saía sozinho de uma festa. Também não era um homem capaz de dar férias à libido. Suas boas intenções eram razoavelmente plausíveis; suas chances de conseguir agir de acordo com elas, praticamente nulas.

Mas as regras eram diferentes naquele tempo. Ela até chegou a se considerar irracional por achar o comportamento dele preocupante. À medida que a premissa de fidelidade ia desaparecendo, ele começou a levar mulheres para o quarto extra do apartamento. Certa vez, ela acordou no meio da madrugada com o barulho que eles estavam fazendo, e ligou o rádio para abafar o som. E tudo parecia normal. Entre pessoas de seu nível social, aquilo era normal.

Helen não estava em posição de se opor à quebra dos votos matrimoniais por parte de Larry, uma vez que tinha feito a mesma coisa. Era o que se fazia na época e, ao decidir ficar com ele, Helen adotara uma mentalidade e um estilo de vida em que não havia como escolher o que a agradava ou não. Ou entrava de cabeça, ou estava fora.

O fato de ela nunca ter apreciado suas próprias infidelidades (cometidas mais por obrigação social do que por qualquer outra coisa) era irrelevante. Ironicamente, ela as havia cometido em grande parte para agradar a Larry: para mostrar a ele que ela fazia o mesmo jogo. No começo, não percebeu que, com isso, estava dando a ele um passaporte para a cama de todas as suas amigas.

Ela nunca se arrependeu de ter se casado com Larry. Seu principal arrependimento era por ter sido tão fraca. Na época, ela e as amigas achavam que aquele comportamento era um salto histórico na liberação das mulheres. Hoje, ela via que aquilo estava mais para o golpe final do patriarcado: foi a última vez que os homens conseguiram que as coisas fossem feitas como eles queriam e que foram capazes de enganar as mulheres, levando-as a acreditar que era tudo em nome do bem comum.

A insistência dela para que se mudassem para o subúrbio tinha se fundamentado na argumentação de que uma criança precisa de um jardim. Larry resistira, mas, pelo menos dessa vez, nesse assunto específico, Helen se recusou a ceder. Era uma tentativa de afastar-se do ambiente social que acabaria por destruir seu casamento. Ela acabou conseguindo a casa que desejava, mas no fim só ela e o filho foram morar lá. Efetivamente, Larry só se hospedava no local. No coração dele, seu lar sempre tinha sido no Soho.

Helen às vezes ficava perplexa de ver quanto tempo eles tinham ficado juntos. Foi nos anos 1980 que todos esses casamentos desmoronaram. Absolutamente todos.

Já fazia quase vinte anos que eles tinham se divorciado, mas ela pensava nele todos os dias, pelo menos uma vez. Se tivesse sorte, essa longa reminiscência podia ser o pensamento do dia, mas em um dia ocioso era provável que aquilo a assombrasse mais de uma vez, e sua visita a Paul fazia com que as perspectivas fossem piores. Paul era metade Larry; na aparência, ele era 3/4 Larry. Agora, ele era mais parecido com o Larry por quem ela se apaixonara do que o próprio Larry era hoje.

Olhar para Paul era uma tortura prazerosa para Helen, como esfregar uma coceira ou tirar uma casquinha de ferida. Aquilo fazia com que ela pensasse em coisas que sabia que eram ruins para ela, que a levavam de volta às emoções que lutara tanto para eliminar, mas de certa maneira ela se refestelava naquela dor. Queria tirar o máximo possível daquilo. Queria abraçar Paul bem apertado e aninhar-se em seu pescoço igual ao de Larry; desejava, apenas por um instante, que Paul não fosse Paul, mas que fosse o Larry com o qual tanto se parecia, o Larry de antes de tudo desandar.

Como ela seria feliz se tivesse tido uma filha, se agora existisse uma espécie de sósia da jovem Helen para fazer par com esse Larry da cápsula do tempo. Assim tudo seria muito mais justo. Por que Larry não precisava passar por essas agonias? Se pelo menos essa mulher existisse, pronta para aparecer em sua vida cada vez que ele estivesse começando a esquecer Helen, seria uma aliada para ajudar a fazer com que ele sofresse do mesmo modo que ela sofria. Por que tudo sempre tinha sido tão mais fácil para ele?

Se existisse um procedimento médico que servisse para apagar uma pessoa da cabeça da gente, Helen seria a primeira da fila. Larry era veneno para seu cérebro. Ele ainda a afligia porque ela não conseguia parar de amá-lo, não importava quanto também o odiasse. Paul algumas vezes parecia um anticorpo; outras vezes, parecia mais veneno ainda; na maioria delas, parecia ambos ao mesmo tempo.

Três cafés depois, Helen estava tonta com toda aquela cafeína e a ansiedade induzida por Larry. Ela não aguentava mais ficar lá sentada e não podia se permitir ficar sozinha com seus pensamentos por mais uma bebida que fosse. Ainda eram apenas 17 horas, mas ela tinha atingido o limite de sua capacidade de esperar.

Iria até lá e tocaria a campainha. Para ver o que acontecia. Se ninguém estivesse em casa, pensaria no que fazer a seguir.

Grupos excêntricos e nocivos

Quem atendeu a porta de Paul foi um rapaz bonito de 20 e poucos anos que, de algum modo, conseguia parecer alinhado e desgrenhado ao mesmo tempo. O visual escolhido era o desgrenhado, mas o efeito tinha sido preparado com enorme cuidado. Usava camiseta curta apertada e calça jeans de cintura tão baixa e larga que dava a impressão de que só ficava no lugar por causa dos genitais. Mais de dez centímetros da barriga dele estavam à mostra, apesar de a parte inferior da barriga aparecer mais, já que a porção de pele revelada começava no umbigo e descia até o que eram, sem dúvida, pelos pubianos.

As roupas, mesmo para uma mulher que não era especialista em tais assuntos, diziam muito claramente: "Sou gay." A postura dele dizia "Sou gay"; o cabelo dizia "Sou gay"; até o seu jeito de abrir a porta, de alguma maneira, conseguia dizer "Sou gay".

Ele era gay.

— Você é a faxineira nova? — ele perguntou com um tom de ceticismo na voz, como se ela não parecesse pobre o bastante para isso.

— Não — ela respondeu. — Sou a mãe do Paul.

A boca dele abriu e fechou em silêncio, igual à de um peixe.

O motivo pelo qual Paul nunca a havia convidado para visitar sua casa em Hoxton de repente ficou óbvio. Helen achava que Paul podia ser gay desde que ele tinha 8 anos, e teve certeza disso quando ele estava com 14. Ela achava que sabia quando ele tinha se assumido para os amigos e tinha uma noção bem clara de quando ele tinha arrumado o primeiro namorado. Mas Paul nunca tinha feito a menor insinuação de nada disso para Helen. Ele sempre estava "saindo com alguém", nunca falava em "namoradas" nem em "namorados", e muitas vezes era evasivo com os pronomes, escondendo-se atrás de um "eles" para despistar, em vez de falar "ele" ou "ela".

Ela não fazia ideia de por que as coisas eram assim, por que ele nunca tinha sido capaz de conversar com ela sobre sua sexualidade. Ela era uma mulher moderna e de mente aberta. Paul não podia achar, de jeito nenhum, que ela fosse homofóbica: tinha se esforçado ao máximo para deixar bem claro que não era e que o aceitaria do jeito que ele fosse, independentemente de seu comportamento, mas isso não serviu para nada e ele nunca se abrira para ela, apesar de sempre parecer que ele sabia que ela sabia. Às vezes Helen achava que o filho não se abria não por vergonha nem por medo de suas críticas, mas simplesmente para mantê-la afastada.

O rapaz milimetricamente desarrumado à porta continuava olhando fixo para ela, emudecido por sua explicação a respeito de quem ela era.

— Posso entrar? — ela perguntou. Se aquele rapaz não soubesse nada sobre ela, não teria motivos para estar chocado. E para ele saber qualquer coisa a respeito dela, teria que saber um bocado sobre Paul. Ela já tinha certeza de que ele era namorado de Paul, apesar de o tamanho da casa sugerir que mais de duas pessoas moravam lá. Se passasse meia hora com ele, tomando um café (ia ter que ser descafeinado, porque ela não queria se transformar em um zumbi hiperativo), estaria preparada para a chegada de Paul.

— Ele sabe que a senhora vem? — o rapaz perguntou. — Porque ele não está.

— Ah, sabe sim. Liguei para o celular dele há algumas horas. Ele disse que ia voltar mais cedo do trabalho e que eu deveria encontrá-lo aqui. — Foi muito fácil mentir para aquele rapaz. Era um talento que ela aperfeiçoara nos anos de garçonete.

— Ah. Tudo bem. Será que ligo para ele para dizer que a senhora chegou?

Ele estava resistindo. Mentir para gays, ela lembrou, não era tão fácil quanto mentir para heterossexuais.

— Ele já deve estar chegando. Ele me mandou uma mensagem de texto. Estou louca por uma xícara de chá. — Menos perigoso do que um café. Mais coisa de mulher velha e inofensiva. — Desculpe, ainda não sei o seu nome.

— Andre.

— Com acento? — Se ela puxasse papo com ele e agisse como se ele já a tivesse convidado para entrar, suas defesas enfraqueceriam.

— Não, sem acento. Só Andre.

Helen deu uma risada.

— Bom, acho um nome adorável. Sempre me arrependi de ter dado a Paul o nome Paul. Foi ideia do pai dele. Ele merecia alguma coisa mais emocionante, não acha?

— É melhor entrar e esperar aqui — Andre disse. — Vou providenciar seu chá.

Lá dentro, um vira-lata de pelo brilhante e ar tristonho veio na direção da porta, batendo as patas no assoalho, e a saudou com uma cheirada de boas-vindas. Helen se agachou e afagou o animal.

— Oi, bonitão — ela disse com sua voz de falar com cachorro. — Quem é você?

— O nome dele é Oscar — Andre disse.

— Ele é lindo — Helen respondeu. Seja simpática com o cachorro e você consegue o que quer. — Ele é seu?

— Ele é de todo mundo — Andre respondeu, cheio de ambiguidade. — Ele é da casa.

Cada coisa que Andre dizia era uma pista. Estava claro que várias pessoas moravam ali, e ele dava a entender que o grupo era mais do que um monte de gente dividindo um apartamento. Mais do que estranhos uns aos outros. Será que ainda se usava o termo comunidade? Será que era uma comunidade gay? Ou será que a ideia de que algo assim existisse não passava de uma fantasia homofóbica, de que os gays se juntavam em grupos excêntricos e nocivos para se unirem de maneiras que heterossexuais de mente matematicamente limitada não eram capazes sequer de sonhar? Havia pouco tempo, Helen tinha ouvido um físico falando no rádio a respeito dos cálculos que estava fazendo no universo de nove dimensões. Talvez os gays fossem assim no que diz respeito a sexo. Talvez eles fossem capazes de imaginar formas de coabitação que pessoas de mente binária como ela não eram capazes de compreender. Talvez Andre não fosse namorado de Paul. Talvez ele fosse algo parecido, para o qual não existe palavra, cujo mecanismo para ela fosse tão claro quanto o de formação de buracos negros.

— A cozinha fica no andar de baixo — ele disse, indo na frente. Caminhava sem erguer os pés, como se fosse um patinador. Helen arrumou o cabelo e checou o batom no enorme espelho em estilo art nouveau do hall de entrada antes de descer a escada atrás dele.

Helen ficou aliviada ao constatar que Andre preparara duas xícaras. Não dava para saber que tipo de regras sociais prevaleciam naquele lugar. Pelo que ela sabia, ele poderia ter simplesmente feito uma xícara de chá e depois sumido, deixando-a sozinha à espera de Paul. Independentemente do que acontecia ali, algumas gentilezas básicas pelo menos eram mantidas. A não ser, é claro, que ele não tivesse acreditado na história dela e estivesse de olho para que ela não roubasse nada.

Oscar desceu e se juntou a eles, e Helen se sentiu mais à vontade: o cachorro fez a situação parecer um pouco mais compreensível e familiar. Lá estavam eles, um homem e uma mulher na cozinha, tomando chá, com um cachorro. Se tudo o mais falhasse, o cachorro servia como rede de proteção. Se um silêncio se estendesse por tempo demais, sempre existia a possibilidade de voltar para o assunto do cachorro.

Quando se acomodaram à mesa, Helen resolveu tomar a frente, antes que ele se adiantasse e começasse a tentar descobrir quanto ela sabia.

— Há quanto tempo você namora o Paul? — ela perguntou. Qualquer coisa menos do que isso teria deixado Andre em situação difícil. Assim, ela passava por cima da questão de se assumir e dava a impressão de que não havia segredos com os quais Andre precisasse tomar cuidado.

Andre quase engasgou com o chá, aparentemente. Helen fingiu não notar. Ela permitiu que o silêncio se estendesse, para que ele não tivesse escapatória.

— Uns quatro meses — ele respondeu. — Mais ou menos.

— Ah. E vocês estão bem?

Andre deu um sorriso amarelo e assentiu com a cabeça, depois se levantou e ficou remexendo em um armário, como que para ganhar tempo. Voltou à mesa com um pacote de biscoitos, ofereceu a Helen, mas ela não aceitou. Em seguida, ele partiu um deles e deu a Oscar, pedaço por pedaço, desviando-se da conversa sem ser grosseiro demais.

Helen se recusou a lhe oferecer um salva-vidas para a conversa. Era a vez de Andre falar, e ela não permitiria que ele se livrasse dessa.

— A senhora não é nada do que eu esperava — ele disse, por fim.

— É mesmo?

— Eu achava que Paul ainda não tinha contado para a senhora.

— Acho que não foi necessário. Não sou idiota.

— Quando alguém não quer ver uma coisa, geralmente não vê. Isso não faz com que a pessoa seja idiota.

— Por que eu não ia querer ver isso?

— Não faço ideia, mas muita gente não quer ver.

— E Paul age como se eu fosse uma dessas pessoas, não é?

— Não. É apenas a impressão que ele passa. Ele nem fala sobre o assunto, na verdade.

— Ele é muito fechado — Helen disse.

— É, sim — Andre respondeu, e os dois trocaram sorrisos, compartilhando, finalmente, um momento caloroso.

— Mas não devemos falar dele pelas costas. Não é muito correto, não acha? — Helen disse.

Helen teria adorado fazer um questionário com Andre para obter mais informações, mas ela queria deixar claro que se preocupava em proteger a privacidade de Paul. Precisava mostrar para Andre que não era o monstro que Paul tinha pintado.

— Bom, sobre o que mais vamos conversar, então? — Andre perguntou, apenas em parte brincando.

— O tempo? — Helen sugeriu. — O cachorro?

— Certo. O tempo está agradável.

— O cachorro é lindo.

Paul ainda nem tinha chegado e Helen já tinha feito um progresso significativo. Tanto o cachorro quanto o namorado pareciam gostar dela, e ela gostava deles. Desde o momento em que ele descreveu a si mesmo como "André sem acento", ela viu que ele era legal.

Um homem minúsculo, mas todo musculoso e com a cabeça raspada, desceu a escada ruidosamente e começou a abrir os armários da cozinha sem falar nada e sem nem dar uma olhada para Andre ou Helen. Era estranho ele ser tão baixinho e ter o corpo tão musculoso daquele jeito. Quanto esforço desperdiçado. Uma pessoa daquele tamanho jamais poderia ser fisicamente ameaçadora ou particularmente forte. Por que alguém com aquele corpo escolheria a musculação como hobby? Aquilo fez Helen pensar em pessoas surdas que conseguem alcançar algum tipo de domínio sobre um instrumento musical com muito esforço. Por melhores que elas sejam, sempre dá vontade de perguntar: Por quê?

O anão musculoso rasgou o pacote de uma barrinha energética e olhou cheio de raiva para Helen.

— Bom, graças a Deus que você chegou — ele disse. — Está duas horas atrasada.

— Estou? — ela quis saber.

— Ela não é a faxin... — Andre foi dizendo.

— Vocês já combinaram o pagamento e tudo o mais? — ele perguntou. — Já disse que, se encostar em qualquer coisa da porra do meu estúdio, está na rua?

— Você mesmo pode dizer isso a ela — Andre respondeu. — Mas não tem muito por que fazer isso, já que ela não é a faxineira nova.

— Meu Deus, será que eu tenho que fazer tudo sozinho? — ele disse e subiu a escada batendo os pés, como se estivesse tentando mostrar a eles o quanto era pesado.

— As pessoas se acostumam com ele — Andre disse, depois de uma pausa. — Com o tempo, acabam até gostando dele.

— Pareceu-me um rapaz encantador.

— Ele é legal. É que os últimos dias foram difíceis para ele.

Então, de repente, Paul estava parado bem na frente dela, mais parecido com Larry do que nunca, tanto que poderia fazer o coração dela parar: o queixo largo era uma réplica exata do pai, as sobrancelhas recurvadas e escuras se franziam com a expressão de Larry.

— Não ouvi você chegar — Andre disse, levantando-se. Atravessou a cozinha e deu um beijo na boca de Paul.

Paul se desviou do beijo e ficou passando os olhos de Helen para Andre e de volta para ela, como uma pessoa que tivesse sido teletransportada para um lugar totalmente desconhecido. Aquilo que acabara de acontecer simplesmente não fazia sentido. Andre, também perdido, olhou para Paul e Helen. Pela maneira como Paul a fitava, ficava bem claro que não esperava vê-la ali, como Helen tinha lhe dito, e a maneira como tinha se desviado do beijo passava a nítida impressão de que ele não havia, afinal de contas, revelado à mãe que era gay.

Só Helen conseguiu manter a compostura e lançou um sorriso caloroso para Paul.

— Oi, querido — ela disse. — Achei que seria boa ideia aparecer aqui.

Gillian e Daniel

Por que não ter limão é a minha cara?

— Que recepção mais simpática!

Existe uma certa dose de verdade em todos os relacionamentos, que se dá na fração de segundo entre abrir a porta e imaginar um cumprimento educado para um visitante inesperado. Quanto mais alerta você estiver, maiores serão suas chances de fechar as cortinas dessa janela antes que alguém tenha a oportunidade de olhar para dentro. As mulheres são mais rápidas do que os homens. Os homens sociáveis são mais rápidos do que os não-sociáveis. Pessoas felizes se recompõem com mais rapidez do que as infelizes. Isso tudo coloca Daniel na categoria mais lenta de todas. Durante um segundo inteiro, com a visão inesperada da mãe à porta, seu rosto o traiu, num desânimo evidente e completo.

— O que é uma recepção simpática? — ele finalmente conseguiu dizer. — Eu não falei nada.

Gillian já tinha passado por ele e entrado no apartamento, estava desabotoando o casaco na sala de estar quando ele terminou a frase. Ela estendeu o casaco e a echarpe (que usava dez meses por ano) sem nem olhar na direção de Daniel. Examinava a sala com os olhos de um policial que observava uma cena de crime. Daniel pegou as peças de roupa e jogou em uma cadeira.

— O que você está fazendo aqui? — ele disse, voltando-se para a sala.

— Tive uma vontade súbita de vir até aqui.

— Vontade súbita? São 650 km.

— Sou sua mãe. Distância não tem nada a ver com isso.

— Mas... por que não telefonou?

— Já disse que foi um impulso.

— Mesmo assim, você podia ter dito que vinha.

O olhar de Gillian de repente se fixou no livro aberto em cima da mesinha de centro.

— O que é *isso*? — ela perguntou.

— É um romance. Quer um chá?

— Isso eu sei, Daniel. Não sou burra.

— Então, por que está perguntando?

— O que isso está fazendo ali? Você está lendo? Quer dizer, era isso que estava fazendo agora? É assim que você passa a noite?

— É. O livro é bom.

— É pior do que eu imaginava. Preciso me sentar.

— Qual é o problema?

— Você tem 34 anos!

— Tenho.

— É sábado à noite!

— E daí?

— Você é solteiro!

— Sei disso.

— E você está sentado em casa, sozinho, lendo um... um... *romance!* Qual é o seu problema? Quer dizer, você desistiu? É isso? Trinta e quatro anos não é tão jovem assim, mas também não é tão velho. É muito cedo para desistir, não é? Diga que você ainda não desistiu.

— Você quer um chá ou não?

— Claro que quero um chá, e gostaria de saber por que você está aqui como se fosse um aposentado em vez de estar procurando uma garota legal e se preparando para me dar netos.

— Netos. Lá vamos nós — Daniel disse e tomou o rumo da cozinha, seguido de perto pela mãe.

— Não é pedir muito.

— Então peça para a Rose.

— Não se preocupe, peço toda semana. Mas não vejo por que você deve se livrar disso assim com tanta facilidade.

— Qualquer coisa que você disser não vai fazer a menor diferença, mãe. Implicância não faz ninguém se reproduzir. — Ele ligou o bule elétrico e começou a procurar biscoitos em um armário alto da cozinha.

— O que foi que eu fiz para ter filhos tão egoístas? Antes de eu abrir a boca, meu próprio filho me diz que o que eu falo não faz a menor diferença.

— Você falou sim, mãe. E falou demais. Nunca conheci ninguém que conseguisse fazer você parar de falar.

— Toda mulher merece ser avó. É metade do motivo de ser mãe, para começo de conversa.

— Então, nós não passamos de máquinas para lhe dar netos?

— Não são máquinas, mas vocês têm, sim, uma obrigação a cumprir.

— Mãe, a sua vida é sua, a minha é minha. Eu é que sei...

— Esta é a coisa mais idiota que eu já ouvi.

— Como assim? A minha vida não é minha?

— Claro que não é!

— De quem é, então?

— Não sei — ela respondeu. — Mas você não está aqui só por você. Você está aqui para... passar a chama adiante.

Daniel desistiu de procurar os biscoitos, bateu a porta do armário e voltou-se para a mãe.

— Que chama?

— Se nós estivéssemos aqui só por nós mesmos, a vida não teria sentido.

— A vida não tem sentido.

— Não seja ridículo. Limão, não leite.

— Não tenho limão.

— Isso é a sua cara.

— O que quer dizer? Por que não ter limão é a minha cara?

— É sempre assim. Eu, eu, eu. É a sua filosofia.

— Eu não sabia que você vinha!

— Exatamente.

— O quê?

— Você não sabia que alguém vinha aqui.

— Ninguém vem aqui.

— É exatamente o que estou querendo dizer: ninguém vem aqui. É só você e seu mundinho. Eu, eu, eu. Com os seus livrinhos. Em casa.

— Livrinhos? O que você quer dizer com "livrinhos"? Eles não são insignificantes e, mesmo que fossem, não vejo o que isso tem a ver com o fato de eu não ter limão em casa.

— Bom, se você não entende, *eu* é que não vou conseguir explicar.

Gillian sentiu o suor se formar por cima do lábio superior e limpou rápido com a lateral do polegar, um tique nervoso que adquirira nos últimos anos, quando o termostato de seu corpo foi adquirindo uma personalidade rebelde e imprevisível.

Ela se sentia tensa e desconfortável, sensações que se manifestavam em Gillian como agressão. Ela não pertencia àquele lugar. Não tinha nada que chegar invadindo a vida de Daniel desse jeito, mas com uma viagem de 650 km feita, ela não dava a ele outra alternativa senão acolhê-la.

Ela havia passado meia hora no carro, na frente do prédio, considerando a ideia de dar meia-volta e dirigir de volta a Londres. Mas, quanto mais ficava lá, mais confusa se sentia, até perceber que tinha perdido completamente a capacidade de tomar qualquer decisão racional a respeito do que fazer, e já nem pensava mais no problema. Ela só estava lá parada, olhando para o nada, como se fosse louca.

Foi o desejo de tomar uma xícara de chá que acabou fazendo com que ela tocasse a campainha. No momento em que apertou o botão, teve a certeza de que estava cometendo um erro. Não era certo se impor ao filho dessa maneira. Mas ela já tinha tocado a campainha. Agora ia ter que encarar.

Com um suspiro, Daniel entregou a bebida à mãe.

— Isso deveria ter alguma lógica? — ele perguntou. — Eu devo prestar atenção ou você só está falando pelo prazer de ouvir a voz saindo da sua boca?

— Você e suas palavras inteligentes. Sempre agindo como se eu fosse uma burra que não consegue se expressar com clareza.

— Você não consegue se expressar com clareza! Não estou chamando você de burra... nunca chamaria você de burra... mas não sei do que você está falando nem por que está aqui.

— Que gracinha! Foi assim que eu criei você? Viajo centenas de quilômetros para visitar o meu filho e a primeira coisa que ele me diz é: "O que você está fazendo aqui?"

— Não foi a primeira coisa que eu disse; e nem foi isso que eu falei.

— Certo, vou embora. Você não me quer aqui, vou embora. Vá buscar meu casaco. — Gillian verteu o chá fumegante na pia e começou a lavar a xícara.

— Não quero que você vá embora. Fique. Só estou perguntando por que não ligou para me dizer que vinha.

— Preciso pedir permissão?

— Não precisa pedir permissão. Só estou perguntando. Não acha que é normal eu estar surpreso?

— Há milhares de mulheres nesta cidade. Nem tantas quanto na capital, mas você é um homem bonito. Ela não precisa ser judia. Desistimos disso há anos, Daniel. Pode escolher qualquer uma.

— Ah, agora você está *me* dando permissão?

— Mulheres gostam de judeus. Gostam de coisas exóticas. Gerações de sofrimento e um bom diploma universitário... é isso que qualquer moça sensata procura.

— Você realmente não vai me arrastar para esta conversa.

— Você é bonito. Sempre agiu como se todas as mulheres fossem dizer "não", e isso é um engano terrível. Eu devia ter dito mais vezes que você era bonito, quando era pequeno, mas não queria que ficasse convencido. Talvez a culpa seja minha.

— Tem razão. A culpa é sua. Então, como foi a viagem? Quer outra xícara de chá?

— Como pode dizer uma coisa dessas?

— Que coisa?

— Que a culpa é minha!

— Eu estava sendo sarcástico, mãe.

— Você é sempre sarcástico. É uma doença moderna. Ninguém mais sabe o que os outros querem dizer hoje em dia.

— Por que não vamos nos sentar na sala? — Daniel propôs, já sabendo que ela não aceitaria, porque não gostava de salas nem de se sentar. Na casa dela, a sala de estar sempre era fria e iluminada demais. Era um lugar para assistir à TV e receber visitas indesejadas. Tudo acontecia na cozinha.

— Você poderia ter se dado muito melhor — Gillian prosseguiu, sem sair de perto do fogão. — Até as mulheres com quem você saiu, nenhuma delas era nada de que se gabar. Aquela tal de Lucy, com quem você ficou anos, sinceramente, era meio burra. Não passava de uma moça do campo, robusta e saudável. Certo, talvez isso seja interessante durante um tempo, como experiência, mas para um rapaz como você... um intelectual... isto é absolutamente inadequado.

— Não sou um intelectual, mãe.

— Bom, não sei qual é a palavra certa para dizer o que você é, mas certamente não é um caipira.

— Eu nunca disse que era. E desde quando "ser saudável" é insulto?

— E teve aquela outra, Erin. Que tipo de nome é Erin? — Gillian encheu o bule e começou a preparar outra xícara de chá para si. — Parecem umas letras soltas que sobraram de um jogo de palavras cruzadas.

— E isso por acaso é falha de caráter?

— Nunca gostei daquela Erin.

Gillian não sabia muito bem como a conversa tinha tomado aquele rumo nem por que tinha escolhido aquele momento para incomodar o filho com um discurso a respeito de ex-namoradas. Parecia que algo assim sempre acontecia entre os dois. Ela dava início a uma conversa com a intenção de falar com ele como uma amiga e, em poucos minutos, já estava dando bronca como se ele fosse um adolescente teimoso. Sejam lá quais fossem suas intenções iniciais, sempre acabava se comportando do mesmo jeito: por mais que fosse difícil admitir, ela sempre acabava parecendo a própria mãe.

— Podemos mudar de assunto? — Daniel disse, sentando-se pesadamente à mesa da cozinha.

O problema era que, quando começava, era quase impossível para Gillian recuar. E, nessa ocasião específica, ela tinha bons motivos para prosseguir, como tática para desviar a atenção dele da intromissão abrupta que ela operara em sua vida. Quanto mais ela pudesse adiar a explicação, mais chances teria de se safar, e a melhor maneira de afastá-lo do questionamento sobre o motivo de ela estar ali era encontrar alguma coisa mais aborrecida sobre o que falar. Ela tinha que mantê-lo na defensiva.

— Ela era um pouco vulgar, não era? — Gillian disse, sentindo-se ligeiramente envergonhada de seu comportamento. — Ela era muito abusada.

— Você só se encontrou com ela umas poucas vezes e mal falou com ela. Nunca lhe deu uma chance.

— Você viu como ela usava os talheres?

— Realmente isso não é algo que ficou gravado no meu...

— Parecia que ela nunca tinha visto aquilo! Parecia que tinha sido criada por chineses! No fim da refeição, os dedos dela ficavam todos sujos de comida!

— Então, você veio aqui para insultar os modos da minha ex-namorada à mesa? É por isso que está aqui?

— Por que você fica me perguntando isso? É muita grosseria.

— Ah, e não é grosseria ficar disparando insultos racistas para todas as mulheres que eu já amei?

— Você amou aquelas mulheres?

— Não sei.

— Você *amou* sim!

— Não foi o que eu disse.

— Disse sim! Foi exatamente o que você disse.

— Foi modo de falar. Eu estava exagerando.

— Bom, e você amou ou não?

— Que diferença faz? Isso foi há séculos.

— Se você amou *aquelas* mulheres, por que agora está aqui sentado se lamentando? Até parece que está à espera de alguém que se equipare a elas, não é mesmo? Achei que estava sendo seletivo, e isso eu respeito, mas acho que anda procurando em um nível mais baixo do que o seu.

— Não estou procurando nada. Não vou conversar sobre isso deste jeito, mãe.

— Você sempre se desvaloriza. A culpa deve ser minha. Vou tentar colocar as coisas no lugar outra vez.

— Que coisas?

— Vou ajudar você.

— Vai me ajudar a fazer o quê?

— A ficar em pé de novo.

— Mas eu estou em pé. Nunca saí do chão.

— Estou falando das mulheres.

— Mulheres! Como *você* vai *me* ajudar? E quem disse que eu preciso de ajuda?

— Os fatos é que dizem. O tempo é que está dizendo. Um ano sem namorada.

— Não preciso de ajuda, e não quero ajuda.

— Bom, você vai ter ajuda. Eu trouxe uma malinha com umas roupas. Vou passar um tempo aqui para ajeitar tudo.

— Eu estou bem! Não preciso ser ajeitado!

— Quanto tempo você morou na minha casa?

— O quê?

— Quanto tempo você morou na minha casa?

— Do que você está falando?

— Dezoito anos! Dezoito anos! E agora está dizendo que passar uma semana com você é pedir demais?

— Uma semana? Você quer ficar uma semana?

— Vou pegar a minha mala. Está no carro.

— Você veio de carro?

— Eu já disse, foi um impulso repentino. E gosto de viagens longas, de dirigir por percursos longos. É a única chance que eu tenho de ficar parada.

Gillian abandonou sua segunda xícara de chá intocada e se dirigiu para o hall de entrada, seguida de perto por Daniel.

— Papai sabe que você está fazendo isso?

— É claro que sabe.

— E o que ele acha?

— Não sei. Não perguntei.

— Que loucura!

— Não seja teimoso. E espero que, no fim desta semana, eu já o tenha transformado no tipo de homem que não deixa a mãe idosa ir até a rua para carregar sua própria mala.

A porta da frente bateu atrás dela. Daniel verificou se estava com as chaves no bolso e a seguiu. Um minuto depois, já estava carregando a mala da mãe escada acima, até a porta do apartamento. A mala pesava tanto quanto um piano.

Ele não compreendia como aquilo tinha acontecido. Não se lembrava de ter concordado em hospedá-la nem de ter dado o menor sinal de que ela seria bem-vinda para uma estadia. Mas ela ia ficar e, a julgar pelo tamanho da mala, que não era exatamente uma malinha com algumas mudas de roupa e sim um caixão com alça, parecia que estava pronta para se instalar.

Apesar de uma parte dele achar que a temporada poderia muito bem terminar em matricídio, e apesar de a mãe provavelmente ser o ser humano mais irritante que ele conhecia, Daniel ficou surpreso ao perceber que estava feliz em vê-la e que se sentia lisonjeado por saber que ela tinha viajado de tão longe para visitá-lo. De algum modo, sentia partes iguais de prazer e pavor com a ideia de passar um tempo com ela. Ainda que as conversas entre os dois às vezes fizessem com que ele se sentisse como um porco-espinho tentando discutir com um rolo compressor quem estava na preferencial, apesar de ela raramente dizer algo para ele que não pudesse ser interpretado como veneno ou crítica, ele nunca tivera a menor dúvida de que ela o amava.

Quando eles se desentendiam, algo que acontecia sempre, as discussões eram reconfortantemente familiares. Mesmo quando o tempo que passavam juntos era dominado por uma ladainha cuidadosamente enumerada de seus dez maiores e mais recentes defeitos, ela sempre lhe transmitia uma ternura que, de algum modo, fazia com que ele se sentisse bem.

Conversar com ela era como uma sauna para o ego: uma sauna finlandesa completa, daquelas em que a pessoa fica pelada, sai para a neve e apanha com galhos. Enquanto estava se desenrolando, a sensação era apenas de desconforto; depois que acabava, uma paz interior radiante se instalava e ele tinha a certeza de que aquilo lhe faria bem. O contato com a mãe era, em essência, uma forma exaustiva de indulgência masoquista.

Nos seis meses desde que se mudara para Edimburgo, Daniel ficou surpreso ao constatar que sentia mais saudade dela e da irmã, Rose, do que dos amigos. Para um homem que já estava com 30 e tantos anos, isso certamente não era saudável, mas a facilidade com a qual ele havia se afastado da rede de amigos londrinos em que confiava desde a infância o deixara assustado.

Quase todos os amigos mais antigos e mais próximos agora tinham filhos e, nesse processo, parece que eles, um a um, tinham se transformado em zumbis. Quando se encontrava com eles nos fins de semana e tentava mostrar interesse por suas famílias, acabava se sentindo como um estudante de intercâmbio: fazia todo o esforço possível para se comunicar, mas na maior parte do tempo considerava impossível compreender o que estava sendo dito, para onde a conversa estava indo e se o resto das pessoas do recinto estava ou não cheio dele e desesperado para que ele fosse embora para que pudesse dar continuidade à vida. Ele sempre se sentia menos como visita e mais como um intruso. Quando conseguia arrastar os amigos para um bar para se encontrarem sozinhos, eles sempre tinham aquele olhar vidrado dos velhos boxeadores que levaram alguns socos demais na cabeça. Era como se o fantasma dos filhos os acompanhasse até o bar e ficasse correndo invisível ao redor da mesa, destruindo a capacidade do pai de se concentrar em um assunto por mais de 30 segundos.

Os únicos amigos de Daniel que não tinham filhos também costumavam não ter namorada e, como resultado, pareciam incapazes de sair de casa se não fosse para caçar, e com isso sua capacidade de concentração não era muito maior do que a dos pais abobados.

À medida que o número de amigos capazes de manter uma conversa coerente ia diminuindo, Daniel começou a sentir que a amizade como passatempo estava se tornando obrigação em vez de prazer. Pensou que algumas centenas de quilômetros de distância pudessem reavivar essas amizades pelo telefone, com menos visitas obrigatórias para piorar a situação. Mas, desde que chegara a Edimburgo, suas contas de telefone revelavam a cada mês mais ligações para o restaurante indiano do que para qualquer número de Londres.

Essa tinha sido a descoberta mais estranha que resultou de sua mudança para a Escócia: ele simplesmente não sentia saudade dos amigos. Erin, por outro lado, irrompia em seus pensamentos de hora em hora.

Duas semanas antes

Dia das Mães

Não que o Dia das Mães tivesse alguma importância para Helen. Ela não acreditava naquilo e, realmente, não tinha nenhuma expectativa em relação àquele dia. Mas, ao descer as escadas enrolada em seu velho penhoar acolchoado, houve um breve momento irracional em que pensou que talvez, pelo menos desta vez, encontraria um cartão do filho. Não esperava flores nem chocolates, nem mesmo um telefonema, mas um cartão (uma minúscula indicação de que ele se lembrava de quem ela era e do que tinha feito por ele) teria trazido uma lufada de vida para seu dia.

O capacho da entrada, é claro, estava vazio. Era domingo. Não havia uma correspondência sequer. Um panfleto solitário de entrega de pizza caçoava de suas esperanças de devoção filial.

Helen amassou o panfleto e o enfiou no lixo da cozinha. Ela estava tentando abrir mão do café da manhã. A última moda era não comer pão, e torrada era a única coisa que ela conseguia encarar de manhã. Preparou um chá preto e se esforçou muito para engolir uma banana. Essa fruta era um tanto deprimente: o barulho que fazia ao ser mastigada, a cor vulgar e pseudoalegre, o volume inútil e desperdiçado da casca. A única razão por que fazia sucesso provavelmente era porque dava para comer sem que as mãos ficassem meladas.

Isto aqui não é nada saudável, pensou consigo mesma. Aqui estou eu, uma mulher adulta e inteligente, gastando seu tempo com uma lista mental a respeito dos prós e contras das bananas. Minha cabeça devia estar cheia de coisas mais interessantes do que isso. Eu devia aproveitar melhor o meu cérebro.

Pelo menos era dia de reunião do clube do livro. Chamavam aquilo de clube do livro, apesar de não ser um clube de verdade e de elas nem se importarem mais com os livros. Era apenas uma ocasião social como outra qualquer: no último domingo de cada mês, Gillian, Carol e Helen se reuniam para tomar café e bater papo; o local do encontro variava de mês em mês, alternando-se entre a casa das três. Elas eram o que tinha restado de um grupo de mães que começara a se reunir uns 30 anos antes, para que os filhos brincassem juntos. Todas tinham filhos da mesma idade e se encontravam com regularidade para aliviar o tédio do início da maternidade. Apesar de algumas frequentarem o grupo apenas para quebrar a rotina entediante, aquelas três realmente se gostavam, e os filhos delas (com um pouco de incentivo) podiam ser convencidos a se entreter sem fazer muito barulho nem derramar muito sangue. Em todo aquele tempo, só tinham precisado ir ao hospital uma vez.

O grupo já tinha crescido e encolhido, conforme gente nova chegava ao bairro, mudava de lá, dava à luz, trocava de escola e se divorciava. No auge, em um certo ano, elas tinham até organizado férias em um acampamento com um número de famílias tal que seria impossível nenhuma catástrofe social se abater sobre elas. Mas, apesar de tudo o que acontecera ao longo de mais de três décadas, Gillian, Carol e Helen tinham sido sempre vizinhas e amigas.

Tinham parado de se reunir depois que os filhos foram para o ginásio e, apesar de não terem perdido totalmente o contato, passaram mais de dez anos sem se juntar como grupo. Então, quando todos os filhos já estavam na casa dos 20 anos e tinham saído de casa, Carol sugerira que dessem início à rotina do café aos domingos. Quem sugeriu que a reunião fosse transformada em clube do livro foi Gillian, frustrada com o fato de que elas pareciam não falar de outra coisa além dos filhos.

A ideia foi um sucesso durante algum tempo, não só porque assim elas se livraram das mulheres mais irritantes, mas também porque não demorou muito para que todo mundo parasse de ler os livros e, mesmo quando lia, não falasse mais deles. Com o tempo, restaram apenas Helen, Carol e Gillian com o café nas manhãs de domingo. Para Helen, aquilo era mais ou menos perfeito. Apesar de mal ser capaz de admitir para si mesma, aquele era o ponto alto do mês para ela.

Logo que Helen veio de Kensington para Pinner, desdenhou e sentiu pena das mulheres suburbanas a seu redor. Quando foi escolher uma casa, estava muito mais preocupada com a vida da qual queria se afastar do que em saber onde estava se metendo. Só tinha pensado na casa e no jardim, não na comunidade em que teria que se encaixar.

Ela logo percebeu que aquela viagem curta, alguns quilômetros além da linha metropolitana, quase a tinha levado de volta a Derby. Aquelas mulheres obviamente nunca tinham frequentado as festas que faziam parte de sua rotina semanal. Elas pareciam ser tão toscas quanto Helen achava que devia ser quando chegara à capital. Todas passavam a impressão de ter vivido toda a década de 1960 sem fumar um único baseado nem ir para cama com qualquer homem além do próprio marido. Chegavam a ponto de apenas raramente ir até o centro da cidade; o pequeno desfile de estabelecimentos comerciais suburbanos parecia satisfazer todas as suas necessidades. A maneira como se vestiam dava a Helen vontade de pegá-las pelos braços e gritar: "Você não folheou nenhuma revista nos últimos cinco anos? Você nunca abre os olhos?"

No começo, Helen dizia a si mesma que só se socializava com aquelas mulheres por causa de Paul, para que ele pudesse ter amigos. Mas, à medida que os anos foram passando, apesar de ela nunca ter deixado de achar horrorosa a maneira como elas se vestiam, e apesar de sempre ter se apegado à ideia – que existia em algum cantinho de sua alma – de que ela estava apenas de passagem pelo subúrbio, por conveniência materna, e que no fundo era uma mulher metropolitana, seu alheamento aos poucos foi se esvaindo. Nunca admitiu para si mesma que era igual a elas, mas foi gradualmente reconhecendo que elas tinham muita coisa em comum, e as diferenças deixaram de ter importância.

Elas tinham visto os filhos umas das outras passarem de bebês a crianças e entrarem na adolescência e na idade adulta, ao mesmo tempo que lentamente se viam ficando mais velhas. Tinham estimulado, aconselhado e reconfortado uma à outra na árdua tarefa de ser mãe. A proximidade e as experiências compartilhadas, ano após ano, foram unindo as vidas delas. Fora da família, Helen nunca tinha tido intimidade mais profunda do que a que compartilhava agora com Gillian e Carol. As amizades, no fim das contas, tinham sido tão importantes para Helen quanto seus casamentos; pelo menos tinham durado mais tempo.

No entanto, mesmo depois de mais de três décadas, ela ainda não tinha conseguido juntar coragem para falar com elas sobre as roupas que usavam.

Enquanto Helen servia o chá e estendia às outras a bandeja coberta com biscoitos cuidadosamente arrumados sobre os outros que ela tinha preparado cerca de uma hora antes da chegada das amigas, observou que era Dia das Mães.

— Rá! — Gillian disse.

Helen nem precisou perguntar o que aquilo significava. Apesar de Gillian ter o hábito de falar demais, ela também tinha o dom de comprimir pensamentos complexos em pacotes muito pequenos. "Rá!", de algum modo, dizia tudo.

— Algum cartão? — Helen perguntou.

— Ah, o Matt me dá de presente um fim de semana em Paris todo Dia das Mães — Carol respondeu, com sarcasmo pesado e melancólico na voz.

— Nada mesmo? — Helen perguntou.

— Alguém ganha mesmo alguma coisa? — Carol quis saber.

— As lojas estão sempre cheias de coisas. Alguém deve comprar — Gillian respondeu.

— Nada do Daniel? — Helen perguntou.

Gillian revirou os olhos.

— Acho que o Daniel nem lembra o telefone lá de casa; o endereço, então, nem pensar.

— Qual é o problema deles? Quer dizer, QUAL É O PROBLEMA DE TODOS ELES? — Helen questionou, fazendo a xícara de chá tremer em cima do pires com a raiva nebulosa que lhe subiu por dentro. Helen não sabia muito bem o que a irritava, mas como estava entre amigas íntimas, achou que a melhor maneira de descobrir seria continuar falando, para ver onde aquilo ia dar. — São homens adultos! Não são mais crianças. A gente sabe que vão passar um tempo odiando a gente, na adolescência, mas depois supostamente superam, não é mesmo? Nossa relação a essa altura devia ser civilizada, adulta. Eles deviam se comportar como gente grande. Deviam ter filhos. Deviam estar passando pelo que nós passamos, percebendo como essa porcaria toda dá um trabalho do cão e... quer dizer... nós esperamos trinta anos por um pouco de compreensão e gratidão, e já estou cheia.

Ela se recostou na cadeira e soltou um suspiro, sentindo-se bastante satisfeita com seu desabafo, até mesmo um pouco corada e revigorada, como se sentia depois de fazer uma limpeza pesada em casa.

— Vai esperar mais trinta anos se estiver atrás de gratidão — Gillian afirmou.

— Bom, só algum tipo de comunicação já seria um começo. O Paul não fala mais comigo. Ele me acha entediante e burra e fala comigo o mínimo possível, só para dizer que falou e, quando fala, conta o mínimo que pode.

— É normal os filhos considerarem os pais entediantes e burros — Gillian afirmou. — É um ciclo natural. Significa que você os educou bem e que fez com que eles tivessem aspirações mais elevadas na vida.

— Está dizendo que *sou* entediante e burra? — Helen quis saber.

— Só estou dizendo que é normal — Gillian respondeu. — Principalmente os meninos. E não adianta nada se irritar com isso. Não é mesmo, Carol?

Gillian voltou-se para Carol em busca de apoio; ao fazê-lo, percebeu que a expressão em seu rosto era decidida e concentrada. Helen também percebeu e as duas ficaram olhando para Carol, esperando que ela falasse. Foi uma longa espera.

Apesar de Carol nunca sequer reparar no Dia das Mães e de jamais ter incentivado o filho a celebrar a data com cartões ou presentes, na noite anterior ela tinha falado ao telefone com Matt e, depois, ficou surpresa ao constatar que estava à beira das lágrimas. Eles não tinham brigado, Matt não tinha sido grosso, nem mais evasivo do que o normal, e nenhum silêncio especialmente longo tinha se instalado entre os dois. Só que tinha ficado alguma coisa no ar que a deixou com uma sensação de pesar. Em essência, era pelo fato de que não existia nada entre eles. Era comum Carol travar conversas mais agradáveis e sinceras com desconhecidos.

Depois de desligar, ela assistiu ao noticiário com o marido, como sempre fazia, mas as imagens do caos mundial se alternaram em flashes diante de seus olhos, nenhuma palavra saída da televisão penetrou em sua mente. Nunca havia ocorrido a ela que era possível sentir pesar por um parente vivo, por alguém que você ainda amava. Matt ainda estava completamente vivo e saudável, mas ela percebeu que a relação entre os dois tinha morrido. A única coisa que restava era o fluxo de mão única do amor dela. Matt, seu único filho, o centro de sua vida, pensava nela simplesmente como mais uma tarefa a cumprir, algo como lavar a roupa e esvaziar a lava-louças. Ela nunca tinha se sentido tão velha e inútil.

— Eles nos descartaram — Carol terminou por dizer. — Durante anos a fio, tiraram tudo o que tínhamos para oferecer e agora acham que um telefonema mal-humorado de vez em quando basta para pagar a dívida.

— É assim que funciona — Gillian disse.

— Bom, não devia ser assim — Carol retrucou com a voz trêmula de emoção sufocada. Helen tinha lhe dado uma ideia. Talvez ela não fosse, afinal de contas, velha e inútil. Talvez, pela primeira vez, ela fosse capaz de superar seu instinto natural de presumir que todos os problemas eram culpa sua e devesse considerar a ideia de que talvez a culpa fosse de Matt. Talvez ele fosse jovem e inútil.

— Não, não devia mesmo — Helen disse, feliz em encontrar apoio. Percebeu que ela e Gillian trocavam um sorriso irônico e um olhar ao mesmo tempo curioso e preocupado com a reação estranha de Carol.

— Claro que *não devia* — Gillian afirmou. — Mas se é assim que eles querem se comportar, simplesmente temos que aceitar.

— Por quê? — Carol indagou, virando-se para Gillian, como se de repente tivesse se irritado com ela.

— Como assim, "por quê"? — Gillian perguntou.

— Por que nós simplesmente temos que aceitar? — Carol explodiu, brandindo no ar um biscoito pela metade.

— Qual é a alternativa? — Gillian colocou. — Acha que deixar o ressentimento corroer a gente vai melhorar alguma coisa?

— Bom, quem sabe se, em vez de ficarmos aqui nos lamentando, a gente não faz alguma coisa? — Carol propôs.

— O quê, por exemplo?

— Pense em tudo o que fizemos por eles. Ano após ano. Eles têm uma dívida conosco. — Enquanto as palavras iam saindo da boca de Carol, ela percebeu que nunca havia pensado em Matt nesses termos. No passado, ela tinha se irritado com ele por coisas específicas, e algumas vezes esperou que ele se desculpasse e a acalmasse, mas nunca tinha pensado em uma grande dívida de amor que seu filho irresponsável e ingrato tinha a pagar.

— O que eles nos devem? — Gillian perguntou.

— Bom — Carol respondeu, atrapalhada, tentando encontrar uma maneira de expressar seu pesar, até que de repente lhe veio à mente o que era o ponto central da questão. — Netos, para começo de conversa.

— Rá! — Gillian respondeu.

— Eles estão com 34 anos! — prosseguiu Carol, sentando-se mais para a frente na cadeira e deixando de lado a xícara de chá. — Já está na hora. E nenhum deles se casou, eles nem têm relacionamentos sérios, muito menos alguma criança. Nós já devíamos ser avós a esta altura. Deveríamos estar cercadas de pessoinhas que nos adorassem e nos achassem maravilhosas, mas que não nos fizessem ficar acordadas à noite e que pudéssemos devolver quando estivessem com a fralda suja. Essa é a recompensa. É isso que eles nos devem.

— Seria legal — Helen concordou. — Mas não vai acontecer.

— Por que não? — Carol insistiu. — Por que estamos sendo colocadas para escanteio?

— Talvez eles só precisem de um pouco mais de tempo — Gillian disse. — Vai acabar acontecendo.

— QUANDO? No ano que vem eles vão fazer 35 anos. Isso nem é ser jovem. Isso é meia-idade. Eles já estão quase na meia-idade e ainda querem viver como crianças.

— Não é meia-idade.

— Não é ser jovem — Carol afirmou. — Se eles fossem mulheres, já seria quase tarde demais.

— Você está histérica — Gillian respondeu. — Eles não são mulheres e não é tarde demais.

— Mas eles não estão a ponto de fazer isso. Não estão nem perto. Nenhum deles.

— É assim que as coisas são — Helen disse, pensando que, no caso de Paul, havia um impedimento muito maior do que a idade.

— Mas por quê? — continuou Carol, ainda agitando os restos de biscoito, cheia de raiva. — Se eles não querem fazer isso, acho que é um direito deles. Mas nós vamos ficar aqui sentadas sem nem ao menos saber por quê? Talvez seja algo que a gente fez.

— O que está sugerindo? — Gillian perguntou.

— Vamos descobrir — Carol respondeu. — Não podemos forçá-los a ter filhos, mas podemos pelo menos obrigá-los a nos dar uma explicação. Eles não podem nos negar *isso*.

— Podem sim — Gillian respondeu. — E provavelmente vão.

— Bom, então talvez nós estejamos facilitando demais a vida deles. Talvez esteja na hora de forçar o assunto.

— Como? — Helen quis saber.

— Não podemos desaparecer com tanta facilidade. Não podemos desistir.

— Não podemos desaparecer?

— É. E se nós fôssemos até eles? Para uma visita? E ficássemos um tempo? — Carol propôs. A ideia foi surgindo em sua mente no momento em que saiu de sua boca. Se houvesse qualquer pausa entre o pensamento e a fala, ela provavelmente iria desconsiderar a ideia, de tão ridícula.

— Se a gente *ficasse um tempo*? — Gillian questionou.

— Quem sabe só... uma semana. — Carol ainda não conseguia acreditar em sua própria proposta, mas agora que tinha começado, parecia que valia a pena colocar para fora, só para ver o que as outras duas pensavam... para chegar ao cerne do motivo por que uma ideia tão simples podia parecer tão extravagante.

— Uma semana! — Helen quase derramou o chá.

— É. Eles moraram na nossa casa muito tempo. São obrigados a suportar o inverso por uma semana — Carol afirmou, em tom desafiador.

— Eles nunca vão aceitar — Gillian disse.

— Então não daremos a eles oportunidade de dizer não.

— Como? — Helen perguntou.

— Não vamos pedir licença. Vamos simplesmente aparecer. Eles não vão nos expulsar. Não se agirmos com determinação.

— Mas por quê? — Gillian quis saber.

— Porque não podemos permitir que eles simplesmente desistam de nós. Fora os netos, se é que há alguma coisa que eles realmente nos devem, é o direito de conhecê-los. E eles nos excluíram; simplesmente não é justo.

— Não daria certo — Helen disse.

— E não teria a ver só conosco, teria a ver com eles — Carol prosseguiu, adquirindo entonação de segurança cada vez maior, à medida que ia ficando assustada e animada ao perceber que estava começando a acreditar no que dizia. As objeções de Gillian e de Helen (que no fundo também eram as dela) soavam fracas e covardes. Para sua própria surpresa, ela estava vencendo a discussão. — Se eles não são capazes de terminar de crescer por conta própria, talvez precisem de nós para isso — afirmou. — Não estão velhos demais para levar bronca, e não estão bem resolvidos o bastante para não precisar de... de... não sei... de cuidados de mãe.

— Cuidados de mãe? — Helen questionou.

— É isso mesmo, cuidados de mãe. Nós não terminamos o nosso trabalho. É simples assim.

— Uma semana? — Helen perguntou.

— Mas... como? — Gillian colocou. — Quer dizer, como vamos fazer isto? O que eles vão achar?

— Vamos descobrir, não é mesmo? Se eles acham que têm o direito de nos esquecer, então nós temos o direito de ir lá para fazer com que se lembrem.

— Como um protesto estudantil? Uma ocupação ilegal? — Helen perguntou.

— Não, vamos fazer uma visita agradável. Só vamos tentar fazer com que eles se lembrem de quem nós somos e descubram quem são. Sinceramente, acho que não sei mais.

— Não — Helen respondeu. — Nem eu.

— Nem eu — Gillian completou.

— Mas você está brincando, certo? — Helen afirmou. — Quer dizer, você não faria isso de verdade, faria?

Carol e Matt

Palidez fantasmagórica

Sentada sozinha naquela caverna estranha e desalmada que Matt chamava de apartamento, Carol ficou imaginando como as outras duas estariam se saindo. Talvez ela fosse a única que tivesse realmente ido adiante com o plano. Ainda no último instante antes de tocar a campainha, ela esteve a ponto de recuar e voltar para casa. As chances de que Helen e Gillian tivessem sido tão corajosas quanto ela e de que tivessem conseguido convencer os filhos pareciam pequenas.

Pegou o celular para telefonar e descobrir, mas se deteve. Não queria saber; não queria se desestimular. O que as amigas estavam fazendo já não importava. Agora que ela estava ali, só tinha que pensar em si mesma e em Matt. O fato de ele não tê-la mandado embora não significava, em si, um avanço significativo. Era apenas o começo. Ela tinha que se concentrar em seu objetivo, que era ajudá-lo.

Carol nunca se imaginaria como o tipo de pessoa que bisbilhota a vida dos outros, ainda mais traindo a confiança que o anfitrião deposita na hóspede; mas Matt não era exatamente um anfitrião, e ela não era exatamente uma hóspede. Ela sabia que aquele apartamento não era dela, mas era quase, em certo sentido. Ele era seu filho e ela o amava. Nunca faria algo que não fosse para o bem dele.

De acordo com essa lógica, mesmo o fato de ter vontade de vasculhar as coisas dele já se justificava, e ela resolveu começar embaixo da cama. O primeiro passo da operação era a pesquisa. Ela teria que descobrir mais sobre quem ele realmente era. Especificamente, teria que procurar o vazio existente entre a maneira como ele se apresentava a ela e como realmente era. Embaixo da cama parecia um lugar lógico para começar.

Descobriu que a principal coisa guardada ali era poeira. Poeira e material esportivo, uma combinação que revelou a ela que ele era o tipo de homem que gostava mais de comprar apetrechos do que de usá-los. Não foi uma grande surpresa. Quando ele era criança, a situação era sempre a mesma: começava a atormentá-la em outubro pedindo um presente de Natal específico, mas perdia o interesse pelo objeto antes do Ano-Novo.

Uma pequena caixa preta, interessante por sua aparência nada esportiva, chamou sua atenção quando ela já estava para se levantar. Esticou a mão através da poeira para soltá-la do canto no qual estava alojada. A caixa não tinha nada escrito mas era sólida e feita de cartolina de boa qualidade. Era uma caixa de mulher, não de homem.

Carol sentou-se na cama e abriu a caixa. Dentro dela, em um ninho de papel de seda vermelho cuidadosamente amassado, havia um par de algemas, um tubo de "Lubrificante Me Lambe" e outro de "Pintura Para o Corpo Cappuccino Atrevido" e um colar de contas que devia ter sido deixado ali sem querer. Entre a caixa e o papel de seda havia um envelope minúsculo com a letra "M" escrita em letra feminina floreada.

Carol até sentiu uma pontadinha de crise de consciência ao tirar o cartão do envelope. Ela e Matt já tinham brigado por conta de sua leve tendência a xeretar, mas a verdade é que, quando se está encarregada de esvaziar o cesto de lixo do quarto do filho, é inevitável deparar com coisas que não deveria ver. Ela sabia que tinha reagido de forma exagerada em algumas ocasiões. Hoje compreendia que sua reação ao kit de refil de caneta-tinteiro, que se parecia muito com uma seringa, tinha beirado a histeria, mas ela só queria fazer o certo. Tudo que fizera pelo filho, tinha sido para o bem dele. Mas o fator mais difícil na relação com os filhos era que eles nunca esqueciam nem perdoavam nada. Se você fizesse mil coisas certas, só iam se lembrar daquela única que os tinha incomodado.

Carol se deu conta de que, a cada geração, parecia que os pais estavam ficando mais tolerantes com os filhos, ao mesmo tempo que os filhos ficavam mais rígidos com os pais. Ficou pensando em quanto tempo faltava para que as coisas dessem uma guinada completa e os adolescentes começassem a bater nos pais por mau comportamento.

Para superar sua crise de consciência quanto à questão do envelope, Carol ficou imaginando que tipo de pessoa aguentaria não olhar. Que tipo de ás do autocontrole seria capaz de se conter e não ler o cartão? Qualquer pessoa que não fosse tomada por essa curiosidade seria desumana. Uma pessoa assim seria, acima de tudo, uma péssima mãe. Por isso, em sua qualidade de boa mãe, ela abriu o cartão e leu.

A parte da frente do cartão era cor de creme, texturizada com linhas em relevo, finas e superficiais, sem nada escrito. A parte de dentro dizia:

M
Você foi um menino muito levado.
Vai ter que receber um castigo.
Sem piedade.
K
XXX

Quem era K? O que Matt tinha feito? O castigo aplicado não exigia muita imaginação para descobrir.

Carol percebeu que suas mãos estavam tremendo e que gotas de suor se formavam em sua nuca. Será que seu filho era um pervertido? Será que aquilo era considerado *bondage*? Será que tinha mesmo gente que fazia aquelas coisas? Gente normal? Será que isso era algo com que uma mãe devia se preocupar? Será que havia grupos de autoajuda para esse tipo de coisa?

Carol olhou mais uma vez para os tubos de creme. Examinando-os com mais atenção, percebeu que pareciam ter sido usados uma vez. Com entusiasmo. Sem economia. Mas só uma vez. A tampa da caixa, além do quê, estava tão empoeirada — se não mais — do que as raquetes de tênis e de squash. Pensando bem, usar aquilo uma vez provavelmente não colocaria ninguém na categoria dos pervertidos.

Carol guardou os tubos de volta na caixa; seus dedos se atrapalhavam com a pressa enquanto ela arrumava o papel de seda na posição anterior. De repente, sentiu muito calor e imaginou que talvez estivesse corando. Imagens lúgubres começaram a lhe passar pela cabeça, de um tipo que ela nem sabia que seu subconsciente continha.

Fechou a tampa da caixa e a empurrou com firmeza de volta para um canto distante no meio da imundice de debaixo da cama e se levantou. Dirigiu-se com rapidez até a cozinha e engoliu um copo grande cheio d'água; o frescor na língua e nos lábios dela serviu para dissipar o lodo sórdido que tinha começado a anuviar sua mente.

Ela lavou as mãos, duas vezes; ao enxugá-las, sentiu uma onda surpreendente de orgulho materno. Mulheres desejavam seu filho. Não eram apenas mulheres tímidas e sem graça, mas mulheres como "K", capazes de ir a só Deus sabe que tipo de loja e sair de lá com caixas pequenas e pretas cheias de itens indescritíveis.

Ninguém ia querer que o filho se casasse com uma K. E com certeza ninguém desejaria que K fosse mãe de seus netos.

Mas dava um certo orgulho saber que o seu filho era capaz de encarar uma mulher assim. Era mais ou menos como escalar uma montanha. Você não ia gostar muito de ver o seu filho fazendo isso, mas ficaria muito orgulhosa quando ele voltasse para casa são e salvo.

O mundo estava cheio de Ks, e sempre tinha sido assim, apesar de as lojas para esse tipo de mulher serem novas. Carol sabia que existia uma K em todo trem do metrô, em todo escritório, em todo supermercado; e resolveu que, da próxima vez que ela se visse do lado de uma delas, sentiria um pouco menos de desdém e que também ficaria um pouco menos intimidada.

No que diz respeito à sua pesquisa, aquela novidade era importante e desestimulante. Sua busca por uma explicação para a falta de netos imediatamente deu um passo adiante. Agora ela conhecia a escala de sua tarefa. Para que Matt produzisse os bebês que ela tanto desejava, ele precisava passar de K para uma parideira.

A ideia de que Carol seria capaz de afetar de alguma forma o gosto dele sobre as mulheres, ainda mais por ser assim tão radical, de repente lhe pareceu ridícula de tão ambiciosa. A menos que, hoje em dia, existissem mulheres como K que também queriam ter filhos. Era possível. Não havia limite para as exigências crescentes que os homens acreditavam ser possível fazer das mulheres, e era bem possível que um toque de vagabundice tivesse entrado no cardápio depois do tempo dela. Mas não fazia ideia sobre como encontrar uma mulher dessas e convencer Matt a se interessar por ela.

O vigor com o qual Carol começou a limpar o apartamento demonstrava que sobrara uma certa culpa por ter xeretado as coisas dele. O zelo com que ela se dedicou à tarefa tinha caráter quase de purgação. Quando acabou, tudo brilhava, até as coisas que não deveriam brilhar. O apartamento todo passou de sépia fosco para alto brilho, o cheiro de cigarro velho passou para aromas químicos pungentes de pinho e limão.

Preocupada por talvez ter exagerado nos produtos de limpeza (para falar a verdade, estava um pouco difícil respirar ali), Carol abriu as janelas e começou a procurar flores.

Quando finalmente terminou, mal dava para reconhecer o apartamento. Carol fez uma pausa momentânea e se lembrou de que, na verdade, a casa não era dela. Quanto mais pensava nisso, mais tinha certeza de que Matt não seria grosseiro a ponto de se ofender com sua iniciativa.

Ela se largou no sofá, exausta depois de sua labuta doméstica. Como não tinha ninguém olhando, não viu motivos para não se entregar ao estofamento sensual e envolvente, e teve que admitir que era assustador de tão gostoso. Na verdade, mobília não devia fazer isso com a gente. Aquele nível de luxúria física era quase obsceno. Não era saudável ter tanto prazer só de se sentar. Drogas, Carol imaginou, deveriam dar uma sensação assim, só que mais intensa.

Não era de admirar que pessoas como Matt fossem preguiçosas. Se era tão bom assim ficar sentado, levantar-se devia parecer um esforço tremendo, completamente sem sentido.

Aquilo não era algo que tivesse alguma lógica para ela, mas Carol de repente se pegou pensando que os jovens de hoje tornavam as coisas muito difíceis para si mesmos ao fazer com que tudo fosse tão fácil. Havia muito mais coisas para atraí-los ao ócio. E não era só o ócio. Praticamente todo tipo de pecado que se possa imaginar tinha importância muito maior do que antes. Na juventude dela, para cometer um pecado era necessário esforço próprio. Agora, cada anúncio na rua e cada programa na TV parecia um manual de instruções para a depravação moral. Se agora era tão mais fácil ser mau, com toda a certeza era mais difícil ser bom.

Embaixo da mesa de centro, no meio de uma pilha de DVDs, Carol viu um exemplar de revista da qual reconheceu o título, BOLAS!. Era lá que Matt trabalhava. Nunca tinha lido. Matt nunca a impedira de ler, mas também nunca havia enviado um exemplar nem dito onde comprar a revista. Agora ela entendia por quê.

Na capa havia uma moça seminua, cuja expressão era um misto de alguém que sentia prazer pela desgraça alheia e a de uma pessoa que tivesse se sentado em uma coisa pontuda. Ela segurava, com reverência quase erótica, um lingote prateado de tecnologia que podia ser uma câmera, um telefone, um computador ou um moderníssimo conjunto de garfos para bolo. Carol realmente não estava qualificada a dizer o que era aquilo. Talvez fosse o objeto no qual ela havia se sentado sem querer.

BOLAS! proclamava a revista. E embaixo, em letras menores, NÃO ESQUEÇA SUAS BOLAS!.

A revista começava com uma coisa que se autodenominava página de notícias, apesar de cada item não passar de uma foto de uma ou duas moças, de biquíni ou de topless, acompanhada por uma legenda com um nome (Carol não tinha ideia se devia reconhecê-las ou não) e algum comentário engraçadinho sobre o lugar em que estavam, quem as acompanhava ou o que tinha acontecido com suas roupas. Mais adiante, havia outros artigos no mesmo estilo, intercalados com uma ou outra reportagem sobre futebol, equipamentos eletrônicos ou carros, mas até esses textos eram fartamente ilustrados com mulheres seminuas e com a virilha geralmente escondida por algum objeto de cena (uma bola de futebol, por exemplo, ou um pneu) relevante ao tema do artigo. Carol não sabia dizer se a revista tentava ser pornográfica ou jornalística, ou se era um catálogo de equipamentos eletrônicos por reembolso postal.

Havia umas poucas entrevistas, algumas com moças que só apareciam com o primeiro nome, o que fez Carol presumir que ou eram megaestrelas globais que não precisavam de sobrenome ou então garotas encontradas na rua. As entrevistas geralmente tinham quatro ou cinco perguntas, na linha de "Qual é o jeito mais fácil de conquistar você?" e "Você já tinha posado nua antes?".

Independentemente do envolvimento do filho, só saber que uma revista daquelas existia já era deprimente. A idade mental de seu público-alvo parecia ser por volta de 12 anos. Era quase um gibi. No entanto, só falava de sexo, ou melhor, de peitos. Carol realmente não conseguia entender qual era o significado de *BOLAS!*, nem por que existia, nem a quem se destinava. Pensar que aquilo era a vida do filho lhe deu vontade de chorar.

Carol devolveu a revista à mesa de centro e enxugou a mão na saia. Ela sempre conversava com Matt sobre o trabalho (sobre como a carreira dele estava sempre em ascensão, o número de pessoas que ele chefiava, como a circulação da revista não parava de subir), mas o conteúdo real da publicação nunca havia sido discutido. Ela nunca pensou em perguntar, e ele nunca oferecera nenhuma informação. Ela só sabia que era uma revista masculina e, até então, achava que sabia o que isso significava.

Nas raras ocasiões em que ela pensava sobre a reticência dele, achava que isso se devia simplesmente ao medo que ele devia ter (acertado, aliás) de que Carol achasse que revistas fossem uma coisa um tanto efeminada. Revistas masculinas, apesar de todo o esforço árduo que faziam para serem de macho, sempre tinham deixado Carol desconfiada. Homens de verdade, para ela, não precisavam de conselhos para ajudá-los a ser machos.

É, pensando bem, ela percebeu que Matt sempre se esforçara para não entrar em detalhes a respeito do conteúdo da revista, mas ela permitira que ele agisse assim, acreditando compreender seus motivos. Ela sempre achou que ele tentava encobrir sutilmente a natureza vergonhosa e efeminada de seu trabalho. Nunca lhe passou pela cabeça que ele pudesse estar escondendo algo sórdido de verdade.

Quando via as moças se expondo em cartazes publicitários, às vezes Carol se perguntava como elas encaravam a mãe e se a família sabia o que elas faziam para ganhar a vida. Agora Carol queria saber como iria encarar o próprio filho.

Duvidava que fosse aconselhável revelar o que ela pensava. Se dissesse qualquer coisa, sua repulsa iria transbordar e, sem perceber, já estaria dizendo que a vida dele estava chafurdando na imundice. Se o objetivo dela era melhorar o relacionamento entre os dois, esse não devia ser o caminho mais promissor a seguir.

Matt, enquanto isso, vivia o frenético dia do fechamento, apressando-se para entregar a revista no prazo. Como sempre, aquilo significava uma tarde de pânico, que se transformava em alegria quando as páginas finalmente eram enviadas. Como era tradição, toda a equipe ia para um bar do Soho que fazia sucesso entre jogadores de futebol, modelos e gente disposta a pagar cinco libras por uma cerveja para beber ao lado de jogadores de futebol e modelos. Não ocorreu a Matt, que por um instante tinha se esquecido da visita, deixar a comemoração de lado e ir mais cedo para casa.

Matt pagou a primeira rodada, que deu o total de 40 libras, incluindo a gorjeta que deu a Marcello, o barman cubano que, de acordo com os boatos, era na verdade Brian de Hounslow. Quando a conta já chegava às 80 libras, a gangue de colegas ia começando a ficar irrequieta. Quando o total passava um pouquinho de 100, um bando de modelos entrou no bar e levou um toque de sobriedade de volta à noite, enquanto cada um escolhia seu alvo.

Matt escolheu uma moça que, bom, era quase idêntica a todas as outras, a não ser pelo cabelo, um pouco mais preto do que o das duas outras morenas, e insistia em afirmar que seu nome era Angel.

Quando a conta atingiu a marca de 150, ele e Angel já estavam se entendendo muito bem, ainda mais pelo fato de Matt dar descrições detalhadas de sua importância na hierarquia da BOLAS!. Houve um momento — quando ela contou uma lembrança de infância de férias nas ilhas Orkney — em que ele achou que talvez já tivesse transado com ela antes, mas como ela não dava o menor sinal de se lembrar dele, achou que seria inapropriado mencionar algo. Decidiu, por cortesia, comportar-se como se tivessem acabado de se conhecer.

No táxi de volta ao apartamento, que elevou o gasto total para um pouco mais de 200, as preliminares começaram. Ela estava no papo. Matt, é claro, não tinha ideia de quanto tinha desembolsado naquela noite, nem que Angel só tinha gastado uma passagem de ônibus: 80 centavos. Essa matemática poderia tê-lo incomodado.

Graças a uma brincadeirinha no elevador, Matt estava meio excitado quando entrou no apartamento, de forma muito parecida com a última vez que tinha cumprimentado a mãe.

— Olá, querido! — ela chamou da cozinha. — Assei um frango para você. Talvez esteja um pouco seco, porque eu achava que você ia voltar mais cedo, mas deve estar bom.

Matt pegou Angel pelo braço e cochichou rápido em seu ouvido, antes que Carol pudesse estar a distância suficiente para escutar:

— É a minha mãe. Tivemos uma... tragédia na família. Não comente nada com ela sobre isso. Ela vai passar alguns dias aqui, enquanto tenta se recuperar. Achei que ela ia estar... na terapia hoje à noite, mas deve ter sido cancelada. Esqueci de dizer que ela estava aqui.

— Ah, que amor — Angel repetiu a frase que já tinha proferido pelo menos quarenta vezes aquela noite.

— Oh! — Carol exclamou. — Você trouxe uma amiga.

— É — Matt respondeu. — Espero que não se incomode.

Ele examinou o apartamento com os olhos por um instante e ficou imaginando se não tinha saído do elevador no andar errado. Nunca tinha visto aquele lugar tão arrumado, tão limpo. Antes, sua casa não lhe parecia assim tão bagunçada, mas, olhando para ela agora, percebeu que o apartamento do qual saíra de manhã poderia ser uma versão depredada daquele.

Da mesma maneira que tinha ocorrido no café da manhã, ele se sentiu ao mesmo tempo agradecido e incomodado, uma mistura de emoções estranhamente difícil de expressar. Mas, com Angel ali, ele não podia nem mencionar o que tinha acontecido sem incorrer em sério risco de revelar que sua desculpa para a presença da mãe em casa era mentira.

— Se eu me incomodo? O apartamento é seu — Carol respondeu. — Ela é sua... é sua namorada?

— Hum... é sim. Eu queria apresentar para você. Mãe, esta é a Angel; Angel, esta é a minha mãe.

— Angel?

— É.

— Que nome bonito.

— Obrigada. A maioria das pessoas não acredita que é meu nome de verdade. Não é só um nome que eu uso na minha carreira de modelo. Minha mãe diz que olhou para mim e na hora pensou: "Que anjinho." Então ficou Angel; é o que sou.

— Que adorável. Matt foi prematuro. Se eu tivesse feito a mesma coisa, ele se chamaria Feto.

Para uma moça tão bonitinha, a risada de camelo dela soava bem estranha.

— Você está com fome? — Carol perguntou. — Alguém realmente precisa comer aquele frango.

Matt tinha ido para a cama com mulheres como Angel muitas vezes, possivelmente até com a própria Angel. Mas nunca tinha jantado com elas. Angel tinha dormido com homens como Matt diversas vezes e ela, também, nunca tinha jantado com eles. Fazia muito tempo que ninguém oferecia um frango assado em casa, feito na hora, para nenhum dos dois.

A batalha entre a fome e a frustração sexual era, em ambos os casos, uma disputa perdida. Em muitos aspectos, aquele era o desfecho perfeito. A diversão estava mais na caçada e na conquista do que no sexo propriamente dito, que muitas vezes se transformava num anticlímax tenso e suado. Mais do que chegar às vias de fato, apenas saber que outra pessoa o desejava era o verdadeiro objetivo, e esse ponto os dois já haviam ultrapassado. Para ambos, a noite já estava ganha. Aproveitando o brilho da vitória e ser poupado dos esforços, das ciladas e das decepções da conjunção carnal por uma mulher de meia-idade que aparecia do nada com a oferta de uma refeição quentinha era, na verdade, fantástico.

— Estou morto de fome — Matt disse.

— Eu também — emendou Angel, que estava eternamente faminta. De repente ela sentiu-se tão determinada a comer o frango quanto a vomitá-lo depois.

O prato estava uma delícia. As batatas assadas e as berinjelas que acompanhavam a carne estavam estupendas. Matt e Angel engoliram tudo com avidez, incapazes de falar enquanto comiam. Aquilo fez Carol se lembrar de quando Matt tinha 16 anos; dar comida para ele era como colocar carvão em uma fornalha.

— Há quanto tempo vocês estão juntos? — Carol perguntou.

— Uns dois meses.

Angel comia com tamanha concentração que mal percebeu a mentira.

— Onde vocês se conheceram?

— Em um jantar. Na casa de um amigo.

— Que bom. Quantos anos você tem, Angel?

— Dezoito.

— Dezoito? — Matt disse, exagerando sua quase-verdadeira surpresa.

— Faço no mês que vem.

— Vai fazer 18 anos no mês que vem?

— É.

— Então você tem 17 — Carol disse.

— Por pouco. Quer dizer, não por muito tempo.

— É exatamente a metade da idade do Matt. Que beleza.

— Você nunca disse que tinha 17 anos! — Matt exclamou.

— Você nunca perguntou.

— Você não tem cara de 17. Parece ter 20. Pelo menos.

— Eu pareço ter 20 anos desde que tinha 14.

— Não me diga.

— Vocês estão juntos há dois meses e você nem sabe quantos anos ela tem? — Carol questionou.

— Bem... eu menti. Fiquei sem graça. Nós nos conhecemos hoje. Eu nem toquei nela. É sério.

— Você me bolinou no táxi — disse Angel.

— Ela não sabe do que está falando. Angel, eu não fazia ideia de que você tinha 17 anos. Acho que talvez seja melhor você ir embora. — Matt se levantou, na esperança de que Angel fizesse a mesma coisa.

— Ainda não terminei meu frango.

— Certo, então termine. — Matt disse. — E, da próxima vez, seja honesta em relação à sua idade.

— Como assim, da próxima vez? Até parece.

— Estou falando de outros homens. É só um conselho genérico.

— Não preciso de seus conselhos, muito obrigada, Sr. Acima do Bem e do Mal. Eu tenho idade para transar.

— Por que não leva o frango para casa? Eu arrumo um saquinho.

— Agora não quero mais, Sr. Condescendente. Eu tenho um pouco de dignidade.

— Que bom.

— Onde fica o banheiro?

— Fica ali — Matt respondeu.

Angel se levantou e limpou a boca com as costas da mão.

— Obrigada pelo frango. Estava uma delícia — ela disse a Carol com educação enfática, o que de alguma forma obscura tinha o intuito de colocar Matt em seu devido lugar.

Matt se esforçou para pensar em algo para dizer à mãe enquanto Angel ia ao banheiro, qualquer coisa que servisse para amenizar seu constrangimento e, ao mesmo tempo, abafar o som de Angel vomitando, mas nada lhe veio à mente, de modo que ele evitou os olhos dela e ficou concentrado na comida, na esperança de que ela interpretasse isso como forma de apreciação por seus esforços na cozinha.

— Você me acha gorda? — Angel gritou ao sair cambaleando do banheiro. Ela realmente não parecia bêbada quando saiu do bar, Matt pensou com seus botões. Também não parecia tão nova. Não ia ser nada fácil se safar daquela situação.

— Talvez seja melhor você descer para chamar um táxi para a Angel — Carol afirmou. Matt olhou para a mãe e viu seu rosto assumir aquela palidez fantasmagórica que ele reconhecia dos piores momentos de sua adolescência. Havia a raiva, que era um lugar barulhento, de rosto vermelho e curiosamente empolgante; depois, além dele, de vez em quando dava para visitar essa zona de desalento completo, cheia de silêncio ameaçador e imobilidade sinistra. Era parecido com a diferença entre Las Vegas e o deserto além da cidade. Aquela brancura no rosto dizia tudo: lá estava ele, entre os cactos, e Joe Pesci dirigia o carro com uma pá no porta-malas.

Matt não ficou nem um pouco feliz de deixar aquelas duas mulheres sozinhas em seu apartamento, mas não tinha escolha. Quando Carol estava com aquele olhar, era melhor fazer o que ela estava mandando, e rápido. Ele desceu correndo, rezando pela salvação na forma de um táxi preto rodeado por uma auréola alaranjada.

Dez minutos já tinham se passado desde que Angel tinha sido despachada, e Matt não conseguia encontrar nada para dizer a Carol. Ele queria perguntar a ela sobre o que tinha conversado com a garota em sua ausência, mas não parecia uma pergunta honrosa. As últimas palavras de Angel antes de o táxi se afastar certamente eram mau presságio: "Não quero cortar seu pau fora. Não sou esse tipo de mulher."

Foi Carol que acabou quebrando o silêncio.

— Acho que vou me deitar — ela disse.

— Boa ideia — Matt respondeu. — Vou tirar a mesa.

Esta era uma oferta que ele nunca tinha feito para a mãe. Mas os dois estavam um tanto exaustos para dar valor à novidade.

Num piscar de olhos, ele voltava a ter 12 anos

Na noite que se seguiu ao vexame com Angel, Matt foi direto para casa depois do trabalho para passar uma noite tranquila junto com a mãe. Ele devia ter uns 12 anos de idade na última vez que fizera algo vagamente parecido com isso, mas estas eram circunstâncias extraordinárias. Ele precisava se explicar.

Para falar a verdade, não fazia ideia de quanto tinha caído no conceito da mãe, mas sabia que qualquer coisa que ela pensasse agora era humilhante e tinha peso de condenação. Uma voz beligerante no fundo de sua consciência ainda grasnava de vez em quando, dizendo que ele estava velho demais para ter medo da mãe (que um homem de verdade não se desvia do caminho que escolheu para si por causa do que outras pessoas pensam dele), mas ele sabia que estava fazendo a coisa certa ao ignorá-la.

Quando entrou pela porta da frente de seu apartamento, imediatamente sentiu o cheiro de um guisado de carneiro muito específico que, no mesmo instante, levou-o 25 anos no passado, para os longos domingos no subúrbio regados a Banco Imobiliário, pingue-pongue, passeios de bote a remo no laguinho, guirlandas de margaridas, esconderijos caseiros e brigas de travesseiro, futebol com dois de cada lado e taco com bola de tênis, triciclos no gramado e carrinhos de rolimã na rua. Aquele era um cheiro de brincadeira, de conforto, de diversão infinita, de tudo estar certo no mundo. E só uma mulher era capaz de produzi-lo.

— Foi bom o seu dia de trabalho? — Carol perguntou, enxugando as mãos em um pano de prato, com um gesto que o lembrou a maneira como ela costumava secar as mãos no avental. Pelo que ele sabia, sua cozinha nem continha um avental.

— Nada mau. A mesma coisa de sempre. — De onde aquela frase tinha surgido? Será que o pai falava assim?

— Está com fome?

Ainda faltavam umas duas horas para o horário em que Matt estava acostumado a jantar, mas o cheiro do guisado surtiu um efeito peculiar sobre ele.

— Estou morrendo de fome — ele respondeu.

— Ou quer beber um gim-tônica antes? Eu comprei hoje à tarde.

Gim-tônica? Parecia que ele estava em um hotel. Será que existia algo melhor na vida do que pessoas oferecendo coisas que você nem sabia que desejava antes de ouvir a sugestão?

— Seria fantástico — ele respondeu e se jogou no sofá como se fosse uma árvore sendo derrubada.

O drinque veio, com gelo e limão. Nem era limão amarelo. Limão verde.

— Saúde — Carol disse.

— Saúde.

Ah, como aquele gim-tônica desceu fácil. Por que aquilo não era bebida de homem? Como algo tão bom podia ser proibido? Talvez ele pudesse transformar a ideia em pauta para a revista. Poderia encomendar um texto sobre "As bebidas que você é cool demais para pedir". Não: "Por que as mulheres ficam com os melhores drinques?" As fotos sairiam melhores.

— Isso está ótimo — ele disse.

— Espero que não esteja forte demais.

— Acho que eu aguento.

Aparentemente, não havia nenhum gelo a ser quebrado. Por mais baixo que ele tivesse descido no conceito dela, parecia que a mãe ainda não o tinha deserdado. As coisas teriam que piorar muito antes que ela desistisse dele.

Uma semana antes, a ideia de a mãe desistir dele (abandoná-lo e nunca mais telefonar) teria soado bastante agradável. Algo devia ter mudado durante a visita dela, porque Matt agora sentia um alívio enorme por ainda ter uma chance de se explicar. Não sabia por que, mas queria ser perdoado por ela. Se isso não acontecesse, pelo menos queria ter a oportunidade de mostrar que não era uma pessoa tão ruim quanto tinha aparentado desde a chegada dela. Com um certo esforço, ele tinha certeza de que conseguiria se redimir nos dias que ainda restavam antes de sua partida.

Quando se sentaram para comer, ele comentou:

— Sinto muito por ontem à noite.

Ele devia ter levado flores para ela. Isso poderia ter ajudado, mas agora era tarde demais. Mas, bem, agora que olhava com atenção, viu que o apartamento já estava cheio de flores que a mãe comprara, arranjadas com esmero em seus copos de cerveja.

— Sente muito por quê? — Carol perguntou.

Por um instante, Matt ficou surpreso.

— O que quer dizer? Apenas sinto muito. Foi uma vergonha.

— Para quem?

— Bom, para mim. E para você.

— Eu não fiquei constrangida — Carol respondeu. — Só fiquei com pena.

— De mim? Ou dela?

— Dos dois.

— Foi uma loucura, juro. Nunca tinha acontecido comigo.

— Não me interessa — Carol respondeu com rispidez e de súbito desviou os olhos de Matt e fixou-os no prato.

— O quê?

— Se vai mentir, não me interessa falar com você. Pode ir comer na cozinha, se é assim que vai se comportar.

E, mais uma vez, num piscar de olhos, ele voltava a ter 12 anos. Como ela conseguia fazer isso com ele?

— Não estou mentindo.

Carol ergueu os olhos da comida e encarou o filho com expressão irritada.

— Matt, eu li a sua revista.

— E daí?

— E daí que agora eu sei a verdade sobre você.

— O que a revista tem a ver com o fato de a menina ser menor de idade? Eu sabia que ela era nova, mas não achei que fosse tanto. — Matt tomou um gole grande de gim. O copo escorregava na mão dele.

— Você não consegue ver a ligação entre uma coisa e outra?

— Ela nunca posou para a revista.

— Mas você é o editor?

— Editor de reportagem.

— Então, você é importante. Tem alguma influência sobre o conteúdo.

— É claro que tenho. Muita influência. Eu é que preciso apresentar as ideias.

— Então ela reflete as suas preferências.

— Você não pode me julgar por causa daquela revista. O meu trabalho é fazer com que fique sob medida para um grupo específico de leitores, que é de homens jovens. E homens jovens gostam de mulheres jovens.

— Certo, então eles gostam de mocinhas e você não?

— É. Mais ou menos.

— E a noite passada foi só uma coincidência rara.

— Foi mais ou menos isso.

Carol ficou olhando para ele com uma intensidade estranha e desconcertante. Alguma coisa bem forte, nem raiva nem decepção, parecia fervilhar por baixo de sua pele.

— Por que está me olhando desse jeito? O que foi?

Carol não disse nada.

— É verdade! Eu juro.

Ela continuou sem dizer nada, só intensificou o olhar.

— Eu não vou para a cozinha. Mãe, eu não vou para a cozinha. Estou velho demais para isso.

— Bem, então eu vou. Não estou interessada nas suas mentiras.

— Mãe, pode se sentar! Não estou mentindo!

— Eu estou muito aborrecida. Aborrecida e zangada.

— Com o quê? Com aquela menina?

— Com você, Matt. Com o que você se tornou.

— Eu? O que eu me tornei?

Ela avançou na direção da revista BOLAS! que estava na mesa de centro e a pegou pela beirada, como se fosse um trapo engordurado e sacudiu na cara dele.

— Você se tornou isso, Matt! Isso!

Por um instante, quando ela pegou a revista e jogou no chão, ele teve a impressão de que estava a ponto de chorar.

— Do que você está falando?

— Você sabe muito bem, Matt. Não finja que não entendeu.

— Eu *não* entendi.

— Eu criei você, Matt. Eu sei quem você é. Ou quem você era. Os primeiros 15 anos de sua vida estão aí dentro, em algum lugar. Você não pode ter esquecido tudo.

— É claro que não esqueci.

— Então você me entende. Você sabe o que quero dizer. Você é decente, Matt. Eu sei que é. No fundo, é. Foi assim que eu o criei. Você é decente.

Então, de repente, ela estava chorando. Ali em pé, pairando por cima dele, chorando.

Ele ficou olhando, horrorizado. Depois de um tempo, ele se levantou e tentou abraçá-la. A princípio, ela não tirou as mãos do rosto e ficou forçando os cotovelos rígidos para afastá-lo, mas seu corpo foi cedendo lentamente e ele viu que abraçava a mãe pela primeira vez em muitos, muitos anos, enquanto o corpo dela tremia com as lágrimas.

Quando ela se aquietou, ele a fez se sentar na poltrona La-Z-Boy e deu um copo de gim para ela. Mais para se afastar do que movido por qualquer desejo genuíno de ajudá-la, ele encheu o lava-louças e guardou os restos do guisado. Chegou até a lavar a panela para postergar o momento em que teria de encará-la.

Ele compreendeu, sim, o que ela queria dizer. Na verdade, ele sempre soube que essa seria a reação dela à revista, e tinha sido por isso que ele nunca lhe mostrara uma edição. A surpresa não era o que ela achava da revista, mas sim o fato de ter expressado sua opinião. Ali parado, enxaguando a panela, uma ideia bizarra surgiu em sua mente e se recusou a ir embora. Ele tinha sido educado de um jeito, e agora vivia de outro. Do ponto de vista moral (e esse era um parâmetro sob o qual ele não costumava se fazer cobranças), a vida que ele tinha criado para si mesmo era uma traição aos princípios que a mãe e o pai tinham tentado lhe ensinar.

Como regra geral, Matt se interessava pela moral na mesma medida em que se interessava por financiamento imobiliário, mas a visão de Carol na sala do seu apartamento, chorando por causa de sua falta de decência (seja lá o que isso significasse) era algo que o perturbava. Além do mais, não tinha sido possível apenas observar. Ele tinha sido obrigado a abraçá-la também. E, por causa das lágrimas dela, nem tinha tido oportunidade de contra-argumentar.

Não gostou nada da maneira como ela tinha dito aquelas coisas sem lhe dar a chance de reagir. Ele se ressentia de ter que remoer as críticas dela sozinho, sem chances de se defender. E, no entanto, na falta da discussão que uma acusação dessas normalmente suscitaria, Matt ficou surpreso de perceber que em sua mente começava a despontar o indício de uma sugestão de que talvez, quem sabe, ela tivesse certa razão.

Uma ideia nova não é como a um objeto novo que você pega e leva para casa. Não é algo que você não tem e de repente passa a ter. Uma ideia nova, na maior parte das vezes, é mais ou menos como abrir uma gaveta que você não olhava havia muito tempo e encontrar alguma coisa que considerava perdida. Aquilo estava lá o tempo todo, sempre tinha sido seu, mas só agora você se dava conta de que existia.

A ideia de que o trabalho de Matt pudesse estar errado de algum modo, que talvez fosse um pouco sórdido, tinha ficado guardada em uma gaveta fechada durante muito, muito tempo. Agora, esta semana, a gaveta estava sendo forçada a abrir. Ele lutava contra aquilo. Fazia tudo o que podia para mantê-la trancada. Mas já não podia mais negar a si mesmo que sabia onde a gaveta estava e o que havia lá dentro.

Voltou até o sofá e se largou em cima dele. Nem conseguia olhar para a mãe. Com o canto do olho, viu que ela não o observava.

Mais tarde, quando a luz do apartamento tinha passado do azul do anoitecer para o cinza alaranjado da iluminação pública e o ambiente estava envolto pela semipenumbra, ele disse:

— Bom, o que você quer que eu faça a respeito disso?

— Eu só quero que você seja feliz. Quero que você seja honesto consigo mesmo.

Ele se levantou e fechou as persianas.

— Eu preciso ganhar a vida. A carreira leva a gente para onde ela quer.

— Ou para onde você a leva.

— Não é tão fácil assim.

Após um longo silêncio, ela acrescentou:

— Seria muito triste se, quando eu morresse, você ainda estivesse vivendo deste jeito.

O primeiro instinto dele foi responder com rispidez: “Assim como?” As palavras quase saíram, mas ele se segurou. Ele sabia o que ela queria dizer.

— Você não vai morrer — ele disse.

Ela o ignorou.

Helen e Paul

A bomba que não explodiu

— Aparecer sem avisar? — Paul perguntou.

— É. Está feliz em me ver?

— Hum... estou, mas... não estava esperando você.

— Claro que não estava.

Paul olhou da mãe para Andre e para ela mais uma vez. Os dois tinham conversado. Era óbvio que tinha acontecido alguma coisa entre eles que revelara a Helen mais sobre a relação entre os dois do que ela deveria saber. Andre só o cumprimentara com um beijo porque acreditava que não havia nada a esconder. Helen devia tê-lo enganado. Como sempre acontecia com a mãe, nada nunca era direto. Era realmente impressionante como aquela mulher idosa e de aparência inofensiva era capaz de deixá-lo exaurido e exasperado com tanta facilidade, sem o menor esforço.

— Por que não me avisou que viria? — Paul perguntou. — Há quanto tempo está aqui?

— Ah, foi uma coisa de momento. Eu estava aqui perto...

— O que estava fazendo aqui perto?

— Bem, não estava assim tão perto. Eu fui até a cidade e... tive a ideia de vir até aqui.

— Mas por que não telefonou? — Paul questionou, apesar de já saber a resposta. A visita era uma emboscada. Ela tinha ido até lá para ver com quem ele morava e chegou de propósito antes de ele voltar do trabalho para ver o que conseguia descobrir. O pobre Andre tinha caído na armadilha e acabou contando tudo para ela.

— Por motivo nenhum — Helen respondeu e sentiu-se um pouco culpada quando avançou para envolvê-lo em um abraço apertado e demorado. Ela percebeu o desequilíbrio entre o amor dos dois na rigidez das costas dele e sua relutância em retribuir o abraço, mas ela não se importou. Ele era o menino dela, e ela o adorava. Helen pensava nele todos os dias e os raros e poucos momentos em que se encontravam eram repletos de satisfação e alegria.

Enquanto a mãe o envolvia com seu abraço de urso, o choque de Paul diante da chegada inesperada dela foi subitamente suplantado pela incrível constatação de que, após anos de mentiras e evasivas, seu grande segredo finalmente estava revelado. Ele queria se irritar com a maneira furtiva por meio da qual Helen conseguira romper sua barreira de privacidade, mas em vez de ficar indignado, percebeu que a única coisa que sentia era alívio.

Com esse pensamento, a tensão em suas costas cedeu e ele ergueu os braços para abraçá-la. Ao que parecia, ele tinha sido libertado. O principal motivo pelo qual Paul nunca havia se assumido para a mãe era por não querer chamar atenção. Sempre tivera certeza de que ela não reagiria mal à sua homossexualidade, mas não gostava que a mãe soubesse muito sobre ele. Só o fato de ela querer saber de tudo já fazia com que ele tivesse vontade de sonegar o máximo de informação possível. O pai, que mostrava certa indiferença em relação à vida sentimental de Paul e que costumava esquecer os detalhes principais ou entender tudo errado, fora quem ele escolhera como confidente.

Muitos anos antes, na noite em que Paul se assumira para Larry, 20 minutos depois eles já estavam falando sobre o torneio de Wimbledon. Com Larry, nada era difícil ou desnecessariamente emotivo. Com Helen, até um comentário minúsculo e inesperado podia acabar saindo pela culatra, e daí seriam necessárias horas ou até semanas de recapitulação até conseguir convencê-la de que alguma expressão não-intencional não era uma crítica irônica ou que seu tom de voz não tinha sido zombeteiro nem evasivo.

Ele quase contou para ela várias vezes, mas sempre que tinha a opção de dar a notícia ou de falar sobre algum outro assunto, ele acabava achando a segunda opção mais atraente.

Paul, em resumo, não tinha medo dela. Não tinha medo que ela o aborrecesse ou que o magoasse ou até que o maltratasse; tinha medo apenas do transtorno que a revelação causaria: do tempo que perderia ajeitando as coisas que estivessem erradas. E agora, sem aviso, a bomba que existira durante anos no meio da relação deles parecia ter explodido em silêncio e de maneira inofensiva, sem que ninguém se ferisse. Tinha passado anos tentando reunir coragem para chegar até ela, armado de uma lente de aumento e de uma chave de fenda minúscula, ciente de que o menor erro poderia fazer tudo explodir; agora, o trabalho estava concluído, e ele nem tinha precisado assistir.

Ela havia sido traiçoeira e manipuladora; tinha enganado seu namorado, e ele devia estar irritado com ela, mas não estava e não conseguia fingir. O melhor seria abraçá-la, sorrir e seguir em frente.

— Bom, estou contente em ver você — ele disse, encerrando o abraço. Sem proferir uma palavra, Andre lançou um olhar de desculpas a Paul e se esgueirou para fora da cozinha.

— Eu também — Helen disse, examinando seu rosto como o gerente de uma loja faria com uma nota suspeita de 50 libras.

— Quer beber alguma coisa? — Paul perguntou.

— Uma taça de vinho seria maravilhoso.

— Vou ver o que temos — ele respondeu e abriu a geladeira. — Branco?

— Perfeito. Que tal eu preparar o jantar para você? Deve estar cansado — Helen ofereceu.

Assim como muitos homens, Paul não tinha capacidade para ler e ouvir ao mesmo tempo. Naquele momento, estava concentrado no rótulo do vinho.

— O que você disse? — perguntou.

— Que tal eu preparar o jantar para você?

Paul olhou para ela, perplexo. Aquela mulher passava meses a fio sem visitá-lo, aparecia de repente enquanto ele ainda estava no trabalho, interrogava seu namorado para obter informações pessoais e em seguida, como se fosse ele que tivesse ido sem avisar na casa dela, perguntava se ele queria que ela preparasse uma refeição. Não havia etiqueta que Paul conhecesse para lidar com esse tipo de comportamento.

Mas, bom, estava mesmo na hora do jantar. Ele estava faminto e tinha acabado de chegar. Agora iam ter que passar algum tempo juntos, de modo que ele tinha três opções. Ou ele a convidava para jantar fora, ou ela cozinhava, ou ele cozinhava. Entre todas as alternativas, a oferta bizarra dela parecia a menos desagradável. Então ele se lembrou de que dia era.

— Hoje eu tenho que cozinhar para a casa toda — ele disse. — Nós nos revezamos nas segundas à noite.

— Bom, posso fazer isso para você. Seria um prazer. Podemos cozinhar juntos. Quantas pessoas são?

— Cinco.

— Contando comigo são seis — Helen disse.

— Certo — Paul concordou. — Seis. — Se ele era obrigado a jantar com ela, cinco pessoas para ajudar a distraí-la só podia ser uma boa coisa. Eles compreenderiam. Paul os conhecia muito bem para saber que o constrangimento que ela inevitavelmente o faria passar não seria um problema sério. Ele passava tanto tempo reclamando da mãe que todos estariam interessados em conhecê-la. Sem dúvida, ela lhes ofereceria um belo espetáculo.

— Quer uma mãozinha? — ele disse, tentando (mas não muito) esconder a relutância em sua voz.

— Não, não. Vá descansar. Tenho certeza de que o seu dia foi difícil. Teremos muito tempo para conversar ao longo desta semana.

Aquilo lhe soou um tanto ameaçador, mas como nada que ela pudesse dizer realmente seria tão ameaçador quanto ela já estar lá, ele deixou passar.

— Tudo bem — ele respondeu. — Se você quer assim... Vou pegar as taças.

Os dois sabiam que uma dose de álcool e um período de calmaria era exatamente o que eles precisavam para se preparar para qualquer coisa que viesse pela frente.

Helen detestava cozinhar. Ficou espantada pelo fato de Paul aparentemente ter se esquecido de como ela era ruim na cozinha. Mas a oportunidade de passar cerca de uma hora sozinha naquela casa, para organizar seus pensamentos e planejar seu próximo passo era algo que não tinha preço. Ela já tinha coisa demais para absorver.

Enquanto ela olhava para a geladeira sem enxergar nada, imaginando o que poderia preparar, de repente foi acometida por uma onda de cansaço, mas lembrou a si mesma de que a pior parte já tinha passado. Ela sabia que talvez tivesse parecido desonesta ou senil, ou ambos, mas pelo menos estava dentro. Tinha conseguido o que queria. E apesar de a situação ainda estar um pouco ambígua, parecia que a ideia de que ela ia passar alguns dias ali havia sido aceita.

O que você deseja exatamente?

— PAUL! JANTAR!

A sensação causada por essas palavras saindo de sua boca, gritadas escada acima, fizeram com que ela retrocedesse vinte anos no passado. Imaginou por um instante que Paul desceria como um adolescente desarrumado e faminto, seguido por Larry. Helen quase já tinha perdido a conta de quantas vezes havia pensado em Larry naquele dia. Aquele era um dos piores dias. Realmente, precisava diminuir a dose.

Andre e Paul chegaram juntos, trazendo consigo aquele silêncio conspiratório que emana dos casais quando entram em um local onde está a pessoa sobre quem estavam falando um instante antes. Não muito atrás deles vinha um homem que se apresentou como Miles, que não era nem estiloso, nem jovem, nem magro, características que Helen julgava obrigatórias para qualificá-lo como integrante de uma comunidade gay. (Se é que aquele lugar era isso.)

— Que coisa mais *civilizada* — ele disse, pronunciando a última palavra com nojo, como se quisesse dizer exatamente o oposto.

— Este é Miles — Paul disse.

— Eu sou a *eminência parda* deste estabelecimento — ele se apresentou.

— Isso significa que ele é o senhorio — Andre explicou.

Parecia que havia um pêndulo sobre a cabeça de Helen que, a cada nova informação, oscilava entre "isso é sórdido" e "isso é normal". Ela tentou recompor a expressão de modo a não deixar transparecer que o último movimento do pêndulo tinha sido na direção de "sordidez máxima". Então, era assim que as coisas funcionavam. Homem gay de meia-idade aluga quarto de casa grande para homens gays jovens em troca do quê, exatamente? Ou seria preconceito imaginar que alguma forma de moeda de troca além de dinheiro era utilizada ali? Ela tinha certeza de que seu precioso e adorável filho não tomaria parte em uma coisa dessas.

O modo como os cinco homens daquela casa interagiam era um mistério para Helen e, quanto mais ela descobria, menos compreendia. Com heterossexuais, a gente sempre sabe quem é quem e como as coisas se encaixam. Quando não sabe, pode perguntar. Aqui, ela precisava avançar aos poucos, tentando juntar as peças a partir de pistas que captava nas conversas. Era tão difícil quanto nadar vestindo roupas pesadas.

O Anão Musculoso, que foi apresentado como Calvin, apareceu na sala seguido de um outro sujeito na casa dos 30 anos, Luke, que também usava roupas caras que não serviam direito. Helen percebeu que todos haviam sido informados de antemão a respeito da situação. Ela não tinha ideia do que havia sido dito, mas enquanto todos se sentavam em seus lugares, dava para perceber no silêncio do ambiente que aquele era um grupo que gostava de fazer bagunça e que só estava calado devido a uma fina camada de cortesia. Se a moderação era produto de educação, aversão ou simplesmente tensão social, Helen não sabia dizer.

Ela ficou pensando que devia existir uma palavra para paranoia sem a conotação do delírio. Em uma situação como aquela, seria necessário delirar para não se sentir paranoica.

— Ah, mas como isso é agradável! — ela comentou. Enquanto as palavras iam saindo de sua boca, ela ficou imaginando o que a levara a dizer exatamente o oposto do que sentia. "O que vocês todos fazem aqui e quem transa com quem?" teria sido uma pergunta mais honesta.

Como se percebesse sua confusão, Paul explicou:

— Nós jantamos juntos às segundas-feiras. É uma tradição.

— Que bom — Helen respondeu.

— Era minha vez e do Andre de cozinhar, mas já que você se ofereceu...

— Só espero que esteja à altura de vocês — Helen disse, subitamente acometida pelo medo de que todos os homens gays fossem estetas epicuristas esnobes e não ficariam nem um pouco impressionados com o macarrão de forno dela. Quando depositou sua oferenda borbulhante e levemente queimada na mesa, ela se sentiu como uma garçonete velha, peluda e malcheirosa diante de uma turma de meninos bonitos e precoces, segurando-se para não dar risada da vulgaridade e da incompetência dela.

— Aaah, macarrão de forno! — Miles exclamou. — Faz anos que não como isso.

Apesar do entusiasmo superficial em sua voz, aquilo de alguma forma não soou lisonjeiro.

— Não se comporte como a porra de um esnobe — Andre disse. — Prefiro comer macarrão de forno àquela sua vitela ao curry.

— Pérolas aos porcos. Eu me desperdiço com vocês. — Miles rebateu.

— Se alguém aqui é um suíno, é você, seu velho — Calvin observou.

— Está vendo o que tenho de aguentar? — disse Miles, dirigindo o comentário a Helen, devido à sua condição de única outra pessoa velha no recinto, ela presumiu.

Helen aceitou prontamente o convite para se juntar ao papo, apesar de sua vontade de sair correndo para se esconder em um armário.

— Os jovens são ingratos — ela respondeu. — É a primeira coisa que a gente aprende quando se torna mãe.

Na cabeça dela, aquilo soou como uma brincadeira simpática, mas pareceu uma observação mais amarga e ressentida do que ela pretendia. Um silêncio desagradável se seguiu e todos evitaram seu olhar.

— Bom, eu gostaria de lhe dar as boas-vindas — Miles disse —, por ser a primeira mãe a se juntar a nós no nosso pequeno *soirée* de segunda-feira à noite. E gostaria de agradecer a Paul por convidar você. Foi uma ideia maravilhosa, e espero que vocês todos façam a mesma coisa.

Um resmungo se fez ouvir por toda a mesa, como se Miles tivesse acabado de pedir para alguém ir lavar a louça.

— Obrigada — Helen agradeceu.

— Quem sabe transformamos isso em tradição? Vai animar as coisas um pouco — Miles prosseguiu. Ele parecia estar começando a se empolgar com aquele assunto, tanto que Helen ficou imaginando se ele não estava caçoando dela. — Eu convidaria a minha mãe na semana que vem, mas acho que ela não ia gostar nada de ser exumada. Um brinde! Às mães!

— Às mães! — Helen exclamou, entusiasmada.

— Às mães! — resmungaram Paul, Andre, Luke e Calvin, relutantes.

— Não passa um dia sem que eu não pense na minha mãe — Miles disse, revirando-se para Helen. — Nunca mais fui o mesmo depois que ela morreu.

— É um sentimento muito bonito — Helen disse. — Tenho certeza de que ela o amava muito, também.

— E vai ser a mesma coisa com o Paul — Miles afirmou. — Depois que você se for. Mesmo que ele não saiba disso agora.

— Miles, quer calar a boca? — Paul pediu.

— Paul! — Helen o repreendeu.

— Tudo bem, querida — Miles respondeu. — Já enfrentei coisa muito pior.

— Será que você se importa se eu perguntar? — Helen inquiriu. — Você disse que era muito ligado à sua mãe. Estava aqui pensando... Quando você se assumiu para ela?

— Ah, nunca. Ela teria morrido.

— Mas ela morreu mesmo por causa disso — Luke afirmou. — Ele a matou mostrando a ela uma foto de um cara enfiando o braço inteiro no...

— Luke! — Miles interrompeu com rispidez. — Cale essa sua boca imunda.

— Estou brincando — Luke explicou a Helen.

— E você?

— Eu? — Luke perguntou.

— Você contou à sua mãe, não contou?

— É claro que contei.

— Quando? Quer dizer, com que idade?

— Quer mesmo saber?

— Se você não se importar de dizer, quero sim. Só quero entender como isso funciona normalmente.

— Saí do armário quando estava na faculdade, daí, voltei para casa para o fim de semana do aniversário de 50 anos do meu pai. Ele ia dar um festão, com um monte de parentes e amigos convidados, e pensei em contar para eles no dia seguinte. Mas fiquei um pouco empolgado e não consegui me segurar, aí acabei contando no dia da festa mesmo, uns cinco minutos antes de os primeiros convidados chegarem. E isso deixou o clima bem esquisito. Mas não era minha intenção. Simplesmente saiu.

— E eles fizeram uma cena por causa disso? — Helen perguntou.

— Não podiam fazer. Estavam com trinta convidados em casa.

— Quero dizer depois.

— Levou um tempo até eles se acostumarem, mas no final ficaram ótimos. Para falar a verdade, ficaram bem.

— Então é normal contar logo aos pais?

— E quem está preocupado com o que é normal, porra? — Calvin perguntou. — Quem quer ser normal?

Helen tomou um gole de vinho.

— É que o Paul nunca se assumiu para mim. Ainda estou esperando.

Paul ficou pasmo. Aquele jantar tinha sido uma ideia terrível. A chance de escapar de sua vez de cozinhar tinha sido fatal para seu discernimento.

— Ah, Paul! — Miles escarnou. — Estou muito decepcionado com você.

— Não há oportunidade melhor do que o momento presente — Luke completou.

— Do que vocês estão falando?

— Ah, qual é — Miles disse. — Fale sobre seus pequenos hábitos sórdidos para sua mãe.

— Mas que baboseira é essa sobre se assumir, afinal? — Paul perguntou. — Até parece que os héteros precisam chamar os pais para conversar ao redor da mesa da cozinha quando fazem 18 anos para encontrar uma maneira cuidadosa de dar a eles a notícia de que resolveram que são heterossexuais. Por que tem que ser diferente com a gente? Por que não se espera dos pais que enxerguem o que veem e descubram sozinhos? Não é pecado. Não é uma coisa que eu precise confessar. É só uma das coisas que me faz ser quem eu sou, e quem tiver um pouco de bom senso vai perceber sozinho.

— É só que seria bom ter um pouco de transparência — Helen respondeu. — Eu não posso demonstrar aceitação e carinho se você não se abrir.

— Faça isso! — Luke propôs. — Faça isso agora.

— Que ideia adorável — Miles concordou. — Vamos lá, Paul. Coloque tudo para fora.

Gradualmente, a animação por trás da sugestão foi aumentando, até que todos à mesa já estavam incentivando Paul a se revelar para Helen, dando risadas e brandindo taças de vinho. A certa altura, Paul ergueu o copo. De algum modo, a declaração iminente acabou se transformando em brinde.

— Calma, calma, calma — Miles disse, enchendo todas as taças. — Agora sim.

— Mãe — Paul disse. — Eu sou bicha.

Gritos de aprovação ecoaram por toda a mesa.

— Obrigada, e eu jamais quero que você seja qualquer coisa diferente do que desejar ser — Helen disse, usando uma frase sobre a qual refletia, que aperfeiçoava e ensaiava havia quase uma década.

— Dê um beijo nela! — Luke ordenou.

Paul se levantou e deu um beijo em Helen, gesto que se transformou em abraço. Quando a comoção arrefeceu e todos retomaram seus lugares, Helen disse:

— Bom, foi fabuloso. Estou muito contente. Agora você só precisa contar ao seu pai. — A ideia a preencheu com um caloroso prazer com a desgraça alheia. A descoberta de que seu único filho era gay iria deixar Larry louco. Ele tomaria aquilo como afronta pessoal à sua própria masculinidade. Iria ferir seu ego de um modo que Helen nunca tinha conseguido fazer, apesar de todos os anos de discussões entre os dois.

— Eu já contei para ele há um tempão — Paul respondeu, sem pensar.

O rosto de Helen não apenas caiu, despencou. Era como se ele tivesse se virado e lhe dado um tapa.

— Quando? — Helen perguntou com a voz falha; parecia que estava à beira das lágrimas.

De repente, as pernas de Paul pareciam estar cheias de chumbo. Foi um daqueles momentos em que ele estava com a mãe e deixava escapar da boca a coisa errada, então o chão desaparecia embaixo dos seus pés. A conversa, que estava agradável e amigável, transformou-se em um impasse tenso e mortal. Ah, se pelo menos ele pudesse desdizer aquilo, retirar esta minúscula informação sem importância que tinha conseguido esconder durante tantos anos... Se pelo menos ele estivesse mais alerta e não tivesse se deixado levar pelas risadas e baixado a guarda...

— Ah... já faz um tempinho.

— Quando?

— Não sei. Há alguns anos.

— Alguns *anos*?

— Acho que sim.

— Quantos anos?

— Faz diferença?

— Quantos anos?

— Não lembro.

— Quantos? Dois? Cinco? Dez?

— Mãe, por que é que isso faria alguma diferença?

— QUANTOS ANOS?

— Acho que é melhor nós deixarmos vocês sozinhos para colocarem o papo em dia — Miles disse, levantando-se e caminhando até a escada com o prato na mão. Em segundos, Helen e Paul estavam a sós na sala.

— Não sei. Mais ou menos uns três.

— Por quê?

— Por que o quê?

— Por que você contou para ele e não para mim?

— Simplesmente aconteceu. Isso não significa nada.

— É claro que significa alguma coisa. Significa tudo. E eu quero saber por quê.

— Não existe motivo nenhum.

— É claro que existe um motivo.

— Bem, talvez seja pessoal.

— O que é pessoal?

— Talvez a razão seja exatamente esta, mãe. Porque eu nunca sei quando você vai perder as estribeiras. Nunca sei o que você quer de mim. Nunca sei quando você vai fazer uma cena dramática e quando vai me ignorar. Talvez eu não quisesse ficar com essa dúvida. Talvez eu não quisesse que acontecesse exatamente o que está acontecendo aqui.

— Isso é muito injusto. É uma crueldade, Paul. Não tem nada a ver com você se assumir para mim. Não é disso que se trata. Isso tem a ver comigo e com o seu pai.

— NÃO EXISTE VOCÊ E O MEU PAI. VOCÊS SÃO DIVORCIADOS! Existe eu e ele, existe eu e você, mas não existe você e ele. E não estou disposto a ser o você e ele, que é o que você sempre quer que eu seja, e é por isso que você está tendo um ataque agora. Se você quer falar com ele, telefone. Mas o que acontece entre nós dois não é da sua conta.

— Vocês se veem sempre?

— Mãe, pare com isto.

— Mas... eu só quero... — Ela não conseguiu continuar. O que ela queria era o amor de Paul, queria que ele a amasse mais do que amava Larry. O fato de ele preferir o pai era um ultraje tão grande, uma injustiça enorme. Será que Paul nem tinha percebido que ela tinha feito tudo por ele durante os primeiros 25 anos de sua vida? Ele nem tinha sequer percebido que durante os primeiros cinco anos de sua vida ela havia feito tudo? Ela tinha sido seu universo, enquanto Larry mal trocava uma fralda e só chegava do trabalho depois que Paul já tivesse tomado banho e ido para a cama, fingindo estar chateado por ter perdido a historinha antes de dormir, exalando cheiro de bar. Ele sempre fora tão desatento e preguiçoso... Ele nunca tinha feito quase nada além do mínimo necessário. Helen investira anos de sua vida em Paul. Tinha sacrificado tanto de seu tempo, de sua energia e de seu amor quanto um ser humano é capaz, enquanto Larry encarava a paternidade como um hobby ao qual poderia se dedicar ou não depois de ler o jornal. O fato de Paul preferir o pai a ela era simplesmente intolerável. Mas o que ela podia fazer? O que podia dizer? Que merecia mais amor? Mais gratidão? Que Paul devia ser justo?

— O que foi? — Paul perguntou, impaciente. — O que você quer exatamente?

— Não sei. Quero mais vinho.

Paul encheu a taça dela e a sua também. Colocou a mão no ombro dela em um gesto de desculpa.

— E eu gostaria de ficar aqui alguns dias.

— Como assim?

— Eu trouxe uma malinha para passar a noite. Achei que seria divertido ficar aqui.

— Hã... — a boca de Paul ficou seca, sua mente deu branco. — Divertido?

— É, onde posso dormir?

Helen não desistiria. Por mais que estivesse com vontade de fugir para casa, derrotada, de volta para Clive, não iria se permitir desistir. Não iria embora até que obtivesse algum tipo de desfecho positivo. Aquela visita era uma medida drástica: matar ou curar. Se ela se desse ao luxo de se afastar de Paul sem tentar consertar a relação precária entre os dois, ela se arrependeria para sempre. Esta era sua última chance de recuperar alguma relevância que tivesse na vida do filho. Se fosse embora agora, seria o fim de tudo. Ele só pensaria nela como um incômodo distante, imprevisível e excessivamente emocional, até que ela o libertasse com a própria morte.

— Por que não disse que pretendia ficar assim que chegou?

— Ah, eu me esqueci de dizer? Sinto muito.

— Tem certeza de que é uma boa ideia? — Paul perguntou, tão espantado com a proposta dela que nem conseguiu elaborar uma defesa decente.

— A menos que você se recuse a me receber. Se for pedir demais...

Helen deixou a frase inacabada. Ficou observando enquanto o filho se contorcia, com algo semelhante a pânico se espalhando por suas feições enquanto ele procurava nos arquivos mentais de etiqueta familiar a pasta que dizia MANEIRAS

EDUCADAS DE MANDAR A MÃE EMBORA DA SUA CASA À FORÇA, mas ela estava vazia.

Paul soltou um suspiro e se levantou.

— Eu posso dormir no quarto do Andre. Vou trocar os lençóis da minha cama.

Saiu da sala com passos pesados e lentos e subiu a escada imaginando no caminho por que estar na companhia da mãe sempre lhe dava a sensação de ter perdido um jogo de xadrez.

Gillian e Daniel

Nós estamos nos separando e você está pensando em sexo

Não foi apenas o ronco da mãe, ressonante e audível através da parede do quarto, que tirou o sono de Daniel. Nas últimas semanas, ele vinha acordando quase toda madrugada, por volta das 4h, e não conseguia voltar a dormir. Com muita frequência, de acordo com o relógio de cabeceira, eram precisamente 3h53 quando seus olhos se abriam, como se algum alarme interno tivesse sido ajustado para aquele horário.

Agora que eram 4h11, ele deu início ao ritual de cada noite, que o mantinha ocupado durante as horas que faltavam até o amanhecer. Aquilo tinha se transformado em compulsão. Quanto mais tentava resistir, menos conseguia evitar. Ficou até achando que seu cérebro o acordava de propósito para obrigá-lo a fazer aquilo, vez após outra, na esperança de que, com repetições suficientes, o desfecho fosse outro.

O ritual era simples. Ele ensaiava na cabeça, todas as noites, a última briga com Erin.

— Por quê? — Daniel perguntou.

— Eu já disse por quê — Erin respondeu.

— Diga de novo.

— Por que você quer que eu diga de novo?

— Para que eu possa entender?

— O que você não entendeu?

— Nada. Tudo.

— É simples. Eu quero que você vá embora — Erin respondeu.

Eles tinham começado a brigar no momento em que se sentaram para o almoço do domingo e já era quase noite. Parecia que já estavam brigando havia semanas. Nenhum dos dois conseguia se lembrar do que tinha dado início àquele desentendimento específico, mas o padrão já lhes era bem conhecido. Provavelmente tinha sido algo que Daniel fizera, ou que tinha se esquecido de fazer: alguma tarefa doméstica e trivial, mas ainda assim um motivo forte o suficiente para dar início à discussão sobre tudo o que estava de errado no comportamento de Daniel e na relação entre os dois.

As brigas deles pareciam um CD preferido tocando no modo aleatório. Daniel conhecia bem cada uma das faixas, mas nunca sabia bem qual seria a próxima. No entanto, parecia que cada vez mais voltava sempre para a faixa título: "Quando vamos ter um filho?"

Daniel achava que conhecia o CD inteiro de cor, mas, dessa vez, ficou surpreso ao constatar que Erin tinha acrescentado uma faixa-bônus oculta que ele nunca tinha escutado. "Quero que você vá embora."

— Mas por quê? — ele quis saber.

— Eu já *disse*.

— Então diga direito.

— Como assim, dizer direito? O que quer dizer com direito? Já discutimos isso umas cem vezes e estou de saco cheio. Você nunca cede nem um centímetro e agora estou dizendo para você ir embora e não voltar até que tenha decidido.

— Isso é ridículo, por que não podemos discutir o assunto como adultos?

— Este é o jeito adulto. Estou pedindo a você para se mudar daqui. Nada pode ser mais adulto do que isso, Daniel.

— Estou falando que a gente tem que conversar sobre isso com calma. Em vez desses... ultimatos.

— EU ESTOU CALMA. ESTOU PERFEITAMENTE CALMA. E QUERO QUE VOCÊ VÁ EMBORA!

— Você não parece calma. Parece irritada.

— É CLARO QUE ESTOU IRRITADA. POSSO ESTAR IRRITADA E CALMA AO MESMO TEMPO. É PERFEITAMENTE POSSÍVEL FICAR IRRITADA E CALMA AO MESMO TEMPO!

— Então por que está gritando?

Erin se levantou bruscamente da mesa da cozinha, a cadeira caiu no chão com um estrondo e, sem endireitá-la, ela saiu do recinto. Daniel ajeitou a cadeira e a seguiu até a sala, onde encontrou Erin encolhida no sofá, com os pés dobrados embaixo do corpo e os braços ao redor de uma almofada.

No momento em que ele entrou na sala, ela começou a falar.

— É a sua cara. É cem por cento a sua cara. Estou dizendo que, se você não mudar de ideia, nosso relacionamento está acabado; que você tem que sair daqui; que eu não quero mais ver você; que a partir de hoje nada mais será como era antes. E você quer conversar sobre isso? Não. Você quer discutir se estou gritando ou não. Genial.

— Não quero discutir se você está gritando ou não. Só estou tentando fazer você parar de gritar para a gente poder conversar sobre tudo isso. Mas você não quer conversar sobre nada. Você só quer gritar.

— Não estou gritando. Estou falando, baixinho, e estou pedindo para você ir embora.

Daniel se sentou ao lado dela no sofá, o mais perto que pôde, mas os joelhos e os cotovelos dela estavam dobrados em um ângulo que tinha o intuito de mantê-lo afastado. Ele tentou olhar nos olhos dela, mas ela não os desgrudava das próprias mãos.

— Como assim, você não quer mais me ver? — ele perguntou. — Nunca tinha dito isso.

— Bom, eu não quero! Não se você for se comportar deste jeito.

— Mas se eu não me comportar deste jeito, você vai querer me ver?

— Não sei.

— Bom, como você quer que eu seja? O que é "este jeito"? Não entendi o que eu estou fazendo.

— Este jeito é este jeito. É *isto aqui*. Ficar discutindo cada detalhe. De tudo. É só... não tratar da questão principal e ficar falando e falando sobre alguma coisinha que não é a coisa em si. Isto é que é este jeito!

— Então... o que irrita é o fato de eu ficar fazendo perguntas para tentar entender o que você quer dizer?

— Não!

— Mas foi o que você acabou de dizer.

— Não foi, Daniel. Não foi.

— Não estou discutindo, estou perguntando. Estou tentando entender o que você quer. Estou pedindo que me explique. Só... diga para mim o que é.

— Ah, Daniel. Passei a manhã inteira tentando. Estou tão cansada.... Estou tão cansada disso tudo...

— Bom, eu também estou! Você está me expulsando da minha casa e eu só estou pedindo uma explicação. Não é pedir muito. Não estou quebrando coisas pela casa. Não estou chorando e me lamentando. Não estou maltratando você. Só estou perguntando por quê.

— Está, sim.

— Estou o quê?

— Me maltratando.

— *Maltratando você?* Nunca encostei nem um dedo em você!

— Isso! Tudo isso! Isso é me maltratar! Sem parar, falando e falando, discutindo e discutindo, sem nunca me dar uma chance de dizer de um jeito normal o que eu estou tentando dizer. Você nunca me deixa dizer nada. É sempre você, maldade atrás de maldade.

Erin jogou a almofada de lado, levantou e foi até a janela; lá, parou e ficou olhando para o ponto de ônibus embaixo do prédio deles.

Daniel se levantou com um salto e ficou parado atrás dela, falando com sua nuca.

— Qual foi a última coisa que eu disse? Eu disse: "Explique para mim qual é o problema." Eu não interrompi você. Eu não estou gritando com você. Estou pedindo que me diga. Passei a tarde toda pedindo para você me dizer. É a única coisa que eu quero. Só quero uma explicação adequada, e agora você está dizendo que eu não deixo você falar! Isso é ridículo!

— Você não me deixa falar de um jeito normal. Você não me deixa explicar.

— ENTÃO FALE! EXPLIQUE! — Daniel disse.

— Não posso.

— Por quê?

— Não desse jeito. Não com você gritando comigo — Erin disse, virou-se para Daniel e o encarou cheia de raiva, com os olhos brilhantes de lágrimas.

— EU NÃO ESTOU GRITANDO!

— Está sim. Está gritando. Isso foi um grito.

— CERTO! ISSO FOI UM GRITO! MAS O ÚNICO MOTIVO DE EU ESTAR GRITANDO É PORQUE FAZ HORAS E HORAS QUE ESTOU FALANDO, COM GENTILEZA CADA VEZ MAIOR, PEDINDO UMA VEZ ATRÁS DA OUTRA PARA VOCÊ ME EXPLICAR POR QUE ESTÁ ME EXPULSANDO DA MINHA PRÓPRIA CASA. E ENTÃO, FINALMENTE, DEPOIS DE UMA TARDE INTEIRA TENTANDO SER RAZOÁVEL, EU ERGO MINHA VOZ POR DOIS SEGUNDOS E VOCÊ DIZ QUE ESTAVA QUASE EXPLICANDO, MAS QUE AGORA NÃO VAI MAIS EXPLICAR PORQUE EU GRITEI. VOCÊ É LOUCA. VOCÊ É COMPLETAMENTE LOUCA!

— Está vendo? É este jeito. É exatamente isso. Você não quer ouvir. Você finge ser razoável, mas, de algum modo, consegue fazer com que na hora H nunca escute o que eu quero dizer.

— Que coisa incrível. Agora eu é que não sou razoável.

— Estou tão cansada, Daniel... Tão cansada disso tudo... — Erin deixou a cabeça cair, ergueu as mãos e cobriu o rosto, como se estivesse chorando, mas nenhum som emanou dela e seu corpo permaneceu imóvel. A distância que estava, ele poderia ter esticado o braço e tocado nela, mas não se mexeu e ficou olhando para as costas das mãos dela.

Depois de um tempo, Erin voltou a falar, com a voz abafada pelas mãos.

— Por que nós estamos fazendo isso?

— Não sei — Daniel respondeu e a puxou para um abraço. — E você não é a única que está cansada.

Com relutância, Erin tirou as mãos do rosto e largou os braços ao redor do corpo de Daniel. Eles ficaram lá abraçados, imóveis e em silêncio. Ele ficou escutando Erin respirar perto de sua orelha; o som foi passando da respiração superficial e curta para ondas lentas e profundas de inspirar e expirar. Pela janela, ele enxergou um ônibus descarregar uma horda ruidosa de adolescentes: um grupo de meninos e um grupo de meninas, envolvidos em uma paquera barulhenta que continuou enquanto se afastavam em várias direções. A parada de ônibus coberta foi acumulando mais gente, aos poucos; outro ônibus parou e seguiu seu trajeto; Daniel e Erin continuaram lá em pé, perto da janela, abraçados, sem dizer nada.

Daniel afastou a cabeça para olhar nos olhos de Erin. Ela ficou olhando para ele com aqueles olhos verdes que até hoje, depois de todos aqueles anos, ainda o surpreendiam com tanta beleza. Ele quase não conseguia acreditar que ela era dele, que era ele que ela desejava abraçar, que aqueles olhos verdes estonteantes nunca lançavam para outros os vislumbres de amor que às vezes sobravam para o seu lado.

Um dos cantos da boca dela se ergueu: era em parte uma careta, em parte um sorriso.

— Vamos dormir um pouco — Daniel disse. — Vamos subir e dormir um pouco.

— Dormir um pouco?

— É.

Erin deu um passo para trás e tirou um fio de cabelo que estava grudado na bochecha úmida.

— Daniel, você está tentando transar comigo?

— Dormir um pouco! Eu disse dormir um pouco.

— Não consigo acreditar que você está pensando em sexo. Nós estamos nos separando e você está pensando em sexo.

— É você quem está falando em sexo.

— Você é ridículo.

— Mas pode ser uma boa ideia — Daniel disse. — Agora que você sugeriu.

— Eu sugeri?

— Vamos lá para cima.

— Daniel...

— Vamos subir. Eu te amo.

Daniel tentou pegá-la pela cintura.

— Pare com isso. Saia de cima de mim.

— Para acabar com a briga. Este sempre é o melhor sexo. E esta briga foi grande. Pense nisso.

— Daniel... você é o homem mais cansativo do mundo.

— Então, tire o peso das pernas. Deite um pouco.

Daniel colocou um braço nas costas dela e o outro atrás de seus joelhos, ergueu-a no ar e começou a carregá-la na direção do quarto. Ela gritou e beliscou o braço dele, mas não fez nada para se desvencilhar.

— Daniel, você vai me deixar cair.

— Não vou, não.

— Ahh… que coisa mais besta.

— Eu te amo — Daniel disse.

— Por que eu sou tão idiota?

— Depois eu explico.

Daniel jogou Erin em cima da cama, desabotoou e tirou a calça jeans dela. Ela permaneceu deitada e imóvel, observando enquanto ele jogava a calça dela para o lado com uma expressão indecifrável no rosto. Daniel tirou o próprio jeans, sem desgrudar os olhos dos dela, então se ajoelhou na cama e engatinhou em sua direção. Quando seus lábios estavam quase se tocando, ela o empurrou de costas, prendeu-o pelos pulsos e começou a beijá-lo e a morder seu pescoço.

Logo, estavam nus embaixo da colcha.

— Pegue uma camisinha — Erin sussurrou no ouvido de Daniel e o cabelo dela caiu em cima do rosto dele.

— E se não usarmos? — ele murmurou, segurando a cabeça dela e dando-lhe um beijo de leve nos lábios.

— Está falando sério?

— Vamos fazer sem — Daniel disse.

Erin se afastou.

— Está falando sério?

— Claro.

— Você quer ter um filho? Você mudou de ideia?

— Eu sei o que acontece…

— A gente brigou por causa disso a tarde inteira. E você vai simplesmente desistir?

— Isso não é uma competição.

— Não foi o que eu quis dizer. Eu só…

— O quê?

— Eu só… quero saber por quê. O que mudou agora, em relação a uma hora atrás? Em relação a todas as vezes que falamos sobre isso?

— Será que podemos conversar sobre isso depois? Meu cérebro não está recebendo muito sangue agora.

— Isso é importante, Daniel. Eu preciso saber.

— Hum... é que tem isto aqui. Aí fica diferente.

— A sua *ereção?*

De repente, Erin saltou da cama e saiu à procura da calcinha no chão do quarto.

— Não fale assim. Isso não é doença. Erin? O que está fazendo? Volte aqui. O que foi que eu disse? Foi brincadeira.

Erin se levantou e vestiu a calcinha de qualquer jeito.

— Não foi brincadeira. E isto é que me impressiona. Já é impressionante você ser capaz de pensar nisso, mas ainda de *dizer*...

— Dizer o quê? É só uma brincadeira. Não quer dizer nada! Por que você está tão sensível?

— É incrível. Realmente. Eu só... quer dizer... todo mundo diz que os homens são superficiais, e às vezes a gente fica achando que não passa de um clichê idiota, daí, de repente, você fala alguma coisa e eu percebo que o seu cérebro não é... não é conectado como um cérebro normal seria. Parece que metade dele está desligado.

— Você vai me explicar do que está falando?

— Para você, conceber um bebê não tem nada a ver com criar uma pessoa que você vai amar e de quem vai cuidar pelo resto da vida, todos os dias; para você é... é uma questão de trepar sem camisinha.

— Isso é ridículo.

— Aqui estamos nós, a ponto de tomar a decisão mais importante que uma pessoa pode tomar, e é de se pensar que nós dois estaríamos vivendo o mesmo tipo de processo mental, mas acontece que, na verdade, eu estou pensando nos próximos 30 anos, e você, nos próximos cinco minutos. Este é o seu *insight* mais profundo a respeito do futuro.

— Erin, estou tão cansado disso...

— Ah, então você tem energia suficiente para ser pai pelo resto da vida, mas querer conversar sobre esta decisão por alguns minutos é pedir demais.

Já toda vestida, Erin saiu do quarto e foi para o banheiro. Daniel, nu, foi atrás dela. Ela se sentou e fez xixi.

— Foi brincadeira, Erin — Daniel disse. — Eu sei que foi brincadeira, você sabe que foi brincadeira, e eu estou cansado dos seus argumentos histéricos que surgem do nada, por causa de algum comentário minúsculo e sem importância.

— Você tem razão. Estou histérica. Quer dizer, não é nada demais, certo? Chegar a cinco minutos de ter um filho com o maior babaca do mundo. — Erin se levantou, ergueu a calça e deu a descarga. — Estou criando caso por nada. Eu realmente não devia ter aberto a boca.

Erin o empurrou para o lado e desceu a escada batendo os pés, na direção da cozinha. Daniel vestiu apressadamente uma cueca e um blusão de moletom e foi atrás dela. Quando chegou à cozinha, viu que ela estava enchendo um bule elétrico.

— Por que mudou de ideia, Daniel? — ela questionou. — Passamos a tarde inteira conversando e você não cede, daí, você me leva para a cama e, de repente, está pronto para ser pai. Enquanto arrancava as minhas roupas, acredito que estivesse muito preocupado com as responsabilidades de um pai, não é mesmo? É assim que a sua mente funciona?

— Não é bem assim.

— Como é, então? Quero saber.

— Eu só me senti... apaixonado. Eu senti amor. Não foi um pensamento, foi um sentimento.

O bule elétrico ferveu e desligou sozinho. Erin, que estava com os braços cruzados, não se moveu.

— Foi de coração — Daniel prosseguiu. — Nada mais. Se por causa disso eu sou um monstro... sinto muito.

Erin deu alguns passos na direção de Daniel e bateu no peito dele com o punho fechado, sem força suficiente para machucar, em um gesto ao mesmo tempo amoroso e agressivo, irritado e cheio de perdão. Ela então se virou, arrancou uma folha de papel toalha do suporte atrás da cabeça de Daniel e se afastou secando os olhos.

Daniel se sentou na pia da cozinha, fria no contato com suas pernas nuas, e ficou olhando fixo na direção de Erin, que tinha se transformado em uma mera silhueta contra a janela. Uma garoa leve tinha começado a cair e a vidraça estava marcada com riscos de chuva. Ele não fazia ideia do que se passava pela cabeça dela.

— Por que nós fazemos isso? — Erin terminou por dizer.

— Não sei.

— Por que não conseguimos ser felizes juntos?

— Conseguimos sim. Você me faz feliz — Daniel disse, com a voz pesada e pouco convincente.

— Não faço. Você acha que sou uma louca histérica que vive gritando.

— Eu te amo. Amo loucas histéricas que vivem gritando.

— Não tem a menor graça.

— Você está rindo.

— Mas não significa que seja engraçado — Erin respondeu com um sorriso irônico, virou-se mais uma vez para Daniel e fez um gesto com o papel toalha amassado.

— Adoro as suas regras. Você vai explicar todas elas para nosso filho?

— Daniel, eu te amo, mas quero que vá embora. Quero que volte quando estiver decidido, quando for capaz de me convencer de que realmente sabe do que está falando e que deseja fazer isso de verdade, todos os dias e todas as noites, ano após ano.

Erin caminhou na direção de Daniel e entrelaçou sua pernas nas dele. Olhou-o bem no fundo nos olhos, que estavam voltados para o chão.

— Não estou dizendo para você ir embora de verdade — ela prosseguiu. — Não quero que vá embora para terminar tudo. É só para dar um tempo. Volte quando estiver pronto. E, se não estiver pronto, não volte. Aí eu não vou querer mais ver você.

— Está falando sério?

— Estou.

— Está falando em uma hora, ou um dia, ou uma semana, ou o quê?

— Um mês. Quem sabe se ficarmos um mês sem nos ver? Sem contato, sem telefonema, sem nada. Para termos um tempo adequado para pensar. Aí, vamos saber. Eu também vou saber. Nós dois precisamos saber.

— Como assim? Está dizendo que você também não tem certeza?

— Só estou dizendo para a gente pensar. Um mês.

A última volta de honra

Talvez o erro de Daniel tenha sido deixar passar um pouquinho mais de um mês. No final do prazo estabelecido, ele tinha chegado a uma decisão definitiva. Queria ter filhos, sim, e queria que fosse com Erin. Ele percebeu que ela tinha razão em obrigá-lo a pensar mais naquilo, a refletir sobre os sacrifícios que aquilo implicava. Uma onda súbita de amor, ou de tesão, ou de seja lá o que fosse, não constituía uma base sólida o suficiente para uma decisão dessa magnitude. A partir do momento da concepção não havia como voltar atrás. A partir daquele instante, uma vida inteira de trabalho estaria à sua frente. Mas ele estava pronto.

Mesmo com isso em mente, um mês lhe pareceu muito pouco tempo e, quando chegou ao fim, percebeu que tinha passado a maior parte do tempo preocupado com a decisão. Depois de tomá-la, ele se deu conta de que aquele mês fora um recurso precioso que tinha sido desperdiçado. Seria sua última chance de liberdade verdadeira. Então, resolveu se dar mais uma semana para aproveitar devidamente os prazeres da vida de solteiro.

Não para fazer sexo. Ele não tinha intenção de trair Erin. Mas ela havia lhe dado um tempo para ele dedicar a si mesmo e era sua obrigação usá-lo. Existiam alguns tipos de diversão que simplesmente deixariam de estar disponíveis quando ele voltasse para ela, e esta era sua última chance de fazer tudo aquilo, de realizar de uma vez por todas algumas vontades indefiníveis. Quando a gente tem filho, a juventude acaba. Mas, antes de deixá-la para trás, ele daria a última volta de honra.

Daniel pegou o celular e examinou a lista de contatos que não era usada havia muito tempo. Só precisava dar uns dois telefonemas para acordar o monstro da solteirice e voltar com ele ao bar. Ainda tinha alguns grandes amigos que levavam essa vida, e eles ficariam contentes de ter notícias dele.

Uma das características ligeiramente trágicas dos amigos solteiros na casa dos 30 anos é que eles sempre ficam felizes em recebê-lo de volta, por mais tempo que tenha passado ignorando-os. Como acontece com aquelas igrejas em que todo mundo canta e bate palmas, eles vivem desesperados em busca de novos adeptos. Não se incomodam com quem você seja, nem com o período da sua permanência, nem com a sua motivação; só querem mais gente para ajudar a fazer mais barulho.

Assim que Daniel chegou à letra M, viu o que precisava fazer. Matt era seu amigo mais antigo (embora não fosse, de forma alguma, o mais próximo), e Daniel tinha certeza de que ele estaria na rua e bebendo, provavelmente com uma turma, e que convidaria Daniel a se juntar a ele, apesar de só terem se falado uma vez no ano anterior.

— Danny Booooooooooooooooy! Que bom falar com você!

— Desculpe ter ficado tanto tempo sumido. Andei ocupado.

— Tudo bem. Como vão as coisas? — Matt nunca entrava no jogo do "por que você não me ligou?". Daniel nunca soube se ele fazia isso para preservar sua dignidade ou se era porque ele realmente não se importava mesmo.

— Tudo bem, tudo bem. O que você vai fazer hoje à noite?

— Vai sair para brincar? Afrouxaram a sua coleira? — Matt perguntou.

— Mais ou menos.

— Você se separou? — Ao dizer isso, Daniel teve certeza de que a voz de Matt tinha um certo tom de satisfação.

— Não, não. É só... um teste de separação. Muito curto. É mais ou menos um tempo para pensar. Nós vamos voltar.

— Teste de separação. Adorei! Por isso veio me procurar! Sou o seu mestre de cerimônias do seu teste de separação, é isso? Quer ver o que está perdendo...

— Não, não é isso.

— Claro que não. Certo. Então vai ser um jogo de palavras cruzadas e um chá para dois? Tipo umas sete e meia, para a gente poder terminar a tempo de ir para a cama cedo?

— Hum... se é isso que você vai fazer...

— Não seja idiota. Pegue um táxi e venha para cá, seu babaca.

— Onde você está?

— Nem sei. Em algum bar. Espere, tenho uma caixa de fósforos com o endereço. Se estiver vestido feito um universitário, nem se incomode em vir.

— Não estou vestido feito um universitário!

— Você está sempre vestido feito um universitário. Vá para casa e coloque algo decente antes de vir para cá. E não estou falando de terno. Se vier de terno, vou fingir que nem conheço você.

— Eu não sou idiota.

— Eu estou de terno, mas tenho ternos bons. Você vai ficar com cara de quem foi fazer entrevista de emprego.

— Eu não vou de terno.

— Você nem deve ter um terno.

A conversa prosseguiu nessa toada durante algum tempo; Matt conseguia ser ao mesmo tempo extremamente simpático e absurdamente ofensivo, como sempre. Fazia quase trinta anos que o relacionamento entre eles era assim.

Daniel escolheu com muito cuidado sua roupa menos fora de moda e foi se encontrar com Matt no bar; no caminho, parou no caixa automático para pegar algum dinheiro: a quantidade que geralmente ele usava para passar a semana. E sabia que aquilo mal daria para a noitada.

O endereço era em Knightsbridge. Fazia anos que Daniel não ia a esse bairro de Londres, e ficou um pouco surpreso ao constatar que ele continuava lá, e que ainda era cheio de gente rica e de lojas. Quando viajava, ele se sentia bem à vontade acomodado em um café, observando as pessoas ricas estrangeiras nas lojas estrangeiras, mas havia algo nos ricos da Inglaterra e em suas lojas que ele considerava de mau gosto e deprimente. Não que tivesse inveja do dinheiro, simplesmente não queria que aquelas pessoas específicas fossem ricas. No mínimo, podia dizer que nenhuma delas parecia apreciar sua riqueza.

Daniel estampou um sorriso no rosto e tentou operar uma lavagem mental em si mesmo enquanto descia as escadas, passando pelo batalhão de seguranças à porta. Nunca tinha conseguido entender muito bem qual era a maneira certa de se comportar perante seguranças, e sua intenção de passar por eles como quem não quer nada sempre evaporava no último minuto e era substituída por um sorriso tímido e um ar subserviente de quem está querendo agradar.

Daniel entregou o casaco para a moça irritante de tão bonita que trabalhava na chapelaria e entrou. Ver uma mulher tão inatingível e linda naquele emprego de baixo nível deu a ele a sensação de que, além de ser feio e pobre demais para aquele lugar, também conduzia sua vida em um círculo inferior da existência. Talvez fosse por isso que tivessem contratado uma mulher daquelas para ficar à porta: para transmitir a sensação de que você não está só entrando em um bar, mas também em um mundo melhor.

A iluminação do bar tinha um brilho azulado curioso que não era produzido por nenhuma lâmpada visível, mas por cubos nas paredes, dos quais emanava uma radiação colorida que lembrava vagamente uma luz e, ao mesmo tempo, não fornecia informação suficiente para que se soubesse onde ficava o chão. Daniel conseguiu enxergar o contorno tênue de escadas semicirculares e estranhas espalhadas pelo recinto cavernoso e labiríntico que conduziam até pequenas reentrâncias e alcovas que continham pequenas mesas, bancos de couro e banquetas curvas. O bar propriamente dito, que parecia ter sido projetado não apenas para servir drinques, mas também para monitorar a atividade de satélite sobre a Europa, ficava na ponta mais distante do salão, mas Daniel percebeu que seria impossível calcular a distância até lá; também não sabia se era preciso subir ou descer para alcançá-lo. Centenas de milhares de libras tinham sido investidas naquele design, exatamente para dar a pessoas como Daniel a sensação de desorientação completa e medo abjeto.

Os atendentes do bar e as garçonetes pareciam pessoas que Daniel acreditava existirem apenas em revistas. A maior parte das mulheres presentes também parecia que ficaria mais confortável em duas dimensões, e todas aparentavam ter 20 e poucos anos. Os frequentadores masculinos, por sua vez, deviam todos ter mais de 30 anos e, na média, não eram nada fotogênicos.

As pessoas se espalhavam pelos reservados, pedestais e alcovas como se estivessem se recuperando de um esforço terrível, amontoadas em busca de conforto, mas cansadas demais para falar. Esse efeito provavelmente se devia ao volume da música, que era alto demais para ser possível conversar, apesar de não haver ninguém dançando e de não existir, aparentemente, nenhum lugar onde fosse possível dançar para o caso de alguém ser acometido pelo desejo de fazê-lo. A música que tocava estava ali só para fazer um ruído semelhante ao visual do lugar: não era para ouvir nem para dançar, só tocava em volume alto o suficiente para que todos se livrassem da obrigação de falar.

Daniel avistou Matt em um canto perto do bar, concentrado em uma conversa com uma garota cujo rosto tinha uma perfeição radiante e implausível e cujo corpo Daniel achava que só existisse na imaginação de adolescentes. Ela parecia o tipo de mulher que se vê desenhada em tons sombrios na capa de romances de fantasia, usando biquíni de couro e segurando um aparelhinho de dar choque verde-limão.

Para conseguirem se escutar, Matt e a moça precisavam se revezar inclinando-se para a frente e berrando no ouvido um do outro, mas, devido à proximidade física necessária para tanto, Daniel compreendia por que aquilo era desejável. Ele se aproximou com hesitação, porque não queria interromper nem tropeçar e cair.

Matt olhou em sua direção, e Daniel fez um gesto de "não quero atrapalhar", mas Matt fez um sinal para que ele se aproximasse e apresentou a moça, apesar de a introdução ter se resumido a cada um deles dizer seu nome sem que o outro escutasse. Ficaram lá um tempinho trocando sorrisos. Uma conversa entre três pessoas realmente não era possível, a menos que cada coisa fosse dita duas vezes, e Daniel não achava que conhecia aquela mulher o suficiente para chegar tão perto dela a ponto de se fazer ouvir. Mas, também, se dissesse alguma coisa para Matt e não repetisse para ela, pareceria estranhamente grosseiro. Ficar em silêncio parecia ser a única forma educada de proceder.

Matt então gritou algo no ouvido da mulher que era só para ela escutar e arrastou Daniel consigo para o banheiro.

Entrar no toalete masculino foi como sair de um pesadelo auditivo. Daniel recuperou a capacidade de ver e de ouvir. Ele sabia onde ficava o chão. O cheiro de urina nunca lhe parecera tão agradável.

— Tudo bem, cara? — Matt perguntou e lhe deu um abraço.

— Tudo, tudo. Que lugar, hein?

— E não é? Que mulheres! Não é incrível?

— Hum... É sim.

— Ela não é gostosa pra caralho? Não é? Não é? Faz duas horas que estou passando um papo nela — afirmou com um tom de voz que dava a entender que aquele era um tempo realmente muito longo para estender a relação com uma mulher.

— E?

— As perspectivas são boas, meu amigo. Muito boas. — Matt se virou para o mictório e urinou com autoridade ruidosa. — Legal ver você, cara. Muito legal mesmo.

— Está falando comigo ou com seu pênis? — Daniel quis esclarecer.

— Com os dois. — Matt fechou o zíper, virou-se e pegou no ombro de Daniel. — Vocês são minhas duas belezinhas.

— Acho que é melhor lavar as mãos antes de me fazer carinho.

— Como você é cansativo.

Ainda sem lavar as mãos, Matt tirou um papelote de cocaína do bolso, com cuidado, fez duas carreiras ao lado de uma das pias com o cartão de crédito e enrolou uma nota de dinheiro.

— Você primeiro — ele disse.

— Não estou muito a fim — Daniel respondeu.

— Você nunca está muito a fim. — Matt se inclinou e cheirou, limpou o nariz com fúria maníaca, como se estivesse cheio de formigas, então suspirou, abriu um sorriso largo para Daniel e completou: — Azar o seu.

— É, eu sei.

— Então... você e a Erin. — Matt fez um som áspero com a garganta e cortou o pescoço com uma lâmina imaginária.

— Bem... não exatamente. Mas agradeço a solidariedade.

— Eu devo me mostrar solidário por você ter se separado ou por não ter se separado? Você está me deixando confuso.

— Se demonstrasse alguma emoção levemente humana, já seria um bom começo.

Matt apertou as bochechas de Daniel.

— Você é um belo homem, meu amigo, e está na hora de dar uma trepada.

Matt empurrou Daniel para trás pelos ombros, deu um apertão na bunda dele e marchou em direção à porta. Na saída, parou e se virou.

— Como está a Gillian? — perguntou.

Matt sempre perguntava se a mãe de Daniel ia bem. Daniel não fazia a menor ideia de por que ele fazia isso. Achava que talvez fosse a maneira que ele encontrava para lembrá-lo de que eram amigos de infância, de que compartilhavam algo antigo e profundo, mas não tinha certeza. A outra possibilidade era que Matt não conseguia resistir à tentação de compartilhar sua surpresa de saber que, devido a algum golpe de sorte sináptico, ele se lembrava do nome dela. O lado cínico de Daniel desconfiava de que Matt se esforçava para se lembrar de algum detalhe obscuro da vida de todas as pessoas que ele conhecia, e o citava sempre que se encontrava com elas, só para passar a impressão de que escutava o que elas diziam.

— Está ótima — Daniel respondeu, como sempre fazia.

— Que bom — Matt respondeu.

Com essas palavras, ele saiu dali e voltou para o recinto barulhento. Daniel ficou pensando que era estranho eles terem precisado ir até ali para conversar; como era esquisito o fato de existir um local isolado para atos pouco higiênicos e levemente vergonhosos como urinar, defecar e conversar.

Matt não conseguiu arrumar uma transa para Daniel. Aliás, Daniel foi embora depois de uma hora sem conversar com ninguém. Ficar em pé em público com um copo na mão sem parecer sofrível era uma arte que ele nunca dominara.

Ao ir embora, acenou para Matt com um gesto de "eu te ligo" enquanto ele travava uma conversa muito profunda aos gritos com a mulher que tentava traçar. Para falar a verdade, não tinha intenção de telefonar para ele nos seis meses seguintes, e Matt sabia muito bem disso, mas, mesmo assim, sorriu e retribuiu o gesto.

O restante da quinzena de solteiro de Daniel também não foi muito melhor do que aquilo. Depois de ter constatado que ele não era do tipo que frequentava casas noturnas, ligou para Andy, um velho amigo que gostava de bares e que estava sempre solteiro. Desde a última vez que haviam se encontrado, a resistência para a bebida de Andy tinha aumentado muitíssimo, ao passo que a de Daniel tinha desabado. Era uma questão de prática.

Daniel já estava um bagaço, de pernas moles e língua enrolada, antes que Andy tivesse começado a beber de verdade. Andy bebia tão rápido que mal dava tempo de conversar; quando conversavam, parecia que Andy só sabia falar de bebida. Daniel não tinha nenhuma história de bebedeira para compartilhar, e imediatamente já estava bêbado demais para solucionar o problema de como mudar de assunto. Então, de repente, já era a manhã seguinte e Daniel estava acordando, com as roupas do dia anterior, no sofá de Andy, descolando a bochecha de um estofamento tão sujo que parecia um pedaço de pizza.

Daniel passou dois dias com dor de cabeça, pescoço dolorido e intestino solto. Ficar bêbado nunca tinha sido sua escolha número um para uma balada, mas foi deprimente descobrir que ele tinha se tornado alérgico à atividade. Obviamente estava velho demais para esse tipo de coisa. Nem conseguiu descobrir o quanto tinha bebido ou o que tinha feito naquela noite, já que Andy também não conseguia se lembrar.

Em seguida, resolveu tentar Nick, que era da turma dos "solteiros por necessidade, não por escolha". Daniel quis se encontrar com ele em um café. Nick fez um relato tão detalhado a respeito de suas tentativas desastrosas e quase completamente assexuadas de ter algum tipo de vida amorosa que Daniel sentiu, sucessivamente, compaixão, impaciência, tédio e depressão, até chegar ao ponto de só estar olhando os lábios de Nick se mexerem, imaginando se já tinha passado tempo suficiente para consultar o relógio mais uma vez.

Nick, ao longo dos anos, tinha descido muitos níveis na escala darwiniana, mas ainda não tinha encontrado seu lugar. Não importa o quanto descesse, nunca parecia baixo o bastante. Tinha tentado mulheres feias; tinha tentado mulheres chatas; tinha tentado até mulheres feias e chatas, mas nunca se dava bem. O ultimo estágio, descrito no momento em que a capacidade de ouvir de Daniel já se esvaía quase completamente, era o dilema de Nick sobre se devia ou não dar em cima de mulheres que considerava claramente desagradáveis. Parecia ser a única alternativa restante.

No final, Daniel recorreu ao velho truque de levar o celular para o banheiro, ligar para um amigo e pedir que telefonasse para ele em cinco minutos, para fingir que tinha alguma emergência.

O truque funcionou. "Ficou trancado do lado de fora? ... Está de brincadeira... Certo, já estou indo." Daniel quase não conseguiu dizer isso com expressão séria, enquanto Andy cantava em seu ouvido uma musiquinha improvisada com as coisas que Nick queria fazer com o corpo de Daniel.

No decorrer de quatro dias, Daniel concluiu que Matt, Andy e Nick, cada um a seu modo, eram dignos de pena. Apesar de Matt e Andy fazerem o que desejavam (aliás, faziam o que sempre tinham feito), parecia que a diversão tinha acabado. Aquilo que era emocionante quando eles tinham 20 anos, e que Daniel frequentemente temia ter abandonado cedo demais, de repente assumia características de vício e compulsão. Cada um deles tinha sua droga preferida (sexo casual, álcool e autopiedade); o que antes era passatempo se transformara em muleta. Daniel sabia que eles nunca reconheceriam, mas todos lhe pareciam um pouco entediados e tão acostumados a perseguir suas paixões que já não se lembravam mais como fazer outras coisas.

Daniel tinha medo de que assumir um compromisso definitivo com uma mulher — concordar em ter um filho — fosse condená-lo a uma vida governada pela rotina e pelo tédio. Ele então se deu conta de que isso acabava acontecendo de qualquer jeito, independentemente de se estar sozinho ou com uma mulher. A escolha era entre seus próprios hábitos e os hábitos compartilhados e negociados. A segunda opção podia até ter lá suas frustrações, mas pelo menos mantinha as pessoas vivas, sãs e seguindo em frente.

Daniel de repente percebeu que a escolha era mais fácil do que ele pensava. Não precisava de mais tempo. Queria ficar com Erin, naquele instante. Não queria esperar mais. Ele a amava, precisava dela, queria ter filhos com ela e envelhecer a seu lado. A vida sem Erin seria vazia e sem sentido. Não havia mais nada para pensar sobre o assunto.

Já passava das 23 horas. Erin devia estar na cama. Mas, para isso, ela não se importaria de ser acordada. Tinha esperado anos até que ele alcançasse esse ponto, não podia fazer com que ela esperasse nem mais um minuto. Entraria direto em um táxi.

Há momentos na vida em que a neblina se dissipa e o futuro de repente parece navegável e habitável e límpido e bom. Ele precisava compartilhar aqueles sentimentos com ela enquanto ainda estavam frescos. Ela compreenderia. Ela olharia em seus olhos e veria que todas as dúvidas e reservas tinham evaporado. Ele nem precisaria explicar. Tinha demorado mais de um mês para chegar a essa decisão, mas ela compreenderia o que tinha acontecido imediatamente. Ela o conhecia, ela realmente o conhecia, e por isso compreenderia. Ele entraria pela porta, correria escada acima e se deitaria na cama com ela, colado na intimidade quente da pele dela. Estava na hora de ter filhos. Era hora de dar o próximo passo. Juntos.

Carol e Matt

Alguém que apareceria em um lugar público

Matt estava com dificuldade para se concentrar. Precisava ter ideias para a Maratona de Peitos no balneário de Torquay, mas estava com a cabeça em outro lugar. Nas duas horas que passara sentado à mesa de trabalho, só tinha brincado no e-mail sem de fato enviar ou receber qualquer coisa importante ou interessante. Alguém sentado a menos de 10 metros dele tinha mandado uma piadinha sobre o corte não inteiramente heterossexual da camisa que ele usava, e Matt passou uma boa meia hora pensando em uma resposta à altura. No fim, ele acabou apelando para: "Estou vendo você enfiar o dedo no nariz", que compensou na precisão o que faltava em perspicácia. Satisfeito consigo mesmo, enviou a mensagem mais uma vez, agora com cópia para a redação inteira. Assim as pessoas aprenderiam a não criticar as roupas dele.

O toque estridente e repentino do telefone o assustou. Tinha se esquecido temporariamente de quem era, onde estava e o que devia fazer. Mais de uma hora tinha se passado depois do e-mail do dedo no nariz, mas ele não tinha noção de quanto tempo aquilo consumira. A mente dele estava completamente vazia, da maneira que só se consegue atingir trabalhando em uma redação ou sendo mestre zen.

— É a sua mãe — disse Yvonne, a recepcionista. — Vai atender?

— Estou ocupado — Matt respondeu. — Diga que estou em uma reunião. Na verdade, não. Eu atendo.

— É assim que se fala —Yvonne respondeu, e Matt achou que ela estava tirando sarro de alguma coisa, mas não sabia muito bem de quê. Na verdade, também não sabia por que resolveu atender ao telefonema. Ele tinha uma vaga noção de que talvez fosse por curiosidade em relação ao que ela iria dizer, mas isso parecia pouco provável. É claro que as coisas não podiam ter chegado assim tão longe.

— Olá, querido! — Carol cantarolou. Ela parecia feliz. Parecia que ela gostava dele. Matt ficou sem entender nada. Tudo o que ela tinha feito desde sua chegada ao apartamento dele o surpreendera. — Como estão as coisas? — ela perguntou.

— Ótimas. Ótimas.

— O que você vai fazer hoje?

— Só trabalhar.

— Claro. Claro. Mas e à noite?

— Ah, preciso ir a uma festa. É o lançamento de uma loção pós-barba nova.

— É o quê?

— O lançamento de uma loção pós-barba nova.

— O que de uma loção pós-barba nova?

— O lançamento. De uma loção pós-barba nova.

— Não entendi. — Quando falava com Matt, Carol sempre ficava achando que as palavras dele faziam sentido individualmente, mas ele as arranjava em uma ordem que a deixava perplexa. Não devia ter ouvido direito. Lançamento? De uma loção pós-barba nova?

— Como assim, não entendeu?

— Eu não compreendo o que está dizendo.

— Quantas vezes quer que eu repita?

— Você disse mesmo "lançamento"?

— Disse.

— O que isso quer dizer?

— É uma festa. Um lance de RP. Quando surge um produto novo, fazem lançamentos e convidam o pessoal da imprensa.

— Por quê?

— Para divulgação. Mãe, estou ocupado. Não tenho tempo para explicar o século XXI para você neste momento.

— Bom, posso ir?

— Ir aonde?

— À festa.

— Hum, não. Não é bem assim que as coisas funcionam.

— Onde vai ser?

— Em uma casa noturna em Leicester Square.

— Eu posso ir até Leicester Square. Tem estação de metrô lá.

— Eu sei que você é capaz de chegar até lá, mãe. Mas você não foi convidada. Não é uma festa normal. Não dá para simplesmente aparecer lá com amigos e familiares. Tem uma lista de convidados, você precisa avisar que vai e eles riscam o seu nome quando você chega. E você iria detestar ir lá. Não é bem uma festa. É só trabalho. Eu nem devia ter dito que era uma festa.

— Então, você vai para se divertir ou porque precisa ir?

— Porque preciso ir.

— O quê... Se você não for, vai ter problemas? Com o seu chefe?

— Mãe, estou ocupado. Tem coisas que eu simplesmente preciso fazer. A gente se vê depois. Vou chegar tarde. Não faça jantar para mim.

— Certo.

— Tchau.

— Tchau.

Ele tinha tentado se livrar dela. Aquilo não era nada saudável. E o lado mais preocupante disso tudo é que ele estava começando a se acostumar com ela. Se chegasse ao ponto em que parecesse normal morar com a mãe, ele teria que se matar ou deixar a barba crescer ou começar a observar pássaros.

Carol colocou o telefone no gancho e examinou o apartamento com os olhos, cheia de desalento. Ela estava se sentindo um estorvo. Então reparou nos rodapés.

Encheu um balde de água com sabão e tirou um pano de limpeza novinho de um pacote com dez unidades que tinha comprado em seu primeiro dia no apartamento. Ela colocou luvas de borracha, ajoelhou e começou a limpeza ao lado da porta da entrada. Enquanto esfregava os rodapés cinzentos (que acabaram se revelando brancos, como ela desconfiava), percebeu que não conseguia parar de pensar na festa de Matt. Tinha descoberto mais coisas sobre ele nos últimos dois dias do que na última década. Mas ainda faltava muito. Uma festa onde ela poderia observá-lo de longe, para ver como ele interagia com as mulheres, seria uma oportunidade fascinante.

Se ela fosse, se simplesmente aparecesse em Leicester Square, qual seria a pior coisa que poderia acontecer? Talvez não conseguisse encontrar o lugar. Talvez não permitissem que ela entrasse. Nada disso parecia muito ruim. Seria um passeio divertido. Melhor do que ficar a noite toda sem fazer nada no apartamento de Matt, que não tinha livros nem alma, com aquele televisor tão grande e complicado que eram necessários três controles remotos para operá-lo. Quando Matt acabou de explicar a ela como mudar de canal, ela já tinha esquecido como fazia para ligar o aparelho. Certos tipos de informação simplesmente se recusavam a se fixar em seu cérebro. Além disso, a tela era grande demais, ela tinha certeza de que lhe daria dor de cabeça.

Tentou pensar em uma desculpa para explicar por que estaria passando por Leicester Square bem naquela hora. Nada plausível lhe ocorreu, mas a questão ainda não era como explicar o fato a Matt. Ela poderia pensar nisso mais tarde. A prioridade agora era achar a festa e tentar entrar.

Normalmente, ela nunca sonharia em fazer uma coisa dessas, mas, naquela semana, a noção de realidade não se aplicava. Sua tarefa no momento era conhecer melhor o filho, e esta seria uma oportunidade preciosa. A única razão para não ir seria medo.

Nunca na vida tinha tentado entrar de penetra em uma festa, e só conhecia uma pessoa que talvez já tivesse feito isso. Pegou o telefone e procurou o número de Helen. Tinha prometido a si mesma que não telefonaria para as outras, mas não se tratava de incentivo nem de apoio moral, nem de comparações entre sucessos e fracassos: ela precisava de conselhos práticos. Precisava de ajuda.

— Helen? É a Carol — ela disse, com a voz aguda e hesitante.

— Carol! Conseguiu entrar?

— Consegui. Foi fácil. E você?

— Não foi tão fácil — Helen respondeu. — Mas estou aqui. Ele ainda não me expulsou.

— Falou com a Gillian?

— Ela me enviou uma mensagem de texto. Ela também entrou.

— Três de três! — Carol exclamou. — Que incrível! E as coisas estão indo bem para você?

— Descobri que ele mora em uma comunidade gay e que já tinha contado ao Larry há anos. Então, não ando exatamente entediada.

— Santo Deus! Você está bem?

— Estou ótima — Helen respondeu. — Como estão as coisas com você?

— Estranhas. Matt é do jeito que eu sempre soube que ele era, mas de perto tudo parece bem pior.

— Sei bem o que você quer dizer.

— O apartamento dele é imundo. Você tinha que ver os rodapés.

— Se os rodapés do apartamento do Paul fossem a minha maior preocupação, eu seria uma mulher feliz.

— Liguei para pedir um conselho. Estou preocupada com... bom, com o gosto de Matt para mulheres, que me parece um pouco... sórdido. Seria muito horrível se eu fosse atrás dele em uma festa hoje à noite? Sem ele saber. Para ver como ele se comporta. Para descobrir... sabe como é... a escala do problema.

— Faça isso.

— Acha mesmo?

— Você tem que ir. Nós nunca mais vamos fazer isso de novo, não é mesmo?

— Duvido muito que façamos.

— Então, precisamos fazer direito. Viemos até aqui, não adianta nada não se dedicar por inteiro, certo?

— Talvez não.

— É claro que não. Vá sim, Carol. Você tem que ir.

— Talvez.

— Tenho que desligar. Paul vai me levar para almoçar.

— Que amor.

— Mmm. Veremos.

— Helen, antes de desligar...

— O que é?

— Queria que você me dissesse... como eu faço para entrar.

— Para entrar onde?

— Na festa. Na festa de Matt.

— Simplesmente chegue lá.

— Mas não fui convidada.

— Ah! Você quer saber como entrar de penetra?

— Quer dizer... tenho certeza de que você nunca... não quero parecer grosseira... só achei que você talvez soubesse o que fazer.

— Claro que eu já fiz isso. Quem não fez?

— Hum... eu.

— Carol, você é mulher. É a coisa mais fácil do mundo. Sorria, pisque, entre. Só isso, não precisa de mais nada.

— Tem certeza?

— Juro que é assim. Preciso ir. Tchau.

— Tchau.

Carol desligou e telefonou para Gillian imediatamente; ela foi ainda mais enfática em dizer que Carol devia ir atrás de Matt na festa. Ela resumiu a questão da seguinte maneira: "Se ele for um pervertido, você precisa saber." Não foi exatamente um alento, mas realmente ajudou Carol a entrar em ação.

Carol examinou suas roupas à procura de alguma coisa que fosse vagamente adequada para uma festa, mas ficou surpresa ao descobrir que não tinha levado quase nada que não fosse marrom ou bege. Seu guarda-roupa para a semana não estava muito outonal; estava mais para lamacento. Depois de várias tentativas, depois de se olhar várias vezes no enorme espelho de corpo inteiro que encontrara no quarto de Matt, finalmente se decidiu por um tailleur beginho de linho com uma echarpe lilás para animar.

* * *

Fazia muitos anos Carol não ia a Leicester Square. O bairro estava muito mais glamoroso e limpo desde sua última visita, mas agora já não se assemelhava a um lugar de verdade. Os prédios pareciam ter fachadas falsas, projetadas para esconder alguma coisa que não eram verdadeiras estruturas tridimensionais. O lugar a fazia pensar em mulheres que começam a usar cada vez mais maquiagem à medida que envelhecem.

Turistas avançavam em ondas por toda parte, a maioria parecia espantada, talvez imaginando para o que deveriam olhar. Carol deu a volta na praça e ficou surpresa ao descobrir que só havia um lugar que poderia ser uma casa noturna. Uma faixa vertical pendurada sobre a entrada dizia: DINAMITE. Grupinhos de pessoas bem vestidas iam chegando e uma moça bonita e empertigada, usando uma camiseta preta em que se lia "É Dinamite!", ia riscando o nome delas de uma lista.

Aquele obviamente era o local certo. Ela não tinha imaginado que seria tão fácil encontrar a festa. Quando saiu da casa de Matt, não achava realmente que encontraria o que estava procurando. Na verdade, o único intuito de sua aventura era dar um passeio inofensivo e sair um pouco do apartamento. Mas agora lá estava ela, perante a possibilidade de entrar de fato.

Seu primeiro impulso foi dar meia-volta e retornar por onde tinha vindo, mas lembrou a si mesma que aquela era uma semana especial. Naquele momento, ela não era exatamente a mesma pessoa que sempre fora. Apenas por um certo período, era uma versão mais forte e mais corajosa de si mesma, em busca de um objetivo mais elevado, em nome do qual as gentilezas e fraquezas de sempre precisavam ser colocadas de lado.

Ela sorriu para os seguranças, que não retribuíram o gesto (parecia que nem sabiam fazer isso) e caminhou com o melhor arremedo de autoconfiança que conseguiu interpretar na direção da moça com a prancheta.

— Estou com Matt Walker — Carol disse. — Sou convidada dele. Ele é editor da... — como foi difícil forçar aquela palavra a sair de sua boca — da revista *BOLAS!*

A moça percorreu a lista com o dedo e parou no nome de Matt.

— Aqui não diz "e acompanhante" — ela informou.

Carol precisava pensar rápido. Ela não fazia ideia do que aquilo significava, mas a palavra "não" na resposta da mulher parecia dar uma boa dica.

— Bom, deveria dizer. Este é o problema. O RP dele... ou RA... o R alguma coisa tinha que ter ligado hoje para avisar. Prometeram que com toda a certeza haveria um convite para mim. Sou a mãe dele. Carol Walker. Posso mostrar uma identificação. Estou com um cartão de biblioteca aqui em algum lugar. Temos o mesmo sobrenome. Isto é muito importante. Porque eu preciso escrever um artigo. É para divulgação. É um artigo de divulgação. Sobre a loção pós-barba. Sobre a Dinamite. E eu precisei vir aqui para escrever sobre como a loção está... deslanchando. Na perspectiva de uma mulher mais velha. Comparando as loções de hoje com os que os homens costumavam usar quando eu era jovem. Como os homens impressionam as mulheres através dos tempos. Esse tipo de coisa. E o artigo vai ser ilustrado com um monte de fotos de divulgação da loção pós-barba. E muitas... muitas... mocinhas de peito grande... segurando a loção.

A mulher parecia estar tendo dificuldade em ficar séria. Carol, que tinha plena certeza de estar demonstrando conhecimentos consideráveis a respeito do jornalismo contemporâneo, não entendia por quê.

— Pode entrar — a moça disse com um gesto com a prancheta.

— Ah, muito obrigada. Você é muito gentil.

— Divirta-se.

— Com certeza vou me divertir, sim.

Quando Carol se afastou, escutou algo assemelhado a uma erupção de risadas atrás de si, mas achou que a atitude mais digna seria continuar em frente sem olhar para trás.

Atravessou um par de portas duplas e desceu uma escada curta com corrimãos revestidos em couro, luzes instaladas no piso e sem carpete. Passou por mais um par de portas e entrou em uma cacofonia que a atingiu como um balde d'água no rosto. O lugar estava cheio de gente que pertencia, de forma bastante evidente, à mesma tribo, uma tribo com a qual Carol nunca tinha se deparado antes. As roupas daquelas pessoas berravam DINHEIRO! ou PODER! ou SEIOS!, ou os três ao mesmo tempo. Até o cabelo delas (tanto dos homens quanto das mulheres) parecia ter custado caro, esculpido e cheio de voltas, feito para não sobreviver a uma noite de sono. Se alguém naquele salão tinha baixa auto-estima, havia deixado na porta, junto com o casaco.

Aquele era o pessoal de Matt. Aquele era o mundo dele. Carol nunca tinha visto nada parecido. Seus esforços para colocar sua melhor roupa e secar o cabelo com tanto cuidado de repente pareceram um tanto inúteis. Mas ela não se sentia intimidada. Na verdade, sentia-se confortavelmente invisível. O lugar era tão estranho que ela tinha a impressão de estar caminhando no meio de um holograma. Aquelas pessoas simplesmente não pareciam reais. A ideia de que alguém fosse reparar nela ou que fosse conversar com ela parecia tão improvável quanto achar que um personagem de novela iria de repente enfiar a cabeça para fora do televisor e pedir a Carol que preparasse um chá.

Para tentar se livrar dessa sensação de desconforto, Carol pegou um copo de uma bandeja cheia de um garçom que passava. O garçom não olhou para ela nem disse nada, mas a bebida era bem real. Ela era capaz de sentir o copo na mão, frio e úmido por causa da condensação. Ela experimentou e era mesmo um drinque, um líquido real do qual era capaz de sentir o gosto e que podia engolir, mas não fazia ideia de que tipo de bebida era aquele. Era doce e alcoólico, mas os ingredientes eram indecifráveis. Até mesmo a cor era impossível de discernir naquela espiral de penumbra azulada.

Em um estado de curiosidade e contentamento semelhante ao de um sonho, Carol caminhou a esmo pela festa, alegremente, assistindo ao show. Seja lá o que aquela bebida fosse, era boa. Antes de se dar conta, já avançava em cima de outro garçom e trocava o copo vazio por um cheio.

Então, avistou Matt, conversando todo animado no meio de um grupo de pessoas, com expressão relaxada e contente, como se aquele fosse um bar ou um café normal, cheio de gente com emprego normal. Carol se posicionou de maneira que pudesse olhar para Matt sem que ele a visse.

Ela não conseguia se lembrar de quando tinha sido a última vez que o observara de longe. Passaram muitos anos no mesmo recinto ou então separados. Não tinha havido situações em que ela pudesse simplesmente olhar para ele sendo ele mesmo, sem saber que estava sendo observado, sem moldar seu comportamento por causa da companhia dela.

A primeira coisa que chamou sua atenção foi a beleza dele. Matt era um ótimo espécime e tinha uma boa postura. Por ter observado as mudanças sutis no corpo do marido ao longo dos últimos quarenta anos, ela agora podia ver que Matt estava no auge da forma física. Sabia quais seriam os próximos estágios durante décadas futuras, à medida que o cabelo fosse ficando mais grisalho e mais ralo, a barriga fosse aumentando e o volume dos músculos embaixo das roupas fosse amolecendo e ficando flácido. Mas, por enquanto, ele estava ótimo. Ela sabia que era parcial, mas tinha certeza de que ele era um dos homens mais bonitos naquele salão, apesar de estarem em um lugar onde ser bonito parecia ser o objetivo principal das pessoas.

E fora Carol que o havia feito. Ele era dela. Essa ideia a deixou animadíssima.

Matt conversava com um grupo de pessoas vestidas de um jeito que ela simplesmente não conseguia compreender. Tudo, aos olhos dela, ou era comprido demais ou curto demais ou tinha o formato errado; mas pela maneira como elas se portavam e se moviam, Carol percebeu que o visual tinha sido premeditado e era exatamente o que aquelas pessoas desejavam. Todas estavam bonitas, não porque suas vestimentas merecessem algum crédito, mas justamente por estarem satisfeitas com sua aparência, transmitindo uma aura que se localizava em algum ponto intermediário entre segurança e presunção.

A atenção de Matt estava mais voltada para um homem de óculos retangulares que usava um terno curiosamente justo e uma mulher asiática com cabelo bem curtinho e uma camiseta que parecia ter encolhido na lavagem. Ele estava contando alguma história e os dois riam. A mulher o interrompeu uma ou duas vezes, como se fingisse não acreditar nele, e pegou de leve no seu antebraço nas duas vezes que lhe dirigiu a palavra.

Ao observar como Matt se destacava no meio daquela gente, Carol se encheu de orgulho. A vergonha que sentira apenas um dia antes, ao ler a revista, não tinha desaparecido, mas de algum modo tinha encontrado uma maneira de coexistir com seu exato oposto. Suas impressões iniciais de que ele seria um pornógrafo decadente que trabalhava entre homens imorais em um porão fétido do Soho agora estavam se transformando em uma imagem mais ambígua. Talvez o mundo tivesse mudado muito mais do que ela percebera. Apesar de o trabalho dele ser nojento, aquelas pessoas pareciam considerá-lo aceitável. Estava claro que Matt se encaixava naquela panelinha que parecia, bom, não exatamente agradável, e certamente não generosa nem gentil, mas que era, a seu próprio modo, bem-sucedida.

Talvez fosse uma falha da parte dela, um sinal de fraqueza moral, mas percebeu que não conseguia ficar indiferente ao fato de o filho ter conseguido se tornar uma pessoa de destaque no meio daquele tipo de gente. Ela não queria de forma alguma que Matt permanecesse em seu emprego atual, mas ao mesmo tempo se sentia orgulhosa por ele ser bem-sucedido naquilo. Apesar de todos os defeitos que tinha, pelo menos seu menininho tão precioso tinha crescido e se transformado em alguém importante, um homem seguro entre gente segura. Por mais erros que ela tivesse cometido, sabia que podia levar o crédito ao menos por isso. Se tinha tentado dar a seu filho força para acreditar em si mesmo, tivera êxito.

Quando o álcool começou a afetar o cérebro de Carol, ela sentiu um agito de contentamento e sociabilidade dentro de si. Já tinha observado bastante, estava pronta para conversar. E daí que todo mundo era jovem, bonito e rico? Nenhum daqueles atributos era algo que devesse intimidar mulheres da idade dela. Ela não tinha nada a temer, muito menos Matt.

Ele ficaria aborrecido de vê-la lá. Sua intenção inicial era apenas vigiá-lo de longe, mas, no meio de toda aquela gente moderna, Matt seria forçado a encarar a situação com decência. Ele a acusaria de constrangê-lo na frente dos amigos, mas ela tinha bastante certeza de que conseguiria conquistá-los e bater papos agradáveis com eles. As pessoas davam atenção demasiada para a diferença entre gerações. Claro que o simples fato de ela ser um pouco mais velha do que os outros convidados não era motivo para que Matt sentisse vergonha dela. Realmente, não havia nada a temer. Ela só precisava se aproximar e dar um oi.

Carol esperou outro garçom passar, tomou alguns goles da bebida e, segurando o copo com força para reunir coragem, partiu na direção do filho.

Quanto mais perto chegava, mais sua confiança diminuía. Além de "Oi, sou a mãe do Matt", ela não conseguia pensar em nada para dizer. Aquelas pessoas não viviam no mesmo mundo que ela. Mal falavam sua língua. Havia uma enorme chance de que ela acabasse fazendo papel de boba por não ser capaz de compreender a conversa deles.

Agora que estava bem perto, à distância suficiente de estender a mão e tocar nas costas do filho, ela de repente desejou estar em casa com uma xícara de chá, não naquele galpão deprimente cheio de gente insignificante e presunçosa, vestida com roupas ridículas e berrando no meio de uma algazarra que parecia mais o som de uma caixa registradora tendo um ataque de nervos do que com qualquer coisa que se pudesse chamar de música. Ocorreu a Carol que ela estava tendo uma oscilação de humor e que talvez estivesse um pouco embriagada.

Os pés de Matt se moveram e Carol percebeu que ele estava prestes a se virar em sua direção. Ela imediatamente girou nos calcanhares e correu até a coluna mais próxima, atrás da qual trombou, com a bebida em riste, em cima de uma moça. Foi uma colisão confusa que, de algum modo, deixou Carol seca e a mulher infeliz coberta de coquetel.

— Ai, meu Deus! — Carol berrou. — Sinto muito. Mesmo. Que vergonha.

A mulher, agora que Carol olhava bem, era a primeira pessoa que ela via que não pertencia ao universo da moda da Dinamite. Era nova e bonitinha, mas usava o tipo de roupa que se vê além da área nobre de Londres servida pela linha de metrô Circle Line. Não é que ela estivesse exatamente fora de moda, mas suas roupas eram as únicas, além das de Carol e das dos garçons, que pareciam não ter sido feitas para se exibir.

— Não se preocupe — ela disse. — Tudo bem. Eu não vi você chegando.

— A culpa foi toda minha — Carol afirmou.

— Não foi. Eu não deveria estar escondida atrás de uma coluna. Foi burrice minha.

Qualquer outra pessoa no recinto provavelmente ia querer processar Carol para que ela pagasse a conta da lavanderia e os danos morais. Era curioso, aquela moça parecia humana.

— Será que posso... vou pegar um guardanapo. Vou trazer alguns guardanapos. Não se mexa.

Carol saiu apressada e voltou correndo com um punhado de guardanapos de papel e dois drinques novos. A moça secou a roupa e aceitou a bebida.

— Ainda não sei o seu nome — Carol disse.

— Julia.

— Sou Carol. Mãe do Matt.

— Do Matt?

— Desculpe. Não sei por que eu disse isso. Só estava tentando explicar o que estou fazendo aqui.

— Você está aqui porque é mãe do Matt?

— Estou.

— Acho que não sei quem é o Matt.

— Não. Não. É claro que não sabe. Não há motivo para saber. Ele é... ele é jornalista. Ele veio aqui a trabalho e... tínhamos combinado de nos encontrar depois, mas... houve uma confusão. Por isso eu entrei um pouco com ele.

— Ah. Certo. Engraçado, porque, do jeito que você pulou para trás daquela coluna, parecia que estava fugindo de alguém.

— Ah, não! Não seja boba. De jeito nenhum. Eu nem conheço ninguém aqui, então, de quem poderia estar fugindo?

— Bom, se o seu filho é a única pessoa que você conhece aqui, tinha que ser dele, não é mesmo?

— Você... você é uma mocinha muito esperta. Mal consigo acompanhar. O que você faz? Por que está aqui?

— Eu também não devia estar aqui. Estou fazendo um bico na empresa de RP que organizou este evento e pediram para todo mundo do escritório vir, para o salão não parecer tão vazio no começo.

— Tem muita gente aqui fazendo isso? Fingindo ter sido convidada?

— Eu não estou fingindo. Isso é uma coisa que você tem de fazer. Acho que já posso ir andando. Tenho muito trabalho a fazer.

— Mais trabalho? Eles obrigam você a trabalhar à noite?

— Não, não. É meu mestrado. Estou estudando.

— Qual disciplina? — Carol perguntou, aliviada por finalmente estar participando de uma conversa cujos parâmetros pareciam reconhecíveis. Talvez todas as festas, no fundo, fossem a mesma coisa. Independentemente do lugar e do que os convidados estivessem vestindo ou bebendo, talvez tudo se resumisse à mesma coisa: pessoas em pé no meio de um salão, perguntando umas às outras o que fazem. Se você soubesse como fazer isso, ficaria bem. Talvez não houvesse nada a temer, afinal de contas.

— Tudo bem — disse Julia. — Não precisa me fazer um monte de perguntas educadas. Eu não pertenço a este ambiente. Eu não sou ninguém.

— Mocinha! — Carol a repreendeu bruscamente, com a expressão do rosto de repente corada e irritada. — Ninguém não é ninguém. Nunca mais quero ouvir você dizer isso.

— Ah. Desculpe.

— E educação não é falsidade.

— Não. Acho que não é. Sinto muito.

— Não precisa se desculpar — Carol disse.

— Certo.

— Vai responder a minha pergunta?

— Quer mesmo saber o que estou estudando?

— Se perguntei, significa que quero saber — Carol respondeu, severa.

— Bom, ainda estou elaborando a ideia. Vou escrever uma tese sobre nutrição, sobre o povo masai do Quênia.

— Que coisa fascinante! Só de olhar para você, já deu para ver que era uma pessoa interessante! — Carol disse, em um surto de tagarelice induzida pela bebida que a acometia mais uma vez. Agora que tinha algo para distraí-la de seu confronto com Matt e seus amigos, Carol voltou a se sentir feliz e teve certeza de que estava bêbada. Estava certa de uma coisa: estava livre de qualquer preocupação.

O teste da libertação de qualquer preocupação surtia efeito imediato. Ela começaria a se preocupar por estar bêbada. O único momento em que Carol ficava completamente livre de ansiedade era no intervalo entre ficar bêbada e perceber o fato. Nesta ocasião, não tinha demorado muito.

— Obrigada — disse Julia. — Diga uma coisa, você vai muito a festas com seu filho?

— Ah, não. Nunca.

— Por que ele a trouxe para esta?

— Na verdade, eu não vim com ele. Ele nem sabe que estou aqui. Eu só inventei uma história na entrada sobre ser jornalista, e me deixaram entrar.

— Por que fez isso?

— Bom, eu precisava inventar algo. Foi o que me veio à mente.

— Como assim, ele não é seu filho?

— Não, ele é meu filho sim.

— E você veio por causa dele, mas ele não sabe que você está aqui?

— Concordo que soa um pouco esquisito.

— Só um pouco.

— Eu estava curiosa para ver como ele passa o tempo.

— Então *era* dele que você estava fugindo?

— Hum... era. Por mais engraçado que possa parecer.

— Meu Deus, espero que a minha mãe não esteja aqui.

— Se estivesse, eu adoraria conhecê-la.

— Acho que você deve ser a única mãe que veio à festa.

— É, percebi isso logo que entrei. E, mesmo assim, continuo sem entender. Matt deu uma explicação muito ruim. Isso aqui é uma festa ou não? As pessoas vieram aqui para se divertir?

— Esta é a grande questão. Ninguém sabe.

— Ninguém sabe por que você está aqui?

— Não. Ninguém sabe. Mas acho que ninguém tem um motivo tão esquisito quanto o seu.

— Como assim?

— Acha que é um comportamento normal vir a uma festa espionar o comportamento do filho?

— Eu não disse que era normal. E não é bem espionar. Só estou tendo dificuldade para tomar coragem para ir dizer a ele que estou aqui. Talvez você possa me ajudar.

— Como?

— Você ficaria muito incomodada se eu pedisse para me acompanhar? Posso apresentá-lo a você.

— Por que precisa de ajuda para ir falar com ele? Ele é seu filho.

— Bom, ele pode ficar irritado por eu estar aqui.

— Espionando.

— Talvez ele veja as coisas assim. É o que estou tentando evitar.

— Apresentando-o para mim?

— Exatamente.

Julia olhou para aquela mulher que tinha conhecido havia poucos minutos, que iniciara sua interação jogando uma bebida em cima de seu vestido mais caro, e sentiu um carinho súbito e estranho por ela.

Julia falava com a própria mãe uma vez por semana, nas noites de domingo, nunca mais do que isso; às vezes, até menos. O relacionamento entre as duas era fácil, cordial e neutro. Julia às vezes se sentia órfã devido à polidez e à reticência da mãe, pelo tipo de cortesia que era difícil de distinguir do simples desinteresse. A mãe dela certamente não sentia nenhum tipo de curiosidade a respeito de como Julia passava seu tempo. A ideia de que ela realmente fosse capaz de segui-la até uma casa noturna para obter uma resposta a essa dúvida era completamente absurda.

Essa tal de Carol, por mais que parecesse maluca, merecia ajuda. Julia tinha gostado dela e, apesar de seus métodos serem um pouco excêntricos, um pouco fora dos padrões, sua motivação era admirável e Julia ficaria feliz em tomar parte naquilo.

De repente, Julia percebeu que a pontada de tristeza que sentia era por si mesma, pelo que ela estava perdendo. Era um certo pesar pelo amor de mãe que lhe faltava na vida. Todo mundo merecia ser amado como esse homem, o filho de Carol, era amado. Todo mundo devia saber que tinha uma mãe em algum lugar imaginando o que você estaria fazendo com o seu tempo livre, se estava em segurança e feliz. Mas cada um precisava aceitar o que tinha. Algumas pessoas tinham sorte; outras, como Julia, não tinham.

— Acho que é melhor eu ir para casa — Carol disse.

— Não pode fazer isso — Julia afirmou.

— Por quê?

— Ele pode ter visto você. Como vai explicar? Vir aqui e não falar com ele é ainda mais esquisito do que vir e assumir o que fez.

— Acha mesmo?

— Acho.

— Você acha que eu devo simplesmente ir lá e falar a verdade para ele?

— Provavelmente. Mesmo que a primeira reação seja negativa, mais para a frente ele vai ficar contente por você ter vindo.

— Você acha?

— Ele vai ficar comovido. Em saber que você se importa. Depois que tiver tido tempo de pensar no assunto. Mas ele pode ficar meio assustado no começo.

— Você me acompanha? — Carol perguntou. — Ele é um rapaz adorável. É um jornalista muito bem-sucedido. Para falar a verdade, ele está trabalhando para uma revista medonha no momento, mas está procurando emprego em outro lugar. Quer dizer, ele odeia aquilo, sabe? É um rapaz muito inteligente e sofisticado, mas acabou indo parar em uma área que, sinceramente, está abaixo do nível dele. E ele é solteiro. Ainda está esperando a mulher certa.

— Não sei... — Julia respondeu, tentando disfarçar a curiosidade.

— Você vai gostar dele. Eu garanto. Depois, pode ir fazer sua lição de casa sabendo que a noite não foi desperdiçada porque fez dois novos amigos.

— Dois novos amigos?

— É. Eu e ele.

— Isso é meio estranho.

— É o que se faz em uma festa. A gente conhece pessoas. É perfeitamente normal. Venha comigo.

Ao dizer isso, Carol pegou Julia pelo braço e marchou, com confiança ligeiramente incerta, na direção de Matt, que continuava no mesmo lugar, conversando com o que parecia ser um grupo diferente de pessoas.

Carol deu um tapinha no ombro de Matt.

— Oi — ela disse. — Decidi aparecer.

Matt se virou e ficou olhando boquiaberto para a mãe, estarrecido, sem palavras.

— Esta é Julia — Carol disse. — Eu derramei minha bebida nela, mas já ficamos amigas. Achei que gostaria de conhecê-la.

— Hum... oi — Matt disse.

Julia o cumprimentou com um aceno de cabeça, constrangida. Matt com certeza era bonito, mas ele parecia tão ciente do fato que chegava a ser desestimulante. Talvez o amor excessivo da mãe o tivesse transformado no tipo de pessoa que passa um pouco de tempo além da conta se olhando no espelho todos os dias.

— Desculpe interromper — Carol disse ao grupo ao redor de Matt. — Sou a mãe de Matt. Estou passando uns dias na casa dele.

— O que está fazendo aqui? — Matt vociferou.

— Vim ver você.

Matt virou o corpo para poder separar a mãe do grupo e se inclinou para falar no ouvido dela.

— Por quê? Como você entrou? — ele já sentia um suor frio escorrendo pelas costas. O mais estranho em relação à mãe era que, apesar de ela ser uma pessoa muito ansiosa, tão cautelosa que beirava a paranoia, nunca dava para prever que tipo de ato bizarro não lhe meteria medo. Matt ficou atônito e desanimado, e ao mesmo tempo nada surpreso com o fato de a mãe ter tomado a decisão ousada de segui-lo até a festa.

— Simplesmente me deixaram entrar — Carol respondeu. — Não tive nenhum problema. Não sei por que você disse que seria difícil.

— Mas por que você está aqui?

— Só meu deu vontade de vir.

— Isso não é motivo. Você está me deixando apavorado.

— Não seja tão sensível. Você não vai me apresentar? — ela perguntou e deu a volta em Matt para retornar ao campo de visão dos amigos dele, que continuavam olhando para ela sem entender nada, aparentemente tomados pelo horror do apuro de Matt.

Como se estivesse em estado de estupor, Matt apresentou a mãe para o grupo todo e disse, por algum motivo que Carol não era capaz de compreender, que sua visita havia sido motivada por uma "tragédia na família". A última pessoa que ele apresentou foi "Tony, da *Coisas*". Ele tinha a menor barba que Carol já tinha visto. Ela sentiu vontade de passar o aspirador de pó nele, para ver se a barba saía.

— Você é das coisas? — Carol perguntou, meio desorientada, para tentar obter uma explicação.

— Sou. Estou lá há uns dois anos.

— Certo — ela disse. — E é bom lá?

— É um emprego razoável. Eu gosto.

— Ah, é um emprego! Você *trabalha* nas coisas.

— É.

— Que tipo de coisas?

— Na revista *Coisas*.

— Coisas de que revista?

— É a revista. A revista se chama *Coisas* — Matt rosnou.

— Ah — Carol disse, começando a se preocupar com o fato de que talvez estivesse fazendo papel de boba na frente deles. — É uma revista de móveis?

— Bem... não — Tony respondeu. — Tecnologia. Equipamentos. Esse tipo de coisa.

— Ah. Entendi.

O negócio estava indo mal. Carol não estava conseguindo ser tão encantadora com os amigos de Matt como esperava ser.

— Esta aqui é Julia — ela disse, em desespero. — Ela está fazendo mestrado sobre a nutrição no Terceiro Mundo. É especializada no Quênia.

— Para dizer a verdade, já estou indo embora — Julia disse. — Foi um prazer conhecê-la.

Com um aceno discreto e um sorriso de solidariedade, Julia desapareceu no meio da multidão, deixando Carol sozinha para encarar seu destino.

— Bom, isso não é adorável? — ela disse, unindo as mãos na frente do peito. — Eu realmente aprecio uma boa festa.

Parecia que todo mundo a olhava como se ela fosse desequilibrada.

— Acho que devemos ir andando — Matt disse.

— Certo, querido — Carol respondeu.

— Sinto muito — Matt disse ao grupo, com tom de voz que uma pessoa usaria se seu filho tivesse acabado de fazer xixi no bolo de casamento.

Ninguém disse nada. Todos pareciam perdidos em pesadelos pessoais a respeito do que aconteceria se a mãe deles aparecesse em uma festa sem avisar. Se aquilo podia acontecer com Matt, podia acontecer com qualquer um. Matt era o tipo de pessoa que ninguém imaginava que tivesse mãe, muito menos uma mãe com quem ele falasse e que pudesse aparecer em um lugar público.

Matt pegou Carol pelo braço, como se fosse um vigilante comunitário cumprindo sua função, e a conduziu até a saída. Quando estava chegando à porta, Matt ficou estático e deu um tranco para que Carol se detivesse.

— Caralho! — ele disse. — É a Mitzi Badminton.

— Como?

— A Mitzi Badminton! Ali! Olhando para a gente.

— Não entendi o que você está dizendo.

— Você algum dia já leu a porra do jornal *Evening Standard*?

— Não creio que tenha lido.

— A coluna de fofocas! Mitzi Badminton!

— Este é o nome de uma mulher?

— Ela está vindo na nossa direção. Dê meia-volta. Deve haver uma saída de emergência aqui em algum lugar.

— O que está fazendo?

— Apenas venha comigo.

Matt tentou abrir caminho entre a massa de corpos apertados, mas seu avanço era lento e tortuoso. No segundo em que atingiram um local vazio, Matt congelou mais uma vez. A mulher toda bem-arrumada e com permanente, de quem eles aparentemente estavam fugindo, surgiu de novo na frente deles, e se aproximava com rapidez.

No último segundo que tiveram em privacidade, Matt sussurrou no ouvido de Carol:

— Não fale NADA! — Então, de maneira quase imperceptível, seu rosto se contorceu em um sorriso forçado. — Mitzi! — ele disse. — Que ótimo ver você!

Eles se beijaram no rosto, como velhos amigos.

— Eu podia jurar que você estava fugindo de mim, Matt, seu menino levado.

— Ah, mas por que diabos eu fugiria de uma mulher linda como você, Mitzi?

— Vai saber. E quem é a sua amiga?

— Sou a Ca...

— Ela é a Carol. Uma advogada das boas que está fazendo uns trabalhos para a gente. Tudo muito sigiloso. A Dinamite está envolvida, então achei que seria uma boa ideia trazê-la aqui para que ela conhecesse algumas pessoas importantes. Mas ela não está se sentindo bem, por isso eu a estava acompanhando até a saída.

— Engraçado — Mitzi disse. — Porque acabei de receber uma dica da Jemma, na entrada. Ela disse que uma mulher passou uma conversa nela, dizendo que era a sua mãe.

— É mesmo? Bom... as pessoas falam qualquer coisa, não é mesmo? É incrível, você não acha? Vai ver que tem alguém me perseguindo.

Mitzi voltou-se para Carol.

— Sra. Walker?

— Sim?

— Você é mãe do Matt?

— Ah, não. Sou uma advogada das boas. E o meu trabalho é extremamente sigiloso.

— Então é só coincidência vocês dois terem o mesmo sobrenome?

— O quê? Ah, droga. Porcaria.

— Mitzi — Matt disse. — Somos velhos amigos, não somos? Você não publicaria isso, publicaria? Quer dizer, quem está interessado nisso? Ela é minha mãe. Está passando um tempo comigo. Ela anda um pouco *confusa*, se é que você me entende — Matt bateu na têmpora com o indicador. — Só estou fazendo o que qualquer filho amoroso faria. Você pode prejudicar a minha reputação. Só estou pedindo para agir com o coração. Não acabe comigo por tentar ser decente.

— Tchau, Matt. Foi ótimo ver você — Mitzi disse, soprou um beijo para ele e sumiu no meio da multidão.

— Como assim, confusa? — Carol quis saber. — Foi muito grosseiro da sua parte.

— Não. Fale. Nada. Foi a única coisa que eu pedi. Não acredito que você fez isso. Esta é a pior noite da minha vida.

— Não é culpa minha se você me considera um constrangimento.

— A culpa é sua. A culpa é sua por estar aqui, apesar de eu ter dito para não vir, por um motivo muito bom, porque este é o meu trabalho. Se eu fosse um... neurocirurgião, você acha que poderia simplesmente ir entrando na sala de cirurgia para bater papo com meus pacientes?

— Mas você não é neurocirurgião. Se você fosse neurocirurgião, eu não estaria preocupada com você.

— Só estou dizendo que isto aqui é meu trabalho, e não é correto você estar aqui.

— Você disse que era uma festa.

— Uma festa pode ser trabalho. Será que não consegue entender isso?

— Não faz sentido. Festa é festa e trabalho é trabalho. São dois opostos.

— As pessoas estão olhando. As pessoas estão me vendo discutir com a minha mãe como se eu fosse criança. Como você pode fazer isso comigo? Vou embora. Se quiser dividir um táxi, venha agora.

— Eu vim de ônibus. Foi muito fácil.

— Então pegue um ônibus. Eu vou de táxi.

— Mas é um enorme desperdício de dinheiro.

— Estou indo embora. Venha se quiser.

Ele saiu. Ela foi atrás. O trajeto no táxi se deu em silêncio.

Helen e Paul

Agora que estamos discutindo a questão

Helen acordou tarde. Quando terminou de tomar banho e de se trocar, a casa parecia vazia, apesar de ter encontrado com Andre na cozinha, de roupão, mastigando lentamente uma tigela de *muesli* e lendo a parte de trás do pacote com concentração evidente.

— Bom dia — ele disse e, cheio de relutância, despregou os olhos dos detalhes da oferta de um conjunto de argolas de guardanapo tradicionais da Alpen, a marca do cereal.

— Olá.

— O *muesli* está aqui, tem pão e torradeira ali, geleia, mel e tudo o mais ali, manteiga aqui. Quer um chá?

— Ã-hã. Obrigada.

— O Paul deixou um bilhete para você.

Andre desgrudou um post-it da mesa da cozinha e entregou a Helen.

Desculpe por termos discutido. Venha almoçar comigo.
Apareça no meu escritório, lá pela 1.
Vou levar você a um lugar bacana.
Paul

XXX

— Ele me convidou para almoçar — Helen disse.

— Eu sei.

— Em um lugar bacana — ela completou.

— Que bom — Andre respondeu. — Que bom. Preciso sair correndo. Desculpe.

Com isso, ele trotou escada acima e desapareceu. Toda a ternura que havia sido criada entre os dois no dia anterior parecia ter desaparecido. Helen teve a clara impressão de que Andre tinha recebido ordens de não conversar com ela.

— Então — Paul disse quando o garçom os acomodou nas profundezas de um restaurante ultrachique que Paul explicara que antes tinha sido um abatedouro. — Como vai o Clive?

Aquilo era novidade. Helen não sabia dizer se algum dia tinha ouvido o nome do marido passar pelos lábios do filho. Ela gostaria de poder reconhecer o avanço com algum tipo de resposta efusiva ou fascinante que mostraria a Paul o quanto ele tinha perdido nos anos que se passaram sem que ele perguntasse nada, mas depois de pensar muito, ela não conseguiu dizer nada melhor do que:

— Ele vai bem. Muito bem, aliás.

— Que bom. Está tudo bem em casa?

— Estou muito feliz com ele — Helen disse, respondendo à pergunta a que Paul obviamente se dirigia, mas que achava que não devia perguntar; nas entrelinhas da resposta dela lia-se: "Minha vida não é tão tediosa quanto você imagina."

— Que bom — Paul afirmou, em um tom de voz que irritou Helen imediatamente. A falta de sinceridade dele era mal disfarçada, como se estivesse se declarando não muito contente com o fato de ela estar feliz, mas aliviado por ela continuar escondendo as falhas do marido.

Paul sempre deixou muito claro que considerava Clive um chato de galocha, e raramente se esforçava para esconder que não gostava dele. Helen nunca soube muito bem até que ponto essa era uma reação edipiana natural ao segundo casamento da mãe e até onde derivava do fato de Clive de fato ser, com toda sinceridade, um tanto maçante.

— Ele é mais interessante do que parece. É um homem muito bom.

— Tenho certeza que é.

— Hoje sou feliz como não era há anos.

— Que bom. Dá para ver na sua cara.

— Dá mesmo? — Helen se sentiu corar. Ela adorava elogios, talvez até fosse levemente viciada neles, e receber um do filho, era uma delícia.

— Não fique assim tão surpresa.

— Não estou. Eu... não sei. Só é uma coisa boa de ouvir.

As entradas chegaram, e eles comeram em silêncio por um tempinho, antes de pararem para perguntar como estava o prato do outro, oferecer um pouco, recusar e cair no silêncio mais uma vez.

— Sinto muito por ter atacado você ontem à noite — Paul terminou por dizer. — Em relação ao Larry.

— Ah.

— Eu não devia ter feito aquilo. Depois eu conversei com o Andre, e... sabe como é... ele me fez pensar, e reconheço que fui um pouco injusto.

— Bom. Eu agradeço.

Esse era um fato sem precedentes. Um elogio *e* um pedido de desculpas. Sua vontade era envolvê-lo com os braços e beijar seu pescoço. Será que só isso bastava mesmo? Será que sua visita já estava começando a consertar o relacionamento deles? Será que ela agora podia se dar ao luxo de acreditar que a trégua tão desejada estivesse prestes a acontecer? Ela queria tanto, desejava tanto que isso acontecesse, havia tanto tempo, que quase deixara de acreditar que realmente fosse possível.

— Quer dizer, não posso ficar achando que você vai agir com neutralidade em relação a ele — Paul disse.

— Não.

— E o problema não é meu se você não consegue esquecer. Eu simplesmente preciso deixar que você sinta o que sente.

— Como assim, eu não consigo esquecer? — Helen perguntou, estupefata, ao mesmo tempo que ajeitava uma mecha de cabelo solta atrás da orelha.

— Só estou dizendo que o problema é esse. É por isso que a coisa sempre se transforma em uma questão emocional.

— Do que você está falando? Eu me casei de novo e sou feliz com outra pessoa.

— Certo... Tudo bem.

— Como assim, "tudo bem"?

— Foi só um "tudo bem". Não significa nada. Se é isso que você quer, está ótimo.

— "Se é isso que eu quero?" Por que você está falando comigo como se eu fosse uma imbecil delirante?

— O que você quer que eu diga?

— Não quero que você *diga* nada. Quero que pare de ser condescendente comigo. — Os talheres estavam começando a pesar nas mãos de Helen.

— Não estou sendo condescendente. Estou tentando ser simpático. Estou pedindo desculpa.

— E faz isso me acusando de ter um casamento de fachada, é?

— Não estou acusando você de nada. Só estou tentando me desculpar e, como sempre, você se agarra a algum detalhe e faz a maior cena, em vez de escutar o que eu estou tentando dizer.

Helen bateu o garfo na mesa com um barulho que silenciou as mesas ao redor deles.

— Você sempre faz isso! — ela exclamou com a voz falha e estridente que saía da garganta apertada e seca. — Faz alguma acusação horrível, pavorosa, e depois age como se eu estivesse sendo sensível demais por ter reparado no que você disse. Daí acha que pode dar uma de inocente e me acusar de ser estúpida e paranoica por não aceitar que nós não estamos falando sobre algo banal que você acredita ser possível usar como disfarce.

Paul abriu os braços e agarrou com força as pontas da mesa; seus tendões ficaram saltados, os nós dos dedos começaram a esbranquiçar.

— Como assim, um disfarce? Estou pedindo desculpa. É para isso que viemos aqui. Estou me esforçando, e fazendo o melhor que posso, e retirando o que eu disse ontem à noite, e dizendo que sinto muito. O que mais você quer? Ou quer simplesmente pegar alguma observaçãozinha minúscula que está óbvia para mim, e que ficou óbvia para o Andre dez minutos depois de conhecer você, e que provavelmente é óbvia para todo mundo que conhece você, menos para o Clive.

— Como você pode dizer uma coisa dessas? Quem você pensa que é? Por que está determinado a me arrasar?

— Mãe, se eu estivesse errado, você não ficaria tão aborrecida, não é mesmo?

Os olhos de Helen começaram a se encher de lágrimas. Ela se levantou, virou-se e praticamente correu até a porta do restaurante; mas, depois de alguns passos, virou-se de novo, examinou o salão com os olhos e disparou na direção do banheiro, não sem antes pegar a bolsa.

Paul terminou a entrada; comeu menos por fome e mais porque aquela foi a única atitude digna que ele conseguiu imaginar, já que estava no meio de um restaurante em que todos os outros frequentadores olhavam para ele, todos supostamente achando que ele devia ser algum tipo de sádico, perseguidor ou chantagista. Sua vontade era de se levantar e anunciar para o salão que *ela* era a sádica; era ela que o atormentava, e tinha passado a vida toda fazendo isso. As lágrimas eram só mais uma arma em seu arsenal.

Ele mantinha a calma diante de seus ataques histéricos não por ser insensível, mas simplesmente por já ter se encontrado nessa posição vezes demais para permitir que aquilo o incomodasse. Larry lidava com os humores malucos dela da mesma maneira. Era preciso esperar aquilo passar e torcer para que algo mais agradável surgisse logo. Em um único dia, Helen vivia mais emoções do que Paul em um mês, e o resultado disso era que ele nunca levava muito a sério nenhuma delas. Observar os chiliques da mãe às vezes era a mesma coisa que observar um canteiro de obras de uma sacada elevada: os estrondos, os sons agudos e as batidas pareciam eventos exóticos e insignificantes a distância.

Depois de um tempo, as pessoas pararam de olhar em sua direção e Paul começou a apreciar seu almoço. Quando Helen voltou, ele já estava devorando o prato principal, enquanto o dela permanecia intocado do outro lado da mesa.

Ela ficou pensando que, se tivesse demorado o suficiente no banheiro, ele teria comido o prato dela também, já que mastigava sua perna de cordeiro grelhada com tanta alegria, como se não houvesse nada de errado. Com uma camada nova de base no rosto e de lápis de olho, ela se sentia pronta para começar tudo de novo, dizendo a si mesma que a agressão de Paul e sua fraqueza tinham sido apagadas e descartadas junto com a maquiagem borrada.

Sentou-se e engoliu algumas garfadas de seu tortelini morno de abóbora e cogumelo selvagem, a única coisa que conseguiu encontrar no cardápio que não parecia ser feita com as partes de animais que sobram depois que os supermercados tiram as peças comestíveis.

— Certo — ela disse. — Aceito o pedido de desculpas.

— Maravilha — Paul respondeu. — Muito obrigado.

— Então, que tal deixarmos Larry e Clive fora do programa e tentarmos aproveitar o resto da refeição?

— Perfeito — ele concordou.

— Meus sentimentos, ou a ausência deles, em relação a esses dois homens não são da sua conta — Helen afirmou.

— Ótimo.

— E você não tem nada que ficar especulando o que eu sinto ou deixo de sentir, o que eu penso ou deixo de pensar.

— Tudo bem.

— Principalmente se as suas especulações são malucas de tão imprecisas e me magoam profundamente.

— O assunto está fora do programa e nós não vamos falar disso ou estar fora do programa significa que você vai passar o resto do almoço repetindo a mesma coisa?

— Desculpe. Assunto encerrado.

— Ótimo.

— Que bom.

Continuaram a comer, em um silêncio que se estendeu o suficiente para que eles começassem a imaginar se não estavam fazendo barulho demais ao mastigar.

— Acho que tem mais uma coisa — Paul terminou por dizer. — Quer dizer, agora que estamos discutindo a questão, quem sabe nós simplesmente não esgotamos o assunto?

— Não acho que estejamos discutindo. Achei que tínhamos encerrado.

— Bom... — Paul disse e limpou a boca com o guardanapo.

— Mas o que você ia dizer?

— É só que...

— O que foi? — Helen insistiu.

— Quer dizer, não é da minha conta. E não tem nada a ver comigo. Mas eu sei que, se eu não contar e você ficar sabendo por outra pessoa, você vai ficar irritada comigo por não ter contado. Estava adiando porque achei que você não ia aceitar muito bem, mas agora que estamos tateando nessa área, acho que o melhor talvez seja colocar tudo na mesa logo e seguir em frente.

— O que é? O que foi?

— Não é nada de mais, de verdade. Só achei estranho não dizer para você. Não que tenha alguma coisa a ver com você.

— O QUE É?

— É o Larry. Acho que eu não comentei que ele teve um filho. Com a Belinda.

Helen engoliu o tortelini que tinha na boca, que desceu tão bem quanto uma chave de fenda.

— Um filho? Quando?

— Humm, há uns meses. Mais ou menos um ano.

— Um ano?

— É. Mais ou menos.

— De que tipo? Quer dizer, é menino?

— É sim. Jake.

— Você já viu? A criança?

— Claro que sim. Um monte de vezes. Ele é meu meio-irmão.

— Que nojo! Um bebê dessa idade tinha que ser seu filho, não seu irmão. Que coisa doentia. Por causa da... devassidão... daquele homem, porque ele não sabe quando parar, nossa família vai se transformar em uma espécie de show de horrores.

— Não vamos discutir. Eu só achei que devia contar.

— Você achou que devia contar? E foi por isso que esperou um ano?

— Mãe, quanto mais chilique você der, mais vai me dar razão para não ter contado.

— Eu estou dando chilique?

— Está chegando lá. Eu conheço os sinais.

— Bom, o almoço foi adorável, agradeço muito, mas acho que não vou querer sobremesa, e eu realmente estou com pressa. Mas agradeço muito. De verdade. Não se levante. Não, não. Não precisa.

Helen se levantou e se segurou na mesa como se de repente não confiasse no próprio equilíbrio, deu um beijo na bochecha de Paul e saiu do restaurante. Algo na rigidez de seus passos, no ritmo lento e confuso com que ela se afastou, deu a Paul a impressão de que ela estava usando toda a sua força física e emocional só para conseguir sair dali.

Paul não foi atrás dela. Ficou bem claro que a providência que ela tinha a intenção de tomar em seguida tinha de ser tomada sozinha.

Um jogo mais pesado que o desejável

Helen não fazia a menor ideia do que faria, só que precisava sair daquele restaurante. Só sabia que não queria que ninguém a visse enquanto absorvia a notícia. Sua reação, seja lá qual fosse, era particular. Mais do que qualquer outra coisa, não queria que Paul visse suas lágrimas, que começaram a embaçar sua visão no minuto em que o ar da rua bateu-lhe no rosto.

Ela chorava e caminhava, caminhava e chorava, sem pensar para onde estava indo, concentrando-se apenas em se afastar do filho. Quanto mais avançava, mais percebia que só desejava continuar avançando, manter as pernas em movimento, fazer com que o calçamento passasse sob seus pés. A concentração exigida para movimentar o corpo através da multidão urbana sem esbarrar em ninguém a distraía momentaneamente da parte mais pesada de sua tristeza. Não conseguia parar de pensar nem de sentir, mas isso ela podia fazer, pelo menos, para ajudar a mascarar a dor.

Não que ela quisesse ter outro filho. Não que sentisse algum tipo de inveja. Mas aquele fato era tão injusto que a atingiu como um soco no estômago. Ao passo que o divórcio a deixara mais velha, mais fraca e mais vulnerável, parecia que Larry, a cada ano que passava, ficava mais forte, mais jovem e mais vivo.

Um casamento ruim é como uma guerra. O divórcio é a batalha decisiva. Na época, parecia que a guerra entre os dois tinha terminado de maneira inconclusiva, com vitórias e derrotas de ambos os lados. Agora o resultado verdadeiro, o julgamento da história, estava claro. Aquele bebê era o acontecimento final, definitivo e inquestionável que ela nunca poderia ignorar, negar ou esquecer. Já não havia mais como fugir do fato de que ele tinha vencido e que ela tinha perdido. Larry tinha conquistado uma vida mais feliz, de mais sorte e com mais alegrias, ao mesmo tempo que ela simplesmente ia se arrastando em seu trajeto descendente em direção ao túmulo.

Era muito injusto os homens poderem fazer isso. Eles podiam trapacear: voltar trinta anos no tempo e recomeçar tudo com uma esposa jovem. Tinham uma segunda chance. A mulher ficava empacada. Para a mulher, o segundo casamento não era a segunda chance depois do primeiro; era a rebarba do primeiro casamento, mas com elenco renovado.

Percebeu que suas lágrimas eram de raiva. Por que Larry sempre se safava de seus erros ileso, enquanto cada erro de Helen se fixava nela para sempre? Por que os homens sempre podiam escolher de um cardápio mais amplo e mais apetitoso do que o das mulheres? Como era possível que sempre existisse uma maneira para eles trapacearem, e para as mulheres as regras nunca pareciam ser negociáveis?

Helen se viu na estação de Moorgate e, sem traçar um plano consciente na mente, entrou e desceu para o ar estagnado tão conhecido do metrô, na direção da linha Metropolitan, que a levaria de volta para casa, em Pinner. Ela estava derrotada. Como sempre, o ex-marido e o filho a tinham devorado, despedaçado e esmagado. Era isso que os homens faziam. Usavam as mulheres até acabar com elas e daí passavam para a próxima.

Por que não tinha tido uma filha? Por que não era aceitável que tivesse uma esposa? Por que ninguém aceitava seu amor e não podia retribuir um pouco dele? Não era à toa que as mulheres se enrugavam e encolhiam com a idade. Desperdiçavam seu amor com canibais emocionais. Deixavam-se ser devoradas vivas.

Ela só hesitou quando o trem parou na plataforma. As portas se abriram, então se fecharam. Uma onda de gente sem paciência passava aos trancos ao redor dela enquanto o trem se afastava, e logo a plataforma retornou à calma. Helen ficou olhando para os trilhos. Um rato passou correndo pela lateral, saltitando impune e feliz pelos fios de eletricidade, de um lado para o outro, de um jeito que, por um instante, fez com que ela pensasse em Larry.

"Olá, Larry", pensou com seus botões, observando o rato correr apressado na direção do túnel. Então ela se virou e examinou o mapa do metrô atrás de si.

Você só é tão fraca quanto se permite ser. Se ela era a vítima da família, isso só acontecia porque ela não lutava por seu terreno. A coisa não devia chegar a esse ponto, mas se as regras eram essas, que fossem. Se você era minoria em relação aos homens, sempre acabava envolvida em um jogo mais pesado que o desejável, e estava na hora de aceitar e de reagir.

Esta era sua última chance, e ela não desistiria. Voltaria para Hoxton.

Gillian e Daniel

Nuances repugnantes de farsa

Daniel virou a chave na fechadura sem fazer barulho e entrou no apartamento. Ele sabia que nunca se esqueceria daquele momento. Quando atravessou o batente, sentiu-se como se estivesse passando de uma fase da vida para outra. Naquele momento, naquele instante, finalmente estava se tornando adulto. Finalmente iria se comprometer, para sempre, com aquela mulher e com a família que criariam juntos.

O corpo dele palpitava de alegria, e a visão de sua casa pareceu recompensar as semanas que estivera longe. Só de estar ali em pé no capacho, ele já sentia o cheiro da presença de Erin, uma fragrância leve que atingiu em cheio seu coração. Até aquela noite, ele nunca soubera realmente quanto a amava. Compreendeu, por fim, como era uma bênção tê-la conhecido, ser amado por ela, ter a oportunidade de transformar o amor deles em uma pessoa nova que os misturaria em um corpo, que os entrelaçaria na proximidade humana máxima.

As luzes estavam acesas na sala, e um álbum de Nick Drake tocava baixinho. Ele tinha dado o CD de presente de aniversário para ela alguns anos antes. Devia estar ouvindo para se lembrar dele.

— Voltei! — ele anunciou.

Não escutou resposta. Caminhou até a origem da música, mas a sala estava vazia. Olhou na cozinha. Erin também não estava lá.

Daniel voltou para o corredor e gritou para o alto da escada:

— Tem alguém aí? Erin?

Quando Daniel colocou o pé no primeiro degrau, Erin apareceu no patamar de cima, com expressão confusa, vestida às pressas e um pouco mal-humorada. Estava com um vestido curto que ele nunca tinha visto, sem meia nem sapato.

— O que você está fazendo aqui? — ela perguntou.

— Eu moro aqui.

— Quer dizer, por que não telefonou?

— Achei que tínhamos combinado de não nos falar. E o tempo combinado acabou, e eu só... tive uma revelação e corri para cá para compartilhar com você.

— Devia ter telefonado.

Daniel sentia que as pernas quase não conseguiam sustentá-lo. Sua boca começou a se encher de saliva.

— Você está...

— Este não é um bom momento, Daniel.

— Você está sozinha? — ele perguntou. Mal conseguiu proferir as palavras.

Ela não respondeu, nem se mexeu. Nem sacudiu a cabeça. Só sua expressão corporal já lhe dava a resposta.

Por um instante, Daniel achou que fosse vomitar. Sentiu seu estômago se apertar em uma ânsia seca. Sua cabeça virou, como se tivesse levado um soco. Sem saber por quê, ele começou a subir a escada com passos rápidos.

— Daniel — Erin pediu. — Não faça isso. Estou falando sério. Não há necessidade.

Ele passou por ela sem olhá-la nos olhos e entrou de supetão no quarto. Ali, como se fosse algum tipo de plano para maximizar a humilhação de Daniel, para provar seu papel de corno com nuances repugnantes de farsa, ele avistou um homem alto e louro que vestia a calça. Daniel não o reconheceu, só viu que ele era o arquétipo de tudo que ele próprio não era. O homem ficou lá parado com a calça pelos joelhos, olhando para Daniel com um ar de estupor e pânico.

Daniel não era de bater em ninguém, mas aquilo foi o mais próximo que ele já chegou de partir para as vias de fato, menos por desejar prejudicar aquele homem e mais por se encontrar dentro de um clichê do qual conhecia o desfecho, por instinto. Precisou se esforçar de maneira consciente para fugir do roteiro, mas ainda enquanto seus dedos iam se fechando, percebeu que não queria bater nele. Não gostava de brigar, nunca tinha brigado na vida, e não era o momento de arranjar um novo passatempo. O homem lançou para ele o que pareceu ser um dar de ombros indiferente.

Daniel deu meia-volta, bateu a porta e correu escada abaixo, até a sala, achando que iria encontrar Erin ali. Ela não estava lá, mas parecia indigno demais sair atrás dela pela casa, de modo que ele começou a andar de um lado para o outro, esperando que ela viesse a seu encontro. Por um instante, ele se irritou por ela demorar a chegar, então lhe ocorreu que, devido às circunstâncias, era loucura que ele estivesse concentrando sua raiva nisso. Então começou a imaginar se estava maluco por estar pensando no que estava pensando em vez de estar simplesmente irritado. Será que ele era incapaz de sentir *qualquer coisa*? Será que a única coisa capaz de fazer era pensar? Mesmo agora. Qualquer pessoa normal estaria tomada por uma onda de emoção sufocante, mas lá estava ele, parado, não apenas pensando, mas pensando em pensar. Aliás, por acaso ele agora não estava pensando sobre pensar sobre pensar?

Erin apareceu à porta da sala. Deu um passo, entrou e apoiou as costas na parede. Daniel ficou olhando para ela e talvez pela primeira vez, em todo o relacionamento deles, foi incapaz de pensar em algo para dizer.

— Sinto muito — ela disse.

— Você sente muito? E acha que isso vai fazer alguma diferença?

— Você devia ter telefonado. Devia ter tocado a campainha.

— Para quê? Para dar tempo de esconder o cara no armário?

— Não, é só que... eu fiquei sem graça.

— *Sem graça*? É com isso que você está preocupada? Você anda trepando com outro cara! Estou aqui pensando em outras expressões bem diferentes de "sem graça".

— Não foi isso que eu quis dizer. É só que... eu não quero que isso seja mais difícil para você do que precisa ser.

— Então, você ia me dizer?

— Claro que ia!

— Mas não por enquanto.

— Ia dizer assim que falasse com você!

— Mas eu é que tinha de ligar para descobrir.

— Era você que tinha de ligar, sim. Era você que tinha de voltar. Foi o combinado. Que você se afastaria por um mês, e pensaria sobre o assunto, e então voltaria se estivesse pronto, ou não voltaria se não estivesse. Você não voltou. E nem ligou. O que eu devia pensar?

— Então, você esperou uns dias e pulou na cama com o primeiro cara que passou? Foi isso?

— Eu não achei que você fosse voltar! E se você nem teve a decência de me ligar para dizer o que estava acontecendo, o que acha? Que eu vou ficar aqui sentada esperando você para sempre, sem fazer nada, com uma vela na janela, com a vaga esperança de que algum dia você possa aparecer?

Daniel ouviu o som baixinho da porta de entrada se abrir e fechar.

— Para sempre é diferente de quatro semanas — ele disse.

— Você sumiu por mais de cinco semanas! Sem dar nem uma palavra! — Erin explodiu, saindo de seu canto ao lado da porta, aproximando-se de Daniel gesticulando ferozmente. —

Nunca me ocorreu que você realmente sairia pela porta e seria tão literal a ponto de passar um mês inteiro sem nem sequer me mandar uma mensagem de texto. Parecia que você só estava esperando esta oportunidade para ir embora e se esquecer de mim completamente. E daí, quando o mês acabou, você *continuou* sem entrar em contato, eu... simplesmente não conseguia acreditar. Parecia que você nem estava pensando em mim nem no nosso relacionamento. Eu estava torcendo tanto para você voltar correndo, e para que, quando você tivesse oportunidade de pensar nas coisas sozinho, fosse perceber o que nós tínhamos e o tipo de futuro que poderíamos construir juntos. Durante um período, eu me senti otimista de verdade, e dava um pulo cada vez que o telefone ou a campainha tocavam. Daí, quando fiquei só com o silêncio infinito e nada mais, durante o mês todo, e depois que ele acabou, percebi que você tinha esquecido tudo e ido embora. Percebi que você era tão covarde que nem tinha coragem de vir aqui me dizer. Por isso, comecei a detestar você. De verdade. Daí, hoje à noite eu cansei de ficar aqui me lamentando, e saí com a Abi e a Jess, e elas estavam se esforçando muito mesmo para me animar, e me pagaram um monte de bebida, e ficamos lá falando como você era filho da puta, e eu tentei entrar no clima e fingir que aquilo estava me ajudando, mas na verdade eu estava me sentindo arrasada, e isso só me fez beber mais, daí elas me fizeram sair para dançar, e as coisas ficaram meio loucas e meio esquisitas e eu vim parar aqui com esse cara.

— Por quê? Por que você fez uma coisa dessas?

— Desculpa.

— *Por quê?* O que aconteceu de esquisito? Aliás, o que você quer dizer com isso?

Erin começou a soluçar, no início baixinho, depois com o corpo todo, que se enrolou todo no chão. Ela se sentou no tapete e apoiou as costas no sofá; Daniel continuou em pé, observando-a do alto, sentindo um estranho torpor causado pela infelicidade dela. Algum hábito ou instinto lhe disse para envolvê-la nos braços, mas ele lutou contra a vontade. Era isso que as mulheres faziam. Elas tinham mais facilidade para ficar aborrecidas do que os homens, que eram mais objetivos, de modo que, em uma crise, elas sempre acabavam desempenhando o papel de vítimas. Mas, naquela ocasião, ele não podia permitir que isso acontecesse. Ele era a parte lesada. Se alguém merecia solidariedade, era ele.

— Por que você está chorando? — ele perguntou. — Não é você que devia estar chorando. Isso não tem nada a ver com você. Eu é que devia estar chorando. Por que eu tenho que ficar aqui vendo você chorar?

— Desculpa, desculpa, desculpa.

— Por que você fez isso? Por que você *quis* fazer isso?

— Não sei.

— Você tem que saber.

— Não sei. Eu não quis fazer — ela respondeu com a voz abafada pelas mãos, que ela apertava no rosto.

— Ele forçou?

— Não.

— Então, você quis.

— Não! Não dá para explicar.

— Bom, vai ter que explicar.

Daniel se ajoelhou ao lado de Erin, tentando olhá-la nos olhos. Ela largou as mãos no colo, mas seus olhos então se fixaram no tapete aos seus pés.

— Eu estava irritada e um pouco bêbeda, e queria magoar você, e aquilo fez sentido por um instante, em um bar, mas no minuto em que eu fui para a cama com ele, a coisa toda virou um nojo.

— Como assim?

— Não me obrigue a explicar.

— Como assim? Você acha que eu devo poupar você do constrangimento? É com isso que eu devo estar preocupado?

— Não! Não! Por favor, não tem nada para dizer. Só sinto muito por ter acontecido. — Erin se levantou e caminhou até a janela. Daniel sentou-se no braço do sofá, sem tocar os pés no chão, e ficou olhando para as costas de Erin sem enxergar nada.

— Eu vim aqui dizer para você que tomei uma decisão — ele disse, depois de um longo silêncio. — Tinha acabado de perceber que tudo estava claro e que eu sabia que a única coisa que queria da vida era você, e que você e eu fôssemos uma família para fazer filhos juntos, e eles seriam a razão da nossa vida e a melhor coisa que jamais faríamos, mas... mas... eu estava errado. Você não é quem eu achei que fosse.

— Desculpa.

— Pedir desculpa não basta. Pedir desculpa não ajuda.

— Eu sei.

— Ele foi o único?

— Foi! Claro que foi! — Ela deu meia-volta e o olhou bem nos olhos pela primeira vez desde que ele entrara no apartamento.

Ele não desviou o olhar e falou em tom lento e inflexível.

— Não dá para voltar atrás depois disto.

Ele se levantou, deu um passo na direção dela e então percebeu que, nessas circunstâncias, ninguém troca beijos nem se toca ao sair. Virou-se para a porta e disse:

— Volto para pegar as minhas coisas outra hora. E pode deixar que eu toco a porra da campainha antes de entrar.

Daniel deu apenas uma olhadela rápida para trás e saiu do apartamento, deixando Erin para trás e abandonando o futuro que, apenas alguns minutos antes, tinha certeza de que seria dele.

No período de dois meses, cansado de sua vida, cansado de Londres, cansado de tudo o que conhecia e de todos os lugares em que tinha estado com Erin, Daniel jogou tudo o que possuía em um furgão e foi para Edimburgo. Podia trabalhar em qualquer lugar que tivesse um telefone e uma conexão de internet. Seus clientes nunca sabiam onde ele estava e nem queriam saber. Ele começaria do zero em uma cidade nova, em um lugar que era quase um país totalmente diferente. Tinha estado lá durante o festival, muitos anos antes, e tinha gostado da aparência do lugar. Era perfeito. Era longe. Nada o lembraria nada. Ele nunca esbarraria em alguém que conhecia nem tropeçaria em alguma recordação indesejável. Seria a mesma coisa que renascer, mas sem a religião nem os malucos, e os amigos não o ficariam incomodando para ele se animar e sair porque estaria a 650 km de distância.

A mudança resolveria todos os seus problemas, menos um. Mas o problema de quem amar, em quem confiar, era algo para o qual ele passara a achar que não havia solução. Tinha perdido a fé na ideia toda.

Você não sabe nada de nada

— Tenho uma ótima notícia! — Gillian exclamou. — Encontrei uma judia!

Ainda nem eram nove da manhã. Gillian ainda estava de penhoar. Daniel ainda nem tinha tomado seu café da manhã.

— Hum... — Aquilo era informação demais para absorver. Ele não sabia o que dizer; não sabia para onde olhar.

— Andei dando uns telefonemas, e a última peça do quebra-cabeça simplesmente se encaixou.

— Não sei do que você está falando, e acho que nem quero saber.

— Que jeito é esse de falar com a sua mãe?

— É o jeito como eu sempre falo com você.

— E isso lá é desculpa?

— Coma alguma coisa, mãe. Tem cereal ali.

— Não consigo. Estou animada demais.

— Então não coma.

— Você não quer saber por que eu estou animada?

— Não.

— Não quer saber por quê?

— Não.

— Como é possível você não querer saber por quê?

— É fácil.

— Quanta grosseria.

— Não é grosseria, só estou dizendo que não quero saber. Quer que eu minta?

— Existe uma diferença entre educação e mentira.

— Bom, então vai ver que eu fui mal educado.

— A culpa é sempre minha. Tudo é sempre minha culpa.

— Por que não come uma torrada? Tem suco na geladeira.

— É a sina de toda mãe, não é mesmo? Nós somos o saco de pancada de tudo.

— Então apenas sente, mãe. Eu faço a torrada.

— Aqui estou eu, viajei centenas de quilômetros para fazer uma visita...

— Mel? Geleia?

— Marmite. Uma camada bem fininha. Com margarina, não manteiga. Atravesso o país todo de cima a baixo só para ver você, sem reclamar nem um instante, feliz de finalmente ver o meu filho que resolveu fugir para este iceberg esquecido por Deus...

— Chá ou café?

— Chá. Earl Grey. Limão, não leite, e chego na cozinha e...

— Continuo sem limão.

— Rá!

— Como assim, "Rá!"?

— Pode colocar leite, então.

— Por que está falando assim?

— Assim como?

— Como se fosse um sacrifício enorme. Sou eu quem está preparando o café da manhã.

— É um sacrifício. Eu não gosto de chá com leite. Só estou dizendo que eu entro aqui, toda animada, e não por ter feito uma coisa para mim, ah, não; isso não tem nada a ver comigo, não estou falando de uma coisa que eu fiz ou comprei, não estou animada por mim, estou animada por você.

— Iogurte?

— SERÁ QUE PODE ME DEIXAR TERMINAR? É para você. É o que eu estou dizendo. Foi uma iniciativa que exigiu certo esforço, e eu chego aqui para contar o que é e você nem quer ouvir.

— Iogurte?

— Você está ouvindo?

— Morango, framboesa ou pêra?

— EU NÃO VOU SER IGNORADA. EU NÃO VOU SER IGNORADA. Quero de framboesa.

— Não quero saber. Você encontrou uma moça judia. Quer que eu saia com ela. Não estou interessado. Ponto final.

— Como pode ser tão arrogante?

— Então, estou errado. Está animada porque gostou do meu apartamento? Porque leu um bom livro? Porque o Arsenal ganhou ontem à noite?

— Será que dá para parar com isso?

— Parar com o quê?

— De colocar palavras na minha boca.

— Não coloquei nenhuma palavra na sua boca.

— Só quero que me escute. Por dois minutos. Por favor. Acalme-se. Está lembrado da família Swimer? A Joan e o Ivan?

— Não.

— Da casa da esquina. Eles tinham um shih-tzu que mordeu você quando tinha 6 anos.

— Eu me lembro do cachorro.

— Bom, a irmã da Joan tem um sobrinho de uma cunhada que mora aqui. Eu me lembro dele das fotos do casamento.

— Que casamento?

— Não faz diferença. Mas, bom, eu entrei em contato com ele, e acontece que ele foi embora. Parece que o clima é insuportável...

— Não, não é!

— Não interrompa. Mas ele foi muito simpático, e me deu o e-mail da mãe de uma moça cuja filha estava na escolinha da filha dele, que acabou de passar por um divórcio terrível, que parece não ter sido culpa dela, e ela é linda, e muito amiga da mulher dele...

— Da mulher de quem?

— ...e ela está começando a pensar em namorar de novo, e quando eu disse que você estava morando aqui e no mesmo barco, ele fez a gentileza de me passar o e-mail dela, e parece que ela gostaria muito de falar com você.

— Que barco?

— Não seja pedante.

— Por que você fez isso?

— Fiz o quê?

— Qual é o seu problema?

— Ela se chama Alison, e se formou em política em Manchester, e tinha um cargo administrativo no sistema de saúde, mas está dando um tempo sem trabalhar no momento.

— Mãe...

— É assim que chamam a maternidade hoje em dia. "Dar um tempo no trabalho." É um ultraje, não é mesmo? A maternidade não é uma lacuna em que você desvia a sua atenção temporariamente de coisas mais importantes. É a coisa mais importante de todas. E, além do mais, nunca acaba. A maternidade nunca termina. A gente acha que termina, mas não. Quando eu estiver no meu leito de morte, é provável que ainda esteja preocupada com você e a Rose.

— Bom, não se preocupe. Não ajuda nada.

— Não tenho escolha.

— Se não tivesse filhos, é provável que fosse passar a mesma quantidade de tempo preocupada. Só encontraria algum outro assunto. Ia arrumar um cachorro ou algo assim.

— Você está sendo muito desagradável, e eu sei que só está tentando mudar de assunto.

— Desde quando você não gosta de conversar sobre as suas preocupações?

— Nós estamos falando sobre a Alison, e sobre quando você vai entrar em contato com ela.

— Será que podemos esclarecer? Você acha que eu vou entrar em contato com uma mulher e sair com ela, com base no fato de que ela é mãe de uma criança que ia à mesma escolinha que o filho de um sujeito que é sobrinho da cunhada da mulher cujo cachorro me mordeu quando eu era criança?

— Você não pode pensar mal dela por causa do cachorro. Isso aconteceu há mais de vinte anos.

— Não estou falando do cachorro.

— E não era filho.

— O que não era?

— Era uma menina que estava na escolinha com a filha da Alison, que também é menina. Phoebe. Um nome horroroso, mas isso pode ser culpa do marido. Parece que ela é um amor.

— Não faz diferença se a Phoebe é um amor! Eu nunca vou conhecê-la e nunca vou conhecer a Alison!

— Sei que pode ser difícil para você receber esta notícia, mas na sua idade, precisa começar a pensar nas divorciadas. As moças boas já saíram do mercado há muito tempo. Alguém precisa lhe contar isso, Daniel, e parece que serei eu.

— Mãe, eu não quero ser grosseiro, mas você não sabe nada de nada. Então, por favor, não se meta.

— Eu não sei nada de nada? — Gillian inquiriu, em tom magoado e extravagante, como se cada palavra cortasse sua língua como uma navalha. — E o que você diria se quisesse ser grosseiro?

— Talvez esteja exagerando um pouco.

— Você consegue ser tão afiado quando quer! Tão bruto! Não é para menos que está sempre sozinho.

— Obrigado.

— Você não pode dizer essas coisas!

— Desculpe, não foi a minha intenção.

— Eu sou sua mãe. Você devia ser bacana comigo.

— Não é fácil, mãe, se você fica se intrometendo em coisas que não têm nada a ver com você.

— A sua felicidade tem tudo a ver comigo.

— Mas você não pode forçar as coisas a acontecerem.

— Posso tentar. E você não está feliz, está?

— Não estou infeliz.

— Continua apaixonado pela Erin?

— O QUÊ?

— Você ouviu o que eu disse. Acho que você fugiu de alguma coisa. E acho que foi dela.

— Não foi bem assim.

— Você arrumou alguma namorada aqui? Não quero me meter, só quero saber. Se eu não souber o que você está fazendo nem o que está sentindo, parece que você nem é mais meu filho.

Daniel ficou olhando para a janela da cozinha. A vidraça, por dentro e por fora, estava salpicada de sujeira. Levou a mão ao rosto e esfregou os olhos. A pressão começou a fazer doer suas órbitas oculares, mas depois que começava, não conseguia mais parar. Com um suspiro, arrastou a mão para a bochecha e apertou os lábios com força.

— Não, mãe — respondeu.

— Não o quê?

— Não, eu não tive nenhuma namorada.

— Você saiu com alguém?

Daniel ficou examinando as unhas. Estavam precisando ser cortadas.

— Não — respondeu.

— Teve alguma espécie de relacionamento?

— Não.

— Ah, Daniel. Por quê?

— Não dá para explicar.

— Do que você tem medo?

— Não tenho medo de nada.

— Bom, aqui está o e-mail. Não estou dizendo para se casar com ela. Não estou dizendo nem para encostar nela. Só para sair com ela uma noite dessas. Vá tomar um ar. Pare de ser um ermitão. Fico arrasada de ver você assim.

— Mãe, por favor, só me deixe em paz. Eu me viro. Está tudo bem.

— Não está tudo bem nada.

— Bom, mesmo que não esteja, o problema é meu, não seu.

— Isso não é verdade. Os seus problemas são os meus problemas. Ser mãe é assim.

— Estou com 34 anos.

— Não me importo se estiver com 64. Só posso ser feliz se você for feliz.

— Você dizer isso só piora tudo. Você não pode me pressionar a ser feliz só para satisfazer você.

— Não estou pressionando você a fazer nada. Só estou dizendo que você não tem o direito de ficar na fossa. Independentemente do que você possa pensar, não está sozinho neste planeta. É sua obrigação se resolver. E não vou mais discutir este assunto. É simplesmente um fato, e você vai ter que se acostumar com ele.

Gillian se virou e saiu da cozinha. Daniel escutou quando ela atravessou o corredor e entrou no banheiro. Será que ela estava feliz consigo mesma? Foi o que ele ficou pensando. Será que tinha atravessado o país para dizer isso a ele? Será que achava que estava ajudando?

Carol e Matt

Isso é um teste

Só pelo som da chave na fechadura, Carol sabia que Matt estava irritado. Quando ele entrou segurando um exemplar do *Evening Standard* enrolado, como se fosse um cassetete, seus piores temores se confirmaram.

— Leia — ele ordenou e jogou o jornal na mesinha de centro na frente dela sem nem dizer "Oi".

Carol alisou o jornal amassado, abriu em cima da mesa e começou a passar as folhas.

— Doze — Matt rosnou. — Página 12 — como se apenas uma pessoa analfabeta não soubesse onde encontrar a coluna de Mitzi Badminton.

Havia uma foto grande da mulher com quem eles tinham falado no canto superior esquerdo da página, junto com o nome absurdo dela em letras de tamanho suficiente para estarem em uma placa de trânsito. A imagem não era como aqueles retratos desfocados de jornalistas que geralmente apareciam nos jornais, mas sim uma foto de corpo inteiro com um vestido meio de vagabunda. Tinha expressão sorridente e levemente cômica no rosto, com as mãos estendidas, com as palmas para cima, como quem diz: "Quem, eu?" Exatamente o que tudo isso significava era um mistério para Carol. Será que indicava que o artigo tinha sido escrito por ela, ou era sobre ela? Ou quem sabe os dois? E será que a foto dela era daquele tamanho por causa do que ela escrevia ou porque era famosa por fazer alguma outra coisa que Carol nunca tinha visto?

A cada dia, Carol se deparava com mais uma coisa que ela costumava compreender, mas que recentemente tinha se transformado em algo indecifrável. Ela nunca tinha se dado conta de que era necessário ter certas habilidades ou conhecimentos para decodificar algumas coisas, como os jornais e a disposição das lojas, que sempre mudavam sem aviso tomando novas formas que de repente eram confusas, traiçoeiras ou absolutamente impenetráveis. Ela estava ficando velha. Quanto mais vivia, menos entendia.

— E então? — Matt quis saber.

— Ah, já vou ler — Carol respondeu, tentando, sem muito sucesso, disfarçar sua falta de atenção com o gesto de remexer a bolsa à procura de óculos. Detestava que alguém ficasse olhando por cima do ombro dela enquanto lia, mas achava que não estava em situação de impor condições. Afinal de contas, o apartamento era dele. E o artigo era culpa dela.

Teve que ler a primeira frase três vezes. Estava tensa demais para absorver qualquer coisa. Uma menininha dentro dela, havia muito esquecida, tinha vontade de soltar um arroubo de risadinhas travessas, mas ela segurou o ímpeto, tossiu e começou a ler direito.

> *Mitzi adora rapazes que não têm medo de demonstrar o amor que têm pela mamãe. Existe alguma coisa mais fofa? Mas há limites. O garanhão da cidade e chefão da reportagem na* BOLAS!, *Matt Walker, tem uma bela reputação com as mulheres, mas quem poderia imaginar que ele escolheria como acompanhante a uma festa exclusiva, em Londres, nesta semana, a própria mãe?!*

Quando me aproximei para parabenizá-lo por seu bom gosto, ele perdeu o rebolado. Por acaso foi uma lágrima que eu vi nos olhos dele quando se ajoelhou para implorar à pobre e confusa Mitzi para manter em segredo seu gosto em mulheres? Ele até tentou fazer a mãe passar por uma funcionária.

"Não esqueça as suas bolas!", diz a revista. "Não esqueça a sua mãe!", diz Matt Walker.

— E então? — Matt repetiu. — Está feliz agora?

— Ah, não está tão ruim quanto poderia ser. Para falar a verdade, ela foi bem gentil com você.

— Você não vai pedir desculpas? Não percebe o que fez?

— Eu já disse que sinto muito, Matt.

— Só quero que você veja o que fez. Esta é a minha reputação profissional. Você jogou tudo na lama. Eu podia ter perdido o emprego. Talvez as coisas nunca mais voltem a ser as mesmas.

— Qualquer pessoa que considere outra inferior por ser gentil com a mãe é alguém que não vale a pena conhecer.

— E se essa pessoa for o seu chefe?

— Então não vale a pena trabalhar para ele.

— É o meu emprego! É assim que eu ganho a vida!

— Bom, eu não gosto de incomodar você, e sinto muito se ficou aborrecido, mas tenho uma coisa aqui que pode recompensar o que eu fiz.

Mudar de assunto sempre tinha sido, desde que Matt tinha 2 anos, a melhor maneira de domar o mau humor dele. Combater raiva com raiva ou com rigidez nunca tinha dado certo. Sugerir uma brincadeira nova (aparecer com uma novidade do nada) era a única maneira de fazê-lo mudar de rumo. Até mesmo seus maiores ataques de fúria geralmente estavam à mercê de sua baixa capacidade de concentração.

— O quê? — Matt perguntou.

— Isto aqui.

Carol entregou a ele um pedacinho de papel com um telefone da região central de Londres anotado.

— O que é isso?

— Um telefone. Da Julia.

— De quem?

— Da Julia. A moça que conhecemos na festa.

— Eu não conheci nenhuma Julia.

— Bom, eu conheci, e apresentei para você, e daí ela foi embora. É uma moça bonita. Muito agradável e interessante.

— Para que eu vou querer o telefone dela?

— Para ligar para ela. E convidá-la para sair.

— O quê? Do que você está falando? Você disse a ela que eu quero sair com ela? Foi assim que conseguiu o telefone dela?

— Não. Ela trabalha para a empresa de RP que organizou a festa. Eu peguei um folheto na saída, e tinha o nome da empresa anotado. Daí eu usei a lista telefônica.

— Mãe, não preciso que você me ajude a arrumar namorada, realmente não vou permitir que você escolha as mulheres com quem eu saio. Desculpe. Pode esquecer.

— Isso é um teste.

— O quê?

— É um teste.

— De quê?

— De você.

— De mim? O que tenho eu?

— Para ver se você está mentindo ou não?

— A respeito do quê?

— Quero saber se você só se interessa por meninas de 17 anos ou se estava dizendo a verdade naquela noite.

— Claro que é verdade.

Matt passou as mãos pelo cabelo, nervoso, e soltou um ruído gutural de frustração e irritação do fundo da garganta, exatamente a mesma coisa que o pai fazia quando estava irritado, normalmente antes de sair do recinto pisando firme. Mas no apartamento não havia lugar para onde fugir, de modo que Matt foi até a janela mais distante e ficou olhando para a rua, aparentemente em uma tentativa de colocar fim à conversa.

As discussões sempre acabavam assim na família de Carol. Na casa dela, os bate-bocas não se estendiam, ninguém quebrava pratos nem abraçava quem começava a chorar.

Naquela semana, no entanto, Carol tinha deixado de lado o manual de regras da família. Sua visita a Matt tinha sido um ataque a essas regras, que tinham como ideia central não se intrometer muito na vida dos outros. Naquela semana, e só naquela, ela simplesmente não recuaria, obediente, sempre que se exigisse isso dela. Sua motivação exata, no momento, era se intrometer, e agora que já tinha começado, não adiantava nada não ir até o fim.

Ela foi até a cozinha e pegou um copo d'água, que bebeu num gole só. Então lavou e enxugou o copo com mãos desastradas e descontroladas por causa do nervosismo.

Lentamente, tentando esconder a hesitação, Carol se aproximou de Matt. Falou em tom gentil e calmo, como se estivesse fazendo uma sugestão casual.

— Então telefone para ela. Ela tem a sua idade. É bonita. É inteligente.

Matt se virou e olhou com raiva para Carol. Por um instante, pareceu ter ficado sem palavras.

— E se eu não ligar para ela significa que eu só me interesso por adolescentes? — ele praticamente cuspiu as palavras

— Não. Só significa que você não passou no teste.

— Mas... o que é isso? O que você está tentando fazer comigo?

— Quero ajudar.

— Homens da minha idade não deixam a mãe escolher namorada para eles.

— Homens da sua idade não deviam ter namorada. Deviam ter mulher e filhos.

— Aaargh! Está louca!

Matt estava fazendo o barulho com a garganta de novo, mas Carol o tinha encurralado em um canto do apartamento, e não arredava pé. Ela percebeu que os olhos dele examinavam a situação em busca de uma rota de fuga.

— Só vou ficar aqui até segunda-feira. Não falta mais muito tempo. Só quero descobrir quem você é antes de ir embora. Se você ligar para ela, eu vou saber que está se esforçando: que você quer alguma coisa melhor do que o seu trabalho horroroso naquela revista e que está procurando uma mulher para ficar mais de uma noite. Se não ligar, vou saber que você gosta das coisas como estão. Vou saber que você quer ser assim. Não é um teste para dificultar as coisas para você, nem para colocar você no seu lugar. É só um teste para eu poder descobrir o que preciso saber.

— E se eu não estiver interessado? E se ela simplesmente não for o meu tipo? Isso é ridículo.

— Não vou dizer mais nada, Matt. Só estou pedindo para você tomar uma decisão e me avisar qual foi. Quer um chá?

Matt ficou olhando para o número de telefone que ainda estava amassado em sua mão, sem dizer nada.

— Vou considerar que a sua resposta foi sim — Carol disse e saiu na direção da cozinha estalando os chinelos no chão, com toda a falsa calma que conseguiu reunir. Na verdade, seus joelhos pareciam fracos, ondas de sangue faziam sua cabeça latejar e os pulmões pareciam ter encolhido. Ela se sentia como se tivesse enfrentado um urso e escapado ilesa.

Novo, sincero e sonhador

O primeiro pensamento que surgiu na cabeça de Matt quando ele avistou Julia foi "feia demais". A ideia lhe veio com aquele tipo de efeito sonoro que se ouve em programas de perguntas na TV quando o participante dá a resposta errada. Independentemente do que acontecesse durante a refeição, aquilo não levaria a lugar nenhum. Ela não chegava a ser repulsiva. Não tinha nenhum defeito físico: seu corpo era torneado nos lugares certos, o rosto tinha um ar simpático e afável. Provavelmente era bem bonitinha, para quem gostava disso. Mas Matt tinha se acostumado com mais.

Por um instante, ele pensou em escapar antes que ela o visse. Seria fácil passar a noite inteira em um bar e depois ir para casa, encontrar a mãe, contar a ela o tipo de história que ela queria ouvir e prosseguir com sua vida exatamente como era antes, sem mais interferências ou pressões maternas. Aquela seria, aliás, a atitude natural a tomar. Ficar e dar continuidade ao encontro às escuras sem o menor sentido, só para satisfazer Carol, era uma loucura: ele devia simplesmente fazer o que estava com vontade de fazer e dizer qualquer merda para não criar conflito.

Só que ele queria passar no teste. Não fazia ideia do porquê, mas queria. Não que estivesse buscando a aprovação da mãe (já estava velho demais para isso), mas naquela semana, por algum motivo, a desaprovação dela o deixava pouco à vontade. E ele havia começado a sentir, como se tivesse voltado a ser criança, que a mãe possuía capacidade telepática de enxergar através de suas mentiras.

Normalmente, ele se orgulhava de suas habilidades como mentiroso. Era uma capacidade que ele acreditava ter aperfeiçoado. Mas agora, na presença da mãe, sentia-se como um jogador de golfe profissional que não conseguia segurar o taco. Tinha perdido a confiança em sua habilidade de fazer aquilo que geralmente considerava a coisa mais fácil do mundo. Além do mais, passar em um teste de honestidade com uma mentira lhe parecia uma trapaça um tanto exagerada.

Ele ergueu a mão e sorriu.

Julia lançou um longo olhar de "será que você é quem eu estou pensando?" antes de se aproximar da mesa.

— Matt? — ela perguntou.

— Julia?

Ela se sentou.

— Não faço a menor ideia de por que eu aceitei isso — Julia disse.

— Nem eu — Matt concordou.

— Como assim? Você telefonou para mim.

— Só quero dizer que é quase um encontro às escuras. Parece meio maluco. Mas fico feliz por você ter vindo.

— Que bom. Que bom. Eu normalmente não concordaria com uma coisa dessas, mas você me pegou bem no meio de uma coisa, então eu respondi sem pensar, daí não tinha seu número para ligar e dizer que mudei de ideia.

— Que pena — Matt respondeu.

— Como assim?

— Só estou dizendo que sinto muito se parece que estou forçando você a fazer alguma coisa. Vamos pedir, que tal? Vou comer um cordeiro. Não quero entrada. Almocei tarde. Mas, se você quiser, pode pedir, por favor.

Ele podia cair fora em menos de uma hora, pensou. Os dois ficariam felizes de ver aquilo acabar logo, pelo andar da carruagem. Por que tinha aceitado fazer aquilo? Que diabos estaria tentando provar?

Ela também não pediu entrada, e quando o garçom os deixou sozinhos, sem o cardápio, um longo silêncio ameaçou asfixiar a mesa deles.

Julia finalmente disse:

— Então, o seu trabalho está abaixo do seu nível?

— O quê?

— A sua mãe me disse que o seu trabalho está abaixo do seu nível.

— Ai meu Deus, ela disse, é? Tem alguma coisa muito distorcida em sair com alguém que a minha mãe conheceu primeiro. Acho que não vou conseguir relaxar.

— Nós passamos menos de 10 minutos juntas.

— Com a minha mãe, já é o bastante. Só Deus sabe o que mais ela disse sobre mim.

— Foi isso. Mais ou menos. Não consigo me lembrar do resto.

— Tenho certeza de que isso é bom.

— E é verdade?

— O quê?

— Que o seu trabalho está abaixo do seu nível.

— Acho que toda mãe pensa isso do filho.

— Não perguntei se é verdade que ela pensa, perguntei se é verdade.

Havia um brilho no olho dela que o fez olhar de novo. Ela podia não ser lindíssima, mas tinha algo de desafiador em seu comportamento que era só um pouquinho sensual. Obviamente, não era o tipo de mulher de ficar deitada só esperando tudo acabar.

— Se eu responder sim à sua pergunta, você vai ficar achando que eu sou um nojento arrogante, não vai?

— Não necessariamente. E não perguntei o que você acha que eu vou achar. Só quero ouvir a verdade.

— A verdade? Bom, a gente faz o trabalho que tem da melhor maneira possível, não é mesmo? Seja lá o que for. Mesmo que você, no fundo, não acredite nele. Quer dizer, não adianta nada fazer uma coisa malfeita, não é mesmo?

— Você trabalha na BOLAS!?

— Trabalho.

— Foi isso que eu esqueci quando disse sim a este encontro. Era por isso que eu queria telefonar para desmarcar. Eu não ia vir, daí, pensei que não devia ser covarde. Quer dizer, a gente sai mais forte se provar a si mesma que é capaz de olhar o inimigo nos olhos.

Ela se recostou na cadeira, cruzou os braços e ficou olhando para ele com muita atenção.

— Uau! É assim que você conquista os homens?

— Este vinho não está ruim.

— É por isso que você está aqui? Para olhar o inimigo nos olhos?

— É — ela respondeu, olhando-o bem nos olhos, sem piscar. Um ensaio de sorriso desdenhoso brincava no canto de seus lábios. Aquela mulher tinha uma boca interessante: era uma boca inteligente. Não que um orifício pudesse ter QI, mas a maneira como ela o usava parecia sempre deixar no ar a dica intrigante de que sempre tinha algo a mais, algo que a divertia e que ela preferia não dizer.

— E por que eu sou o seu inimigo? — Matt perguntou, inclinando-se para a frente na cadeira, deixando bem claro que não estava intimidado por seu olhar fixo, e que não era ele quem ia romper o contato.

— Você é o inimigo de todas as mulheres — ela disse. — Você e a sua revista.

Matt se pegou sorrindo. Aquele era, sem dúvida, o pior encontro que ele já tivera. Ele havia se deparado com vários entreveros românticos estranhos na vida, mas "você é o inimigo" era novidade. O que estava acontecendo era tão absurdo que ele ficou surpreso ao perceber que estava se divertindo. A enorme maioria de seus primeiros encontros ou de seus encontros às escuras sempre se arrastava em tentativas de afastar o tédio ou a indiferença. Isso aqui era muito melhor. E, quanto mais ela o insultava, mais ele percebia que estava gostando dela.

Ele tomou um gole grande de vinho e deu uma olhada para o copo ao fazê-lo, assim assumindo a derrota na disputa do olho no olho. Ela era boa.

— Não vou defender a BOLAS! para você — Matt disse. — Se você acha que a revista é uma merda, não vou fazer você mudar de ideia. Na verdade, eu também acho uma merda. Acho que vamos concordar.

— Só que você trabalha lá.

— Mas não é por isso que sou seu inimigo.

— Não?

— Talvez eu seja um agente duplo que trabalha infiltrado para acabar com a estrutura interna.

— E você é?

— Ainda não. Talvez devesse ser.

— Isso seria ótimo. Acha que consegue mandar publicar um artigo pedindo desculpa para todas as mulheres e para retratar todos os textos que a revista já publicou?

— É uma boa ideia. Acho que vou apresentar na próxima reunião de pauta.

— Acho que você não está me levando a sério.

— Não vamos passar a noite inteira falando da BOLAS!. Não vale a pena. Você acha que é uma porcaria. Eu acho que é uma porcaria. Fim de papo. E sabe o quê? Acho sim que o meu trabalho está abaixo do meu nível, mas não ando por aí me lamentando, porque isto também estaria abaixo do meu nível. Se eu realmente quisesse, sair'a à procura de outro emprego, e talvez eu faça isto em algum momento, mas não é tão fácil, e a gente às vezes acaba tendo empregos de que não gosta, mas precisa se virar e seguir em frente até achar um jeito de cair fora.

— Você vai sair de lá?

— Não sei. Andei pensando ultimamente, e... sabe... ah, você não vai querer saber disso tudo. Você nem me conhece. Por que se interessaria?

— Eu aviso se ficar entediada — ela afirmou. Continuava olhando fixo para ele, mas por hora parecia ter desistido do negócio de não piscar.

Matt de repente se espantou com a ideia de que, entre todas as pessoas que conhecia, não era capaz de pensar em ninguém com quem pudesse ter este tipo de conversa. Todo o seu círculo social ou trabalhava com ele ou de algum modo estava conectado a seu trabalho. Todo mundo que ele conhecia pensava, ou fingia pensar, que a *BOLAS!* era um exercício válido e que valia a pena. Discutir a publicação em quaisquer outros termos era um tabu tão grande quanto dizer a uma pessoa gorda que ela é gorda.

— Sabe o quê? — ele disse. — Estou gostando disso. Você é legal.

— Você parece surpreso.

— É que é engraçado, sabe? Você veio aqui para dizer que me odeia, e surtiu o efeito oposto.

— O efeito oposto? Você acha que eu mudei de ideia?

— Só quis dizer que deve ser estranho para você o fato de eu concordar com tudo o que você diz.

— Acho que é, um pouco.

— Acho que você queria que eu também odiasse você.

— Seria legal.

— Dá para ver. Desculpe por ser uma decepção.

— Tudo bem — ela disse, com um meio sorriso. — A gente pode dar um jeito.

Enquanto Matt enchia as duas taças até a boca, ocorreu-lhe que talvez a mãe dele não fosse tão louca quanto parecia. Não dava para avaliar o *sex appeal* de alguém só com uma olhadinha. Só dava para saber quando você via a mulher falar e se mexer e usar os olhos, a boca e as mãos. As modelos com quem ele ia para a cama eram sempre lindas, mas nunca sensuais. Julia tinha exatamente o que faltava nelas. Ela emanava um calor como se fosse um radiador.

No final, a refeição durou três horas, com sobremesa, depois café, e mais uns dois conhaques cada um. Para Matt, aquilo lembrava um pouco um romance de férias, quando você conhece alguém de outro mundo e se pega deitado no chão, olhando para as estrelas e falando da vida de um jeito novo, sincero e sonhador. Parecia que ele podia dizer qualquer coisa para ela, e ficou surpreso de se dar conta de como aquela sensação era desconhecida.

Percebeu que a diferença estava no tom, na sinceridade. Ele podia falar de qualquer coisa com os amigos: não havia limites de bom gosto, vulgaridade ou franqueza. Mas a coisa simplesmente não era feita de modo a ser sincera. Seu grupo social tratava da sinceridade da mesma maneira que, ele imaginava, os vitorianos tratavam da flatulência: tinha de ser evitada a todo custo, e se alguma saísse sem querer, todos os presentes cumpriam um acordo tácito de fingir que nada tinha acontecido e faziam a conversa prosseguir sem maiores interrupções.

A certa altura da noite, Matt percebeu que estava falando demais e mudou o foco da conversa: perguntou a Julia o que ela fazia e quais eram suas ambições. Era o tipo de conversa que adolescentes tinham quando ficavam acordados depois da hora de irem para a cama, e Matt estava adorando.

Para falar a verdade, ele ficou tão animado com o tipo de conversa que os dois estavam travando que seu lado do interrogatório não foi tão longe. Ele estava se divertindo tanto com as perguntas de adolescente que se viu concentrado mais em suas próprias perguntas do que nas respostas dela. Era novidade para Matt perguntar alguma coisa a alguém e, enquanto se esforçava para manter o fluxo de seu lado da conversa, admitiu que suas habilidades nesse quesito estavam enferrujadas.

Mas a culpa não era dele. Era do mundo em que ele vivia. Entre seus colegas, a capacidade de escutar era tão útil quanto a de fazer fogo com dois pauzinhos. Seus companheiros trocavam informações com bastante fluência e perspicácia, mas ninguém escutava, perguntava e sondava de verdade. Você até podia ser desafiado e cutucado para explanar um argumento abstrato e muita gente seria capaz de encontrar alguma falha factual ou lógica no que você dizia, mas ninguém jamais se envolveria com as ideias ou os sentimentos de outra pessoa.

Quando Matt chegou no final de seu raciocínio, percebeu que Julia tinha parado de falar. Ela tinha respondido a sua pergunta anterior, de que ele já não se lembrava mais, e ele não tinha escutado a resposta. Queria pedir que ela repetisse; queria explicar para ela que a única razão por que ele não tinha dito nada era porque de repente tinha se dado conta de como era terrível o fato de ele e seus amigos terem perdido a capacidade de escutar, mas sabia que não conseguiria causar boa impressão assim. Em vez disso, ele optou por um aceno de cabeça compreensivo e um olhar penetrante. Se ele passasse a impressão de estar refletindo profundamente sobre o que ela tinha dito, teria certeza de que ela faria a conversa avançar sem que uma pausa muito desconfortável se impusesse.

Ele nem tentou levá-la para a cama. Com uma mulher como Julia, era necessário fazer estender o jogo. Era possível estragar tudo ao dar o passo errado no momento errado. Mulheres assim querem que você aja como se fosse um eunuco e, ao mesmo tempo, que demonstre ser capaz de apresentar virilidade quando isso lhe for exigido.

Ele fez questão de chamar um táxi e, como qualquer eunuco viril faria, despachou-a com autoridade e lhe deu um beijo na bochecha, casto, porém definitivo. O fato de ele ter passado de "o inimigo" para alguém em que se dá beijo na bochecha parecia um enorme avanço. Além do mais, ele estava exausto. Aquela noite o deixara mais cansado do que qualquer sessão na academia.

Quando ele chegou em casa, Carol ainda estava acordada, esperando por ele, matando tempo com o quarto noticiário da noite. Desligou a TV no instante em que ele entrou e depois olhou para ele, cheia de expectativa.

— Foi bom — ele disse. — Gostei dela.

Carol sorriu.

— Ah, fico muito contente. Vocês se divertiram? Fui com a cara dela no minuto em que a vi. Ela foi muito gentil comigo naquela festa.

— Amanhã eu conto tudo — Matt disse, retirando-se para a privacidade de seu quarto. Não havia nada que a mãe gostasse mais do que um bom e velho *post-mortem* social, e Matt realmente não estava a fim. Queria ficar sozinho para saborear a bolha de felicidade que aquela noite gerara ao redor dele.

Ele sorriu para ela, deu boa-noite e fechou a porta.

— Teve um terremoto na Bolívia! — Carol avisou atrás dele.

— Não importa. — Matt respondeu.

Helen e Paul

Não foi esse o combinado

Andre abriu a porta para Helen e imediatamente, com o tom de voz que seria usado para falar com alguém que tivesse acabado de sofrer um acidente de carro, ofereceu-lhe uma xícara de chá. Com isso, Helen percebeu que, depois do almoço pavoroso com Paul, ela talvez não estivesse em sua melhor forma, por isso aceitou, agradecida.

Enquanto ele estava na cozinha, Helen foi ao banheiro para avaliar os danos. No passado, olhar-se no espelho tinha sido um de seus passatempos preferidos. Ultimamente, tinha se transformado num trauma diário. Anos antes, tinha ouvido alguém dizer que uma certa mulher tinha "resquícios de um rosto bonito". Sua memória, por crueldade, nunca permitira que ela se esquecesse daquela frase, que ficou armazenada em algum canto remoto de sua mente, semiadormecida, para ser usada no momento em que se aplicasse a ela.

A estrutura óssea continuava lá, mas a pele estava flácida e caía por cima dela como um cobertor jogado em uma caminha de cachorro. O cabelo, apesar de agora ela gastar mais dinheiro nele do que nunca, tinha perdido o brilho e a leveza devido à coloração excessiva, em sua luta infinita por aquele preto radiante que servira de eixo para que ela construísse seu guarda-roupa. Ainda não tinha se transformando em uma bruaca velha, mas seu *sex appeal* tinha secado e desaparecido havia muito tempo. Era uma ex-beleza. Tinha adentrado seus anos de invisibilidade.

Do mesmo jeito que um atleta exausto procura uma garrafa de água no final de uma sessão de treino, Helen remexeu nos bolsos de sua nécessaire em busca do removedor de maquiagem. Em um gesto cansado, ela lavou o rosto e se maquiou pela terceira vez naquele dia.

Ela não estava com vontade de conversar com Andre, não queria conversar com ninguém, mas estava simplesmente cansada demais para ficar na rua e por enquanto continuava resistindo ao impulso de voltar para casa.

Helen chegou à sala justo quando Andre entrou com duas xícaras fumegantes e um pacote de biscoitinhos de chocolate. Ele se sentou e tentou esboçar um sorriso. Dessa vez, ela teria ficado mais contente se houvesse só uma xícara e Andre se retirasse, mas dava para ver que as intenções dele eram boas, de modo que ela agradeceu e retribuiu o sorriso.

Os dois ficaram lá sentados assoprando a bebida até que Helen, incomodada com o silêncio, perguntou a Andre se ele tinha alguma irmã.

— Duas — ele respondeu.

— Elas se dão bem com a sua mãe?

— Mais ou menos.

— Melhor do que você?

— Isso é muito pessoal.

— Desculpe. É só que, as coisas como o Paul... como você sabe... às vezes são estranhas, e acabo esquecendo o que é normal. E quero que alguém me ajude a lembrar.

— Você gosta muito dessa palavra.

— De que palavra?

— Normal.

— É mesmo?

— Ficou falando disso ontem à noite também. O que o Calvin disse mesmo? "E quem está preocupado com o que é normal, porra?"

— É isso que você pensa?

Apesar de Paul nunca falar de Helen a Andre sem algum tipo de resmungo ou ressentimento, e apesar de Andre ter ficado acordado até uma da manhã ouvindo Paul reclamar a respeito da "incontinência emocional" da mãe, ele continuava sem entender muito bem. Claro que era proibido ficar do lado dela (o papel dele nisso tudo era só fazer chá e ficar quieto), mas ele compreendia por que ela tinha chegado sem avisar, levando em conta tudo o que Paul fazia para mantê-la afastada.

Andre compreendia o que Helen estava tentando fazer. Ela só queria que Paul gostasse dela. Não era pedir muito, devido às circunstâncias, e até onde Andre podia ver, ela parecia razoavelmente agradável. Mas nunca dava para saber nada em relação à família dos outros. Com muita frequência, quanto mais a gente observa, menos entende.

Ao mesmo tempo que tentava se equilibrar na corda bamba do que era aceitável para um homem dizer à mãe do namorado, ele resolveu ajudá-la.

— É mais ou menos isso — ele respondeu. — É o que eu tento pensar. É o que nós todos devemos tentar pensar.

— Talvez. Mas todo mundo precisa de validação, não é mesmo?

— Validação de quê? De que a gente é normal?

— É mais ou menos isso. Não em todos os aspectos. Só precisamos ter certeza de que os nossos problemas não existem porque somos loucos ou fracos ou idiotas... e de que outras pessoas têm as mesmas dificuldades.

Aquele era um dos pensamentos mais íntimos e vergonhosos de Helen. Era uma ideia que sempre estava voando de um lado para o outro em sua cabeça, mas que ela nunca havia mencionado nem ao marido nem às amigas mais próximas. Agora (não sabia por que) finalmente tinha dito em voz alta, para um homem que era praticamente um desconhecido.

— Tenho certeza de que você não é louca nem fraca nem idiota, e mesmo que fosse, não acho que isso faria de você uma pessoa menos normal. Muita gente normal é todas essas três coisas.

— Acha mesmo?

— Claro que sim!

Um silêncio se instalou enquanto eles tomavam o chá e Helen tentava decidir se aquela ideia realmente lhe trazia algum conforto. No início, pareceu que sim. Mas ela nunca tinha duvidado seriamente do fato de que era normal. Tirando sua beleza perdida, Helen sempre sentira que sua normalidade completa e total nunca tinha sido colocada em questão, e que essa era, de fato, uma de suas falhas.

Quando refletiu a respeito do que Andre estava dizendo, a teoria dele pareceu sugerir que a normalidade na verdade fazia com que ela tivesse mais chance de ser louca, fraca e idiota, e não menos. Sem dúvida, essa era a implicação do raciocínio dela. Ela tinha certeza de que a intenção de Andre era boa, mas não servia para deixá-la mais tranquila, independentemente da maneira como se examinasse a questão.

— Quem sabe, se você deixar a coisa do "normal" de lado, pode ser que tenha mais facilidade de se entender com o Paul — Andre sugeriu. Ele tinha demorado 10 anos para enfiar essa ideia na cabeça da própria mãe, uma mulher que no fundo se interessava mais por descanso do que por autoconhecimento. Helen passaria pelo curso-relâmpago de cinco minutos.

— Como assim? — ela perguntou, estupefata com a lógica do papo dele.

— Apenas tente não pensar desse jeito. Esqueça o "normal". Finja que não existe. Preciso ir fazer um trabalho.

Ele se levantou e foi até a escada.

— O que você faz? — Helen quis saber.

— Eu estudo.

Antes que ela tivesse chance de perguntar o que ele estudava, ou se pagava o aluguel em dinheiro ou com favores sexuais ao senhorio, ou se só ia para cama com Paul, ou se ia para cama com todo mundo, ou se todo mundo ia para cama com todo mundo, ele já tinha desaparecido.

Helen tirou os sapatos e fechou os olhos. Não iria dormir. Não no meio do dia. Só gatos, bebês, idosos e vagabundos dormiam à tarde. Ela simplesmente se daria um tempo para refletir sobre as coisas.

Depois disso, a primeira coisa que ouviu foi a voz de Paul lhe dizendo que o jantar estava pronto enquanto apertava seu joelho e olhava para seu rosto de uma proximidade alarmante.

Não é fácil acordar dignamente quando você nem sabe que caiu no sono, quando não se lembra de onde está e depois de ter babado no próprio queixo. Logo depois de sua decisão de tomar uma atitude mais forte e mais assertiva com Paul, esse não era um bom começo: parecia menos uma estadista guerreira e mais uma paciente de Alzheimer.

— Eu estava dormindo — ela disse, tanto para si mesma quanto para Paul.

— Eu sei. Você dormiu quase a tarde toda.

— Vou passar um pouco de pó de arroz — ela avisou e percebeu, ainda enquanto as palavras lhe saíam da boca, que esse eufemismo já tinha saído de moda havia muitas décadas.

— Não se apresse — ele disse. — Somos só nós dois para o jantar. Esquentei uma pizza.

— Ah. Delícia.

Mesmo depois de passar água fria no rosto e nos pulsos e de aplicar mais uma camada completa de maquiagem, Helen continuava se sentindo desorientada e confusa. Estava saindo para se encontrar com Paul quando a notícia que recebera no almoço retornou à sua mente como uma punhalada. Ela se agarrou à pia, respirou fundo e, em silêncio, tentou encorajar a si mesma com um discursinho de incentivo. *Você está se virando bem. Está sendo corajosa. Não voltou para casa, e isso significa que você não é fraca nem idiota (mas pode muito bem ser louca). Agora vai encarar seu filho, e vai ser você mesma, com orgulho.*

Sentia o corpo velho, flácido e desequilibrado, mas fungou, ensaiou um sorriso no espelho e saiu do banheiro.

Uma fatia de pizza já estava esfriando no prato quando ela tomou seu lugar à mesa. Paul tinha uma fatia intocada no prato à sua frente e seus talheres estavam limpos, mas o formato do resto da pizza na mesa passava a impressão definitiva de que Paul tinha arrancado um pedaço com os dedos enquanto esperava que ela chegasse.

Paul serviu duas taças de vinho, cheio de cerimônia; Helen ficou achando que ele fez isso só para deixar claro que tinha esperado para beber até que ela chegasse, apesar de sua demora.

— À família — Paul propôs o brinde e ergueu o copo.

Helen não fazia ideia do que aquilo significava, nem tinha como discernir se existia alguma motivação sombria por trás de sua escolha de brinde ou não. Será que era uma maneira indireta de forçá-la a brindar o bebê de Larry como parte de sua família? Achou melhor não perguntar.

— À família — ela disse e deu um golinho que, quase contra sua vontade, se transformou em um golão.

— E muito obrigado por ter vindo me visitar — Paul continuou.

Helen, mais uma vez, ficou estarrecida e perplexa com o que Paul dizia. Não parecia irônico, mas ela não conseguia entender como aquilo podia ser sincero, levando em conta quanto eles tinham discutido. Mas com as acusações constantes dele em relação a ela ser paranoica ou sensível demais, ela sabia que não tinha escolha se não quisesse cair em alguma das velhas discussões entre os dois, além de aceitar o que ele estava dizendo sem considerar segundas intenções; com isso, temia parecer uma idiota.

Ela mal tinha aberto a boca e Paul já a tinha encurralado em uma escolha entre paranoia e idiotice. Ela escolheu a idiotice.

— Bom, *eu* é que agradeço — ela respondeu — por você me receber e fazer com que eu me sinta tão bem-vinda.

Talvez esse fosse o objetivo. Da maneira mais educada possível, será que ele estava transformando aquilo em uma espécie de jantar de despedida? Será que ele a estava expulsando?

— Você *é* bem-vinda aqui — ele disse. — E é legal passar um tempo com você.

Legal? Será que essa era a palavra mais entusiasmada em que ele conseguia pensar?

— E eu fiquei muito feliz de finalmente conhecer o Andre — Helen disse e começou a imaginar se os dois seriam capazes de ser agradáveis um com o outro sem ficar falando só banalidades.

— Só estamos juntos há alguns meses.

— Você sabe do que eu estou falando — Helen respondeu. — E obrigada pelo almoço. Foi muita generosidade da sua parte. Sinto muito ter saído com tanta pressa. — Eles ainda pareciam presos a uma conversa de uma lição em um livro de aprendizado de inglês.

— Espero não ter deixado você aborrecida — Paul afirmou.

— De jeito nenhum. Fiquei feliz de você ter me contado.

— Fico feliz por você ter ficado feliz.

— E se eu fiquei aborrecida, não foi por causa de você. Sinto muito por ter feito uma cena. É só que… sabe como é… divórcio é uma coisa muito séria, e a sua vida vai para um lado e a dele vai para outro. A gente nunca se acostuma totalmente com isso. Parece que um pedaço da gente se separou e está se virando sozinho. Acho que é mais ou menos como ter filho.

— Talvez esse seja o problema, mãe. Você precisa parar de pensar nele como um pedaço de você, porque ele não é.

— Não, não é isso que eu quero dizer. Eu só quero dizer que… que a cada dia nós fazemos mil escolhas, e que só podemos viver em um galho de uma árvore com ramificações infinitas, no filete minúsculo de decisões que tomamos, mas quando eu me encontro com você, e você fala do Larry, é como se de repente eu desse uma olhada para o outro galho lá longe que tem o meu nome. Ou que tinha. Percebe o que eu estou dizendo? Eu sempre vou saber que podia ter ficado com ele, e esse galho seria a minha vida.

— Mas o que ele faz agora não é a mesma coisa que ele faria se estivesse com você. Então, não tem nada a ver com qualquer tipo de vida que pudesse ser sua se vocês tivessem ficado juntos.

— Eu sei, mas é que faz a gente ter umas ideias que seria mais fácil viver sem. A vida fica muito mais simples quando as alternativas vão desaparecendo. Quando elas continuam presentes e vivas, na mesma cidade, entra dia, sai dia, podem se transformar em uma assombração.

— Mas não são as suas alternativas que continuam vivas. São as dele.

— Mas parece que são minhas. Às vezes. Eu sei que não deviam parecer, mas parecem.

— Bom, pelo menos conseguimos falar sobre ele sem entrar em uma discussão — Paul avaliou.

— É — Helen concordou. — Exatamente. É importante nós podermos ter uma conversa normal... quer dizer, natural... quer dizer, levar um papo civilizado sobre ele. Não precisamos falar sobre ele todas as vezes que nos encontramos, mas é bom saber que, se falarmos, a coisa não vai se transformar automaticamente numa briga.

— Exatamente.

Passaram um instante comendo em silêncio.

— Esta pizza está boa — Helen elogiou ao terminar sua fatia.

— Mmm — Paul resmungou com a boca cheia, pegou com a mão outra fatia e colocou no prato de Helen e escolheu a terceira para si mesmo. Depois de mais uma pausa estendida, foi Helen, outra vez, que rompeu o silêncio.

— E é uma surpresa ele ter um bebê, não é mesmo? Na idade dele...

— Acho que é.

— Coitada daquela criança. Ele vai ter um pai de 80 anos quando ainda for adolescente.

— Não concordo.

— É muito egoísmo, você não acha?

— Quando o Jake estiver com 16 anos, tenho certeza de que, se você perguntar se ele prefere ter um pai velho ou não existir, ele vai preferir o pai velho.

— Isso é mesmo a cara do Larry. Essa é a maneira como ele se vê. Agora que ele devia estar se tornando avô, enlouquece e resolve ter mais um filho, apesar de não gostar de bebês, só para tentar se sentir jovem.

— Mãe, você não fala com ele há anos. Acho que não tem condições de imaginar quais são as motivações dele.

— Não estou imaginando nada. Estou dizendo a verdade. Eu sei como ele pensa.

— E se a maneira como ele pensa tiver mudado?

— Não estou falando das *opiniões* dele. Estou falando sobre quem ele é.

— Nem sei por que estamos falando disso. Achei que tínhamos concordado em não falar.

— Quer dizer, até parece que algum dia ele seria avô, por causa de... bom, de como você é... então, eu pensei que ele iria conseguir segurar a crise mais um tempo.

— Como eu sou?

— É.

— E como eu sou?

— Você sabe. Gay.

Naquele instante, a geladeira estremeceu e lançou sobre a cozinha, que já parecia silenciosa, uma camada extra de silêncio ainda mais profundo, como se uma nevasca tivesse deixado o aposento todo branco de repente.

— E os gays não podem ter filhos? É o que está dizendo? Por acaso nós somos todos estéreis, hein?

Por alguma razão que Helen não era nem capaz de tentar imaginar, Paul parecia ter se ofendido. Tomou um gole nervoso do vinho.

— Hã... não estéril, mas... quer dizer... dois homens não podem fazer filhos. Está me dizendo que eu não devia ter dito isso?

— Eles podem adotar. Podem ter filhos por outros meios.

— Outros meios? Que outros meios?

— A família nuclear não é a única que existe, mãe. Existem centenas de milhares de pessoas que vivem de maneiras diferentes, de acordo com regras diferentes. Você não pode simplesmente partir do princípio de que todo mundo vive ou quer viver como você.

— Mas biologia é biologia.

— Gays têm esperma, lésbicas têm útero, e nós podemos levar qualquer tipo de vida que desejarmos. Não precisamos dos héteros para nos dizer o que fazer.

— Por que está me dizendo isso?

— Porque você precisa saber. Todo mundo precisa saber. Ignorância é preconceito.

— Mas por que está falando nesse tom?

— Que tom?

— Irritado.

— Não estou irritado.

— Está sim, Paul. Você está irritado.

— Como eu disse. Ignorância é preconceito.

— É mais do que isso.

— Mais do que o quê?

— Você não faria isso, faria?

Paul não respondeu.

— Você não faria. Faria? Você acha que é aceitável? Fazer uma criança passar por isso?

— Por isso o quê?

— Por… ter que viver desse jeito… em algum arranjo bizarro em que não se sabe quem é quem nem o que é o quê, nem quantas mães ou quantos pais a criança tem.

— O mundo está cheio de famílias horríveis que estragam os filhos. É infinitamente melhor ter pais gays que amam você do que dois héteros que não amam.

— Então, você acha que é normal. Você acha que é aceitável?

— Não é normal. Mas é aceitável, sim.

— Mas você não faria isso, faria? Você, não.

Paul olhou para as mãos com o rosto imóvel e indecifrável.

— Faria?

Ele continuou sem erguer os olhos e sem falar. O pulso de Helen começou a acelerar.

— Paul, o que está dizendo? Tem alguma coisa para me contar?

— Não.

— Tem certeza?

— Tenho.

— Você fez isso?

— Não.

— Diga a verdade, Paul. Olhe para mim e conte a verdade. Você fez isso?

Paul ergueu a cabeça e olhou Helen bem nos olhos. A cozinha ao redor deles pareceu se dissolver quando seus olhos se encontraram. Helen só sabia que o tempo estava passando porque sentia o coração martelando forte no peito.

— Fiz — Paul respondeu.

— VOCÊ FEZ!

— Fiz.

— Você fez?

— Fiz.

— Com uma lésbica?

— É. Com um casal de lésbicas. São amigas minhas. Me pediram como favor, e eu disse que sim.

— Você disse que sim?

— Eu disse que sim.

— Quando? Quer dizer, como? Quer dizer, deu certo? Nasceu um bebê?

— Nasceu.

— Nasceu!?

— Nasceu.

— Quando? Que idade ele tem?

— Dois meses. É menina.

— É menina!

— É menina. Ella.

— Ella.

— Mas eu não sou o pai.

— O quê? Não é?

— Geneticamente, eu sou, mas não de verdade.

— Não de verdade?

— Não. A mãe biológica é a mãe e a outra mãe é o pai. Esse foi o acordo.

— Que acordo?

— Foi o que nós combinamos. Era assim que elas queriam.

— Mas se você é o pai, você é o pai. Ou é ou não é.

— Bom, então eu não sou. Ela é o pai. A parceira da mãe.

— Mas ela não é o pai. Ela é mulher. Você é o pai.

— Não foi esse o combinado.

— Não estou entendendo a palavra "combinado".

— Quer um dicionário?

— Neste contexto.

— Foi o que nós concordamos em fazer. Elas não queriam pai nenhum. Já tinham o pai. Só precisavam de um pouco de esperma. E são grandes amigas minhas e eu gosto delas e confio nelas, então fiz um teste de Aids e dei um pouco de esperma para elas. Não é nada de mais. Foi um favor que eu fiz para as minhas amigas.

— NÃO É NADA DE MAIS?

— Não. Não devíamos ter entrado neste assunto. Dá para ver que você não vai entender.

— NÃO É NADA DE MAIS?

— Vamos deixar para lá.

— Deixar para lá? Você acaba de me dizer que eu sou avó e pede para eu deixar para lá?

— Você não é avó.

— Sou sim. Você acabou de me dizer que teve uma filha.

— Eu não tive uma filha. Só dei meu esperma para as minhas amigas. A menina já tem quatro avós. Não precisa de seis.

— Então a mãe da namorada da mãe é a avó paterna, e não eu. É isso que você está dizendo?

— É. Parece que ela gostou muito da ideia.

— Ah. Certo. E é por isso que eu simplesmente vou deixar para lá, certo? Porque eu sou desnecessária?

— Soa mal dizendo desse jeito, mas se eu não sou o pai, você não pode ser a avó. Não funciona assim.

— Funciona como funciona. Eu sou avó dela. — A sensação daquela frase na língua era uma delícia, cada palavra tinha um sabor novo e suculento. Ela nunca pensou que algum dia poderia dizer isso. Durante anos, teve plena certeza de que o clube das avós estava fechado para ela; agora, no decorrer de uma breve conversa, ela estava dentro.

— Desculpe, mãe, eu não devia ter dito nada.

— Eu sou avó dela.

— Mãe, esqueça.

— Eu sou avó dela.

— Mãe, não venha dar um chilique para cima de mim.

— Eu sou avó dela.

— Certo — Paul disse. — Esta conversa acabou. — Ele se levantou e se dirigiu para a porta.

— VOLTE AQUI AGORA MESMO!

Paul parou e deu meia-volta, com medo de verdade da mãe pela primeira vez em quase vinte anos. O rosto dela exibia uma fúria tão pura como ele não via desde os 17 anos, quando ele pegou o carro da família sem pedir e bateu no muro do jardim do vizinho.

— SENTE-SE! JÁ!

Ele se sentou.

— Você já viu a criança? — ela perguntou.

— Claro que sim. Elas são muito amigas minhas.

— Quero ir lá.

— O quê?

— Quero ir ver a minha neta.

— Mas...

— Você vai me levar lá. Amanhã.

— Eu... eu...

— É o seguinte. Amanhã, você vai avisar no trabalho que vai faltar. Pode dizer que teve um problema de família. Daí, vai telefonar para a mãe da sua filha. Vai dizer a ela que fará uma visita com a avó da Ella. Vai perguntar qual é o horário mais conveniente para ela e o bebê, para nós não incomodarmos. Vai ser o mais flexível e compreensivo possível. Mas vai dizer a elas que vamos fazer uma visita amanhã.

— Eu... acho que você não...

— A questão não está aberta a debate. Você me transformou em avó, de modo que tenho a intenção de cumprir o papel. Agora eu tenho muita coisa em que pensar, e preciso telefonar para o Clive. Boa noite.

Isso tudo me parece moderno demais

Clive sempre atendia ao telefone exatamente no terceiro toque, mesmo que estivesse bem ao lado do aparelho. Esta era uma de suas várias manias irritantes. O fato de ele não ter nenhuma mania interessante era outra.

O telefone tocou três vezes.

— Alô, aqui é o Clive — ele se anunciou.

— Oi, sou eu — Helen respondeu.

— Oi, querida. Estava mesmo pensando em você.

— É mesmo? O que você estava pensando?

— Só estava pensando em você. Nada específico.

— Ah.

— Como estão as coisas? Como você está? — ele quis saber.

— Tudo bem. Tudo bem. E você?

— Tudo bem. Tudo ótimo. Só estava vendo um pouco de TV.

— Alguma coisa boa?

— Não. Só tem porcaria.

— Ah.

— Como estão as coisas aí para o seu lado? Tudo bem com o Paul?

— Tudo. Ele está bem.

— Como é a casa nova dele?

— Ah, na verdade não é nova. Ele está aqui há meses.

— É bonita?

— É sim. A casa é adorável. É uma comunidade gay.

— Ah. E é bacana?

— É sim. É bacana.

— Que bom. Que bom.

— Clive? Você escutou o eu disse?

— Não tenho certeza.

— O que você acha que eu disse?

— Não sei se devo repetir.

— Por quê?

— Por nada. Só acho que escutei mal.

— Então você achou melhor fingir que eu não disse nada?

— Não. É só que, por um instante, eu achei que você tinha dito... quer dizer, é ridículo, não é... mas eu achei que você tinha dito que era uma comunidade gay. HA! HA! Hahahah!

— Foi o que eu disse.

— Ah. — Clive fez uma pausa considerável enquanto digeria a informação. Depois de pensar muito, disse: — Bom, tudo bem se a casa for bonita.

— Não entendi.

— Quer dizer, tudo bem se ele estiver feliz aí.

— Bom, parece que está.

— Muito bem. Muito bem.

— E acontece que ele teve uma filha com umas lésbicas, mas ele não quer assumir o papel de pai. Diz que a namorada da mãe é o pai, apesar de ela ser mulher.

Mais uma longa pausa se instalou.

— Nossa! — Clive exclamou.

— Nossa?

— Quer dizer... sei lá. Caramba!

— Caramba?

— Eu... não sei o que dizer. Isso tudo me parece moderno demais.

— Não estou falando de um prédio, Clive. Trata-se de uma pessoa. De um bebê.

— Estou me referindo à situação toda. Muito moderno. As pessoas fazem cada coisa hoje em dia!

— Não estou falando de "pessoas"! É o meu filho e a minha neta.

— Bom, você sempre quis ser avó. Sabe como é aquela coisa de que tudo tem um lado positivo...

— Hum... obrigada por compartilhar as suas impressões, Clive, e fico contente por termos conversado, mas agora preciso ir para a cama. Foi um dia e tanto.

— Tudo bem, querida. E não precisa se preocupar. Vai dar tudo certo.

— Se você está dizendo...

— Estou sim — Clive respondeu, deixando que o sarcasmo de Helen passasse bem longe de sua mente. — Você precisa se lembrar de que garotos são garotos.

— Hum... acho que não entendi o que você quis dizer.

— É só que ele já está bem crescidinho, e as coisas mudam muito rápido. O mundo com o qual nós estamos acostumados e entendemos desapareceu há muito tempo. Não podemos achar que vamos entender o que pessoas como Paul querem fazer da vida. Simplesmente temos que agradecer pelo que temos.

Os poucos dias sozinha tinham bastado para que Helen se esquecesse de como o marido a enojava. Ele era um homem de muitas qualidades pessoais, mas colocar pensamentos em palavras não era uma delas. Ele não era idiota: era capaz de consertar carros, montar armários de cozinha e fazer palavras cruzadas, também se lembrava do nome de todos os esportistas e políticos que já tinham sido mencionados em qualquer jornal de circulação nacional, mas não era capaz de reagir a novas ideias de imediato. Em um ou dois dias, estaria apto a discutir as novidades de Helen sobre Paul. Naquele momento, simplesmente não adiantava nada prolongar a conversa.

— Bom, boa noite — Helen encerrou a conversa.

— Durma bem. Sonhe com os anjos — Clive respondeu.

Clive possuía intuição suficiente para saber quando tinha irritado ou decepcionado Helen. Sua reação inevitável era fazer uma piadinha. Nem é necessário dizer que o efeito disso não era o desejado. Helen desligou o telefone.

Gillian e Daniel

O sal dela na língua dele

À primeira vista, foi o cabelo. Eles estavam em um daqueles eventos da universidade que acontecem durante a semana dos calouros, em que, por alguma razão, você não entende nada; vai lá e fica ouvindo uma pessoa que você não faz a menor ideia de quem seja explicar um monte de regras que você esquece imediatamente. Depois disso, fica lá sem fazer nada, como um bando de vendedores em uma conferência, tomando vinho de péssima qualidade e travando conversas desconfortáveis com outros alunos que você nunca mais vai ver. E do outro lado do salão, através de um emaranhado de pessoas de aparência tediosa e cabelo de aparência igualmente tediosa, Daniel viu Erin. Ela usava botas até o joelho com meia-calça listrada de verde e um shortinho jeans menor do que uma calcinha comum.

Na primeira vez que ele olhou para ela, ela já estava olhando para ele, e seus olhos se encontraram. Os dois sorriram. Ele sabia o que ela estava pensando; ela sabia o que ele estava pensando. Três coisas:

1) *Estou com o maior tédio e você também.*
2) *Se estivéssemos conversando, não estaríamos entediados.*
3) *Você tem um cabelão.*

Fazia três anos que Daniel não cortava o dele, mas os fios continuavam desafiando a gravidade. Eram grossos, pretos e espetados, só cresciam para cima e para os lados. A mãe sempre lhe dizia que era uma desgraça. Ele tinha mais orgulho daquele cabelo do que de qualquer outra conquista na vida. O de Erin era mais comprido, mais encaracolado e mais revolto, mas não tinha a capacidade de resistir às leis da física. Não dava para dizer que era desgrenhado (aquele cabelo recebia muitos cuidados e era muito amado), mas também podia ser classificado como desgraça, coisa que a mãe de Erin fazia com regularidade.

Imagine que você esteja precisando de um casaco novo. É outono, o vento está ficando gelado e você simplesmente não tem nada para mantê-lo aquecido. Então você sai e fica tremendo no ponto de ônibus, esperando para pegar a condução até a loja. Imagine ficar esperando durante 18 anos.

Era assim que Erin se sentia em relação à universidade. A universidade era aquele ônibus e agora, finalmente, tinha chegado. Ela detestava a cidadezinha em que tinha sido criada: discutia o tempo todo com os pais, não compartilhava nem um milímetro quadrado de afinidade com os dois irmãos obcecados por futebol e cada dia que passava na escola parecia um mês inteiro de tédio que se arrastava minuto a minuto.

Ela estava cansada do lugar e das amigas; e as amigas, ela sentia, estavam cansadas dela. Havia duas saídas: o bar ou a universidade. Entre suas colegas, ela era a única interessada na segunda opção, escolha que carregava consigo o mesmo status social que a lepra. As amigas dela bebiam e paqueravam os meninos locais, tão limitados quanto os títulos da locadora de vídeo da cidade (com o passar do tempo, todo mundo assistia a tudo), enquanto Erin só ficava em casa, noite após noite, fazendo a lição de casa e estudando para os exames.

Era provável que as pessoas fossem tirar sarro dela por causa disso, se não houvesse algo em sua natureza que tornava impossível alguém caçoar dela. Erin não era uma pessoa distante, estava mais para simplesmente diferente, isolada, desinteressada ou talvez até mesmo desavisada em relação ao que poderia significar "se encaixar". Era uma girafa em um cercado de pôneis. A maioria das pessoas agia com civilidade para com ela, o restante preferia fingir que ela não existia. Enquanto isso ela esperava, ano após ano, para poder cair fora.

No instante em que ela olhou para Daniel pela primeira vez, reconheceu alguma coisa no rosto daquele garoto mal-vestido de cabelão, que não parecia nem inglês nem exatamente estrangeiro. Viu nele, na curva inteligente e malandra de sua boca, no brilho sacana de seus olhos escuros, um amigo girafa.

Eles discutiriam, anos depois, a respeito de quem se aproximou primeiro. Daniel sempre insistia que tinha sido ela a se aproximar dele; ela se lembrava claramente de quando ele se esgueirou na direção dela e então ficou acanhado demais para falar qualquer coisa. Os dois concordaram, no entanto, palavra por palavra, em relação ao início da conversa.

— Que cabelão — Erin comentou.

— Obrigado — Daniel respondeu. — O seu também é bem grande.

— Obrigada.

Erin sorriu para Daniel, que retribuiu o sorriso. Ela queria continuar conversando com aquele garoto, mas por um instante ficou sem saber o que dizer, de modo que estendeu a mão, tocou no cabelo dele e deu uma esfregadela, como se fosse um alfaiate avaliando um retalho.

— Interessante — ela disse. — Diferente.

— Ah, é sim.

— Não abaixa, né?

— Exatamente.

— Só cresce para cima. E mais para cima ainda.

— Sabe como chama isso? Esse visual?

— Como?

— Judafro — ele respondeu, todo orgulhoso.

— Judafro? — Ela demorou um minuto para dividir a palavra mentalmente e compreender seu significado. Então, ele era isso. Não tinha certeza se já tinha conhecido algum.

— É. Isso é muito raro. Muito cobiçado. Posso ver como é o seu?

— Pode sim — Erin respondeu, preocupada com a possibilidade de estar corando. Sua intenção não tinha sido de levar a conversa para esse lado, e ela não sabia muito bem se esse desenrolar era sua culpa. Será que ele a acharia vagabunda ou necessitada demais?

Daniel ergueu a mão até o cabelo de Erin e imitou exatamente o toque e a esfregadela de Erin.

— Vou precisar das duas mãos para isto. Pode segurar o meu copo?

Ela pegou o copo e ele tocou no cabelo dela de novo, dessa vez levando os dedos até o couro cabeludo e permitindo que se demorassem brevemente no côncavo da nuca. Ela olhou nos olhos dele durante esse movimento, e ele retribuiu o gesto, sem piscar. Não era necessário ser nenhum especialista em psicologia masculina para imaginar o que ele estava pensando. Ele queria arrancar todas as roupas dela e comê-la. O mais rápido possível.

Só de pensar naquilo já a fez esboçar um sorriso alegre de antecipação. Até considerou a ideia de ir direto ao ponto, pegá-lo pela mão e levá-lo até seu quarto, naquele mesmo instante. Mas isso não era jeito de se comportar. Ela estava em um lugar novo, e provavelmente deveria esperar alguns dias para ver o que acontecia. Tinha que pensar em sua reputação.

— Nada mal — ele avaliou, tirou a mão do cabelo dela e pegou seu copo de volta. Não se afastou, permanecendo perto o suficiente para ser capaz de tocá-la.

— Obrigada.

— É um cabelão, mas não é embaraçado.

— Exatamente.

— E é macio. Mas aposto que não consegue fazer isto.

— Fazer o quê?

— Mas é a única coisa interessante que ele faz — Daniel avisou. — Se eu fizer isto para você agora, todo o resto do tempo que passarmos juntos vai parecer sem graça.

— Vou correr o risco.

— Tem certeza? Posso deixar para mais tarde, se você preferir.

— Agora está bom.

— Certo. Está pronta?

— Estou.

— Tem certeza?

— Ande logo, pode ser?

— Certo. Lá vai. Segure o meu copo de novo. E tente não piscar. Isto não é um truque. Tudo o que você vai ver é real.

— Você tem dois minutos para começar, ou eu caio fora.

Daniel fechou os olhos e respirou profundamente duas vezes, imitando um exercício de ioga. Ergueu as mãos à altura dos ombros e sacudiu os dedos. Fez então mais algumas torções e uns movimentos com as mãos, sacudiu, encostou-as nos dedos dos pés e esticou o pescoço em um longo movimento circular. Depois de mais duas respirações, dessa vez pela boca, ergueu as mãos e enfiou os dedos no cabelo. Como se fosse um artista de circo, começou a remexer na própria cabeça. Então, devagar e com cuidado intenso, tirou a mão direita. Trazia entre os dedos uma caneta esferográfica.

— Tchan-tchan! — disse.

— É só isso?

— Não, tem mais.

Daniel enfiou as mãos de novo no cabelo. Ao perceber que seu número estava meio fraco, resolveu ir mais rápido, mas logo ficou claro que ele não estava achando o que procurava.

— Você perdeu? — Erin perguntou.

— Está aqui em algum lugar.

— Precisa de ajuda? — disse Erin, já dando risada.

— Talvez precise.

— Quando foi a última vez que você viu?

— Não lembro.

— Deixe-me tentar.

Daniel inclinou o corpo e Erin começou a remexer no cabelo dele.

— O que eu estou procurando? — ela quis saber. — Um rato?

— Não, mas essa é uma boa ideia. Vou me lembrar dela.

— As pessoas estão olhando para nós — ela disse.

— Diga que é uma emergência.

— Vão ficar achando que você está com piolho.

— Espere! Aqui está! Graças a Deus! — Daniel pegou um pedacinho de papel amassado e o esticou por cima do braço. — Tchan-tchan!

— É isso? Um pedaço de papel?

— É. Papel e caneta. Está vendo? Então, qual é o seu telefone?

— Ah, certo. É isso. Um truque barato para impressionar as mulheres.

— Um truque barato?

— Uma coisa que só serve para se exibir.

— É uma performance para festa. Todo mundo precisa ter uma performance para festa. Eu tinha um amigo que conseguia enfiar uma camisinha no nariz, puxar pela garganta e limpar o sínus.

— Uau.

— Então, qual é o seu telefone?

— Já tem três números anotados aí.

— Tem mesmo? São velhos. Nem sei de quem são.

— Ah, sei. A gente se vê por aí.

— Aonde você vai?

— Acha que eu vou ficar feliz de ser o quarto número da sua lista?

— Eu já disse, isto aqui é antigo. Tem um papel novo em algum lugar. Eu devo ter perdido.

— Com que frequência você lava o cabelo?

— Com muita! Não tanta. É só que.. sabe como é...

— Bom, foi legal conhecer você. A gente se vê por aí.

— Qual é o seu nome?

— Erin. Tchau.

— Você não quer nem saber o meu nome?

— Para falar a verdade, não — ela mentiu.

— É Daniel.

— Certo, Daniel. Tchau, Daniel.

Ela saiu da festa e, durante três semanas, da vida dele.

Ela era bem fácil de avistar. Ele tinha certeza de que esbarraria com ela em algum lugar da cidade, ou do campus, mas quando isso aconteceu, ele já estava com uma namorada: uma garota com quem ficou por apenas duas semanas (logo descobriu que ela era anoréxica e agorafóbica limítrofe, além de ter obsessão psicótica por presença às aulas); quando o namoro terminou, Erin já estava com um russo que fazia Ph.D. em biologia marinha e ficou com ele até o fim do ano.

Muito depois, Erin contou a Daniel que ela o tinha visto, sim, naquelas três semanas, mas ele não a vira. Por meio de um amigo comum, ela conseguira saber que ele estaria em uma certa festa, e ela colocou de propósito sua roupa mais justa e sua melhor lingerie (com meia e cinta-liga, presa sobre a calcinha para poder tirar rápido) para seduzi-lo. Mas, quando ela o viu na festa, ele estava dando em cima da agorafóbica anoréxica, debruçado por cima dela, prestando atenção a cada palavra que ela dizia e, sim, até viu quando ele tirou uma caneta do cabelo.

— Debruçado por cima dela! — ela sempre enfatizava. — Debruçado!

Aparentemente, ela gostava de atiçá-lo com suas descrições daquela noite, do que planejava exatamente fazer com ele e onde, mas como não tinha rolado nada porque ele estava interessado demais na outra mulher, de cujo nome ele se esquecera muitos anos antes. Por conseguinte, eles levaram anos para ficar juntos. Agora Daniel se torturava, mais do que nunca, com todos aqueles anos desperdiçados com pessoas que ele não amava, isso sem mencionar as centenas de transas perdidas.

No segundo semestre, eles fizeram uma matéria juntos e ficaram amigos, apesar de não ter acontecido nada mais do que amizade, porque os dois estavam namorando na época: Erin, com o russo; Daniel, com uma estudante de música que tocava violoncelo, piano, tabla e baixo elétrico, Christine, que ficou muito amiga de Erin por intermédio de Daniel. Ao longo dos anos, diversas namoradas e namorados entraram e saíram da vida deles (Christine largou Daniel quando percebeu que ele na verdade só tinha tesão pela coleção de discos dela), enquanto a amizade entre Daniel e Erin só fazia crescer e se fortalecer.

Depois da faculdade, os dois se mudaram para Londres e, com vinte e poucos anos, passaram por uma série de empregos cada vez menos apropriados e aos poucos foram diminuindo o cabelão; eles se encontravam quase toda semana. Iam ao cinema, a shows e a restaurantes, emprestavam livros um ao outro, discutiam os livros, convidavam um ao outro para ver reprises de filmes preferidos e exploravam cantos obscuros da cidade em domingos longos e vagarosos que sempre pareciam se desenrolar em uma conversa mágica, envolvente, infinita e inexaurível. Frequentemente se davam força depois de namoros terminados e iniciados, até que ficaram mais próximos um do outro do que jamais tinham sido de qualquer par romântico. E, no entanto, desde aquelas três semanas, na época da faculdade, eles nunca tinham ficado solteiros ao mesmo tempo. Ou um ou o outro sempre estava com alguém.

A única dica que ambos davam em relação à existência de qualquer sentimento não-platônico era o interesse excessivo pela vida sexual do outro. Tanto Erin quanto Daniel demonstravam avidez estranha e exagerada em ajudar o outro em sua busca pelo amor, sempre fazendo o máximo possível para providenciar conhecidos que pudessem combinar. Quando a tentativa falhava, os dois demonstravam curiosidade insistente, talvez até insalubre, em saber exatamente por quê.

Além desse desejo substitutivo de um mandar o outro para a cama com amigos, não havia paquera, nem intriga, nem pista de que aquilo pudesse ser qualquer coisa além de amizade. Nunca conversaram a respeito de qualquer ideia reprimida, preocupante e irritante que, no fundo, incomodava os dois: que talvez estivessem apaixonados um pelo outro.

Esse assunto era o único tabu entre os dois. Ao longo dos anos, eles tinham discutido sobre tudo, menos isso.

Daí, oito anos depois de se conhecerem, Daniel se encontrou com Erin em um bar do Soho e contou para ela que Lucy tinha saído do apartamento dele. Erin estendeu o braço em um gesto de solidariedade e colocou a mão por cima dos dedos dele, que seguravam um saleiro. À exceção dos beijinhos de oi e tchau, eles nunca se tocavam. Uma ideia se acendeu em sua mente, como uma placa de alerta em uma estrada: "VOCÊS DOIS ESTÃO SOLTEIROS." Assim que ela encostou nele, sua mão de repente se afastou, como se simultaneamente tivesse sido acometida pelo mesmo pensamento.

Um verão inteiro se passou até que as mãos dos dois voltassem a se tocar, e foi o verão mais estranho da vida de Daniel.

Começaram a se encontrar três ou quatro vezes por semana. Nos dias em que não se encontravam, normalmente se falavam por telefone. A partir de então, quando se despediam, davam um beijo e um abraço e, no decorrer do verão, os abraços foram ficando mais longos. Agora Daniel conhecia exatamente os contornos do quadril dela e a textura da pele macia de suas bochechas. Ele era capaz de evocar a sensação exata e o cheiro preciso dos abraços de Erin sempre que desejava, deleitando-se com a lembrança de seus breves momentos de proximidade física e a dor deliciosa de seu desejo reprimido. Mas ele não conseguia reunir forças para confessar o que sentia por ela.

Ele não conseguia imaginar a vida sem a amizade dela. Não podia se arriscar a fazer uma investida física ou a iniciar um discurso constrangedor que não fosse retribuído, nem conseguia encontrar uma maneira descompromissada de tocar no assunto. Não existia a possibilidade de experimentar para ver como rolava com ela e recuar se não desse certo. Ele estava absolutamente apaixonado por ela, por sua mente, alma e corpo, mas não fazia ideia se ela tinha qualquer sentimento sexual em relação a ele.

Vez após outra, durante aquele verão, ele se viu à beira de uma confissão, mas nunca conseguia reunir coragem para expressar seus sentimentos. Ela sabia que havia duas reações possíveis. Ou ela ficaria horrorizada, talvez até desse um tapa nele, e a amizade seria destruída; ou ela cairia em seus braços e eles se amariam pelo resto da vida. Ele desejava isso mais do que jamais desejara qualquer outra coisa, mas simplesmente não podia arriscar ser rejeitado. Talvez fosse voracidade demais querer mais dela. Efetivamente, ela já era dele. Tudo, menos seu corpo, era dele. Se precisasse de sexo, podia arrumar uma namorada. Nem precisava ser uma pessoa maravilhosa. Aquele era um arranjo que funcionava. Ele era feliz. Seria loucura destruir tudo aquilo só por voracidade, só por tesão.

Então Christine chegou do Japão, onde estava morando havia três anos, para passar uma semana em Londres. Ela trabalhara com uma orquestra de câmara, depois com um "grupinho de punk jazz". Tinha raspado a cabeça e colocado um piercing de diamante no nariz.

Christine sugeriu que os três fizessem uma viagem para colocar a conversa em dia, e Erin arrumou um chalé no campo que o chefe dela tinha oferecido. A descrição do lugar era "sem equipamentos modernos", e para eles pareceu perfeito.

Na estrada, Christine explanou longamente a respeito de como "não dá para tocar tabla por merda nenhuma no Japão", e como lá as pessoas adoravam baixo elétrico, mas, por alguma razão, os homens japoneses a consideravam fisicamente repulsiva.

— Durante dois anos, fui um monstro narigudo, suado e de pés enormes. Sou a menina mais feia do parquinho. É uma experiência bem interessante, mas agora estou tarada pra caralho.

O lugar, que ficava logo depois do limite com o País de Gales, só tinha dois quartos, os dois com cama de casal, os dois frios de matar. Na primeira noite, beberam e conversaram até as três da manhã, cambalearam juntos escada acima, abraçaram-se longamente no patamar da escada e então Erin e Christine desabaram em uma cama, e Daniel, na outra.

Por um instante, ficou parecendo que todos iriam parar na mesma cama, como se um domínio todo novo de aventura estivesse prestes a se apresentar a Daniel, mas na hora H Erin simplesmente escapou e a atmosfera evaporou. Uma ereção volumosa e incansável o incomodou madrugada adentro, tirando-lhe o sono com seu chamado biológico malicioso.

A outra coisa que o incomodava era a escuridão, mais densa e profunda do que qualquer escuridão que ele jamais experimentara. Estavam a quilômetros da iluminação pública mais próxima e a lua não passava de uma lasca no céu que mal se enxergava através da nebulosidade densa do País de Gales. Enquanto se esforçava para dormir, tentou colocar a mão na frente do rosto e ficou agoniado de perceber que só a enxergava quando já estava quase encostada no nariz. Não estava gostando daquilo. Não estava gostando nem um pouco.

No dia seguinte, pouco depois do café da manhã, que começou tão tarde e se estendeu tanto que acabou virando almoço, Erin saiu para fazer compras para o jantar. Quando o ruído do carro se afastou, Christine lançou para Daniel o olhar que ele estava esperando. Ela arrancou o macacão e a camiseta que estava usando, jogou aos pés dele e correu para o andar de cima. Daniel foi atrás e a encontrou nua na cama. Fazia dois anos que eles não se viam, oito anos desde que tinham ido para a cama pela última vez, mas ele entrou nela como se estivesse vestindo um jeans velho. O colchão rangeu, o estrado da cama gemeu, o assoalho estalou e a cabeceira da cama tocou uma batida tecno na parede, mas os únicos seres vivos em um raio de quilômetros de distância eram carneiros. Não havia motivo para não fazerem barulho. Quanto mais alto o som ficava, mais eles o elevavam. No final, parecia mais um rodeio do que uma transa.

Suados e exaustos, demorou um pouco para algum deles falar.

— Ainda está se sentido a menina mais feia do parquinho? — Daniel finalmente perguntou.

— Acho que agora não.

Naquela tarde, os três saíram para uma longa caminhada. Erin estava com um humor estranho, alternando momentos de hiperatividade e silêncios esquisitos. Ficou claro que ela sentiu o que acontecera enquanto estava fora. No ar frio com vento forte, o desejo que pairava sobre os três pareceu se dissipar, e uma cordialidade desconhecida e nada característica se instalou durante o resto do dia. Todo mundo foi simpático, a conversa nunca faltou nem ficou tediosa, mas a fagulha de animação entre os três de repente desapareceu.

Ele contou a elas que não gostava da escuridão intensa, e falou de sua experiência com a mão no meio da noite, achando que elas considerariam aquilo hilário, mas a resposta das duas foi desalentadora.

— Não dá para saber se você está de olho fechado ou aberto! — ele reclamou.

As duas riram, mas não se lançaram à sucessão de zombaria afetuosa que ele estava esperando, nem o jogaram no chão para um embate físico, como poderia ter acontecido no dia anterior. Erin parecia nem estar ouvindo.

A mesma atmosfera tomou conta do jantar: um combinado improvisado de alcachofra cozida, purê de batata, aspargo grelhado e peixe assado. À meia-noite, todos já estavam na cama, relativamente sóbrios, e Daniel foi acometido mais uma vez por seu chamado biológico, mas desta vez isso não o impediu de dormir. No lugar da aflição, ele logo se viu no meio de um sonho erótico intenso, em que Erin estava bem naquela cama com ele, embaixo das cobertas, chupando-o.

Ele já tinha sonhado que estava na cama com Erin muitas vezes, mas nunca com esse ato, e nunca com intensidade tão vívida. Quando o sonho ficou mais excitante, seus olhos se abriram. Ou, pelo menos, ele achou que se abriram, mas por um instante foi difícil saber, porque nenhuma luz penetrou neles, e porque a sensação física do sonho continuou. Aquilo significava que ainda tinha que estar dormindo, mas sentia as pálpebras abrirem e fecharem; depois de alguns segundos de cálculo, concluiu que só podia estar acordado. E, no entanto, continuava com aquela sensação estranhamente real de estar recebendo uma chupada.

A informação que seu corpo recebia de seus vários sentidos, naquele instante, simplesmente não fechava. Ele parecia estar acordado, mas também ainda estava sonhando. Colocou a mão no rosto e sentiu seus dedos. Dedos reais, dedos despertos, em um rosto desperto.

Ele refez os cálculos. Só havia uma configuração de eventos que agora fazia sentido: ele estava acordado, e alguém chupava seu pênis. Esticou a mão para baixo e confirmou a presença de outro corpo em sua cama. Essa nova informação lhe deu uma emoção instantânea de descrença, entrelaçada à pontada do alívio presunçoso que a gente tem quando encontra a solução de uma lacuna nas palavras cruzadas.

Tateou embaixo das cobertas e sentiu a pele sem cabelos da cabeça de Christine. Decepção é um sentimento que não combina com uma chupada bem dada, mas por uma fração de segundo, Daniel sentiu uma dorzinha causada pela diferença entre a realidade e seu sonho.

Ao sentir a mão dele encostar em sua cabeça, Christine se ergueu de baixo das cobertas e enfiou Daniel dentro de si. Ela o beijou com força na boca, o cheiro de pênis encheu suas narinas, e ele continuava sem conseguir enxergar o rosto dela.

— O seu pau estava duro quando eu cheguei, seu nojento — ela sussurrou no ouvido dele.

— Que horas são? — ele perguntou.

— Duas — Christine respondeu. — Mas eu sou uma mulher necessitada.

— Como eu vou saber que é você? — ele balbuciou.

— Talvez não seja — ela disse, ergueu o corpo e começou a se esfregar nele em ritmo lento e delicioso.

Naquela cama que rangia histérica, eles mal podiam se mexer sem que uma cacofonia enchesse o quarto, um impedimento que adicionava um caráter excitante à negação masoquista do movimento lento de entrar e sair dos dois, que os detinha, avançando na direção de orgasmos capazes de fazer veias estourarem com os dentes cerrados.

Na manhã seguinte, acordaram e descobriram que Erin tinha ido embora.

Erin passou uma semana sem retornar os telefonemas de Daniel nem abrir a porta. Até uma noite em que ele passou meia hora tocando a campainha; no final, ela foi abrir a porta e o recebeu com o rosto contorcido de raiva e ódio.

— Só quero dizer duas coisas — Daniel avisou. — Daí você pode bater a porta na minha cara. Um: peço desculpas por ser um idiota tarado e insensível. E dois: eu te amo. Faz anos que eu te amo, e sempre tive medo demais para dizer, porque não conseguia encarar a ideia de que isso pudesse destruir a nossa amizade, que é a amizade mas profunda e mais íntima que eu já tive na vida. Mas como agora parece que você me odeia de qualquer jeito, eu não tenho mais nada a perder, e agora eu finalmente posso dizer: Eu te amo.

Erin não reagiu. O único sinal de que ela o tinha escutado foi seu braço se erguer para se apoiar na parede, como se ela precisasse de suporte extra para não desabar. Em silêncio, uma lágrima se espremeu de seu olho esquerdo e rolou pela bochecha.

Daniel ergueu a mão e enxugou a lágrima com as costas do indicador. Sem pensar em seu gesto, e sem saber por quê, ele levou o dedo até a boca e lambeu, saboreando o gosto pungente do sal dela na língua dele. Depois de todos aqueles anos, era a primeira vez que ele a experimentava.

No instante em que se tocaram, pareceu um milagre, um acinte terem evitado aquilo até então. A noite foi longa. Eles conversaram e treparam, treparam e conversaram, até que tudo estava doendo. Concordaram que aquilo seria para sempre.

A noite que passaram juntos não parecia o início de um relacionamento. Não havia dúvidas, hesitações, obstáculos, detalhes nem aflições. Eles já se conheciam como um velho casal. Tinham esperado anos para que aquele amor se consumasse, e o ato parecia mais conclusão do que início. Só agora eles podiam admitir para si mesmos, e um para o outro, quanto tempo tinham se segurado: como os dois tinham desejado aquilo simultaneamente, e no entanto em segredo, ano após anos, com aquele desejo comum pairando no ar.

De repente, todos aqueles anos de amizade platônica e casta pareceram uma longa provocação, preliminares que se estenderam de maneira absurda. Não conseguiam saber muito bem se deviam comemorar ou lamentar a demora, se choravam ou se riam ou se só trepavam e trepavam mais uma vez.

O futuro, a vida futura dos dois juntos, de repente brilhou com clareza e esperança. Eles conversaram, meio brincando, se deviam ter dois, três ou quatro filhos, e onde passariam a aposentadoria. Erin, às quatro da manhã, declarou que não tinha como assumir um compromisso tão grande sem fazer um exame médico completo em Daniel, o que significou mais sexo, e depois disso ela lhe informou que tinha memorizado a posição de cada pinta e cicatriz do corpo dele. Se ele morresse em um acidente de avião, ela seria capaz de reconhecê-lo por um único membro. Ela disse a ele que a única coisa que não tinha amado nele, em todos os anos de amizade, era seu corpo, porque ela não o tinha visto de verdade. Agora ela amava seu corpo também. Daniel disse a Erin que o corpo tinha sido a primeira coisa que ele reparou nela, depois do cabelo. Todo o resto tinha vindo depois.

Ninguém podia querer mais da vida, e eles, finalmente, tinham encontrado um ao outro.

— Todas as outras mulheres com quem eu fiquei eram Milton Keynes — Daniel afirmou. — Você é a minha Veneza.

— Ainda bem.

— Talvez eu tenha ficado com uma ou duas Birminghams.

— E a Christine? Ela não é Milton Keynes nem Birmingham.

— Ela é Beirute.

Erin riu, então rolou para o lado e olhou para Daniel fixamente.

— Ela me disse que a culpa não foi sua. Que ela deixou você sem escolha.

— É verdade.

— Eu disse a ela que foi a coisa mais idiota que eu já escutei na vida.

— É mesmo? E o que ela respondeu?

— Disse que eu não sei merda nenhuma sobre os homens.

— Eu não diria isso — Daniel disse e a beijou na boca.

— Um dia depois de ter ido para a cama com você, ela atacou o cara que foi consertar o aquecedor dos pais dela.

— É mesmo?

— Na garagem. Os pais nem tinham saído de casa.

— Ela é uma figura.

— É mesmo — Erin concordou. — Por que você transou com ela? Se você me ama de verdade mesmo, como pôde ir para a cama com ela?

— Porque eu achei que seria impossível ficar com você.

Erin ficou olhando para Daniel com olhos esbugalhados, sem piscar.

— Uau — ela disse e sacudiu a cabeça.

— O que foi?

— Esse é o pior motivo para transar com alguém que eu já ouvi.

— Humm.

— Simplesmente é uma lógica estranha.

— Talvez só faça sentido se você for homem.

— Talvez só faça sentido se você for você.

— Vai ver que é.

Erin acariciou a bochecha de Daniel com as costas do indicador.

— Se algum dia você me trair, eu corto as suas bolas fora — ela sussurrou.

— Eu também te amo — Daniel declarou, com um beijo.

— Esta aqui vai primeiro — ela disse e deu um apertão de leve no testículo esquerdo dele. — Depois, esta.

— Bom saber — ele respondeu e ficou imaginando se ainda estava muito no início do relacionamento para informar a ela que ele ficava enjoado quando alguém pegava em suas bolas. Ele se ergueu nos cotovelos e rolou para cima dela, libertando-se de seu toque.

— Eu ainda não fiz o seu exame médico — ele murmurou.

— Estou cansada demais. Preciso ir trabalhar daqui a três horas.

— Mas parece uma pena parar agora.

Exaustos, eles acabaram dormindo. Apesar de terem passado o dia de trabalho se arrastando depois de apenas duas horas de sono, mal conseguiram dormir na noite seguinte. Um mês se passaria antes que dormissem separados pela primeira vez. Durante um ano, nunca discutiram. Mas depois de três anos, quando Erin resolveu que estava na hora de formar uma família e Daniel resistiu, o longo prólogo de amizade começou a parecer, pela primeira vez, um empecilho. Eles não podiam mentir um para o outro. E Erin sabia que não podia simplesmente ficar esperando Daniel mudar de ideia, porque em todos os anos que o conhecera, parecia que ele nunca tinha mudado de ideia a respeito de nada.

Erin sempre lembrava a ele que tinha lhe prometido filhos na primeira noite que passaram juntos. Ela disse a ele que tinha falado sério, e que tinha achado que a resposta dele era verdadeira. Ele jurava, repetidamente, que queria filhos, sim, mas não por enquanto.

Erin não podia confiar no "ainda não" de Daniel. Ela sabia que ele adiava as decisões importantes até que elas desaparecessem. Ela sentia que, no fundo, ele não queria ser pai e, se isso fosse verdade, ele a tinha traído. Deviam ter continuado só como amigos. Os anos que passaram juntos tinham sido um desperdício. Ela tinha jogado fora a época mais importante de sua vida com um homem que nunca lhe daria o que ela mais queria. Ter filhos, em sua opinião, era a razão máxima por trás de tudo. Se ela nunca se tornasse mãe, sua existência na terra se resumiria a nada. Sua vida mais tarde seria solitária, vazia e sem sentido.

Quando ela o mandou embora para tomar uma decisão, tinha perdido a paciência com ele. Ela o amava, mas estava tão furiosa com a enrolação e (de acordo com seu ponto de vista) com a mentira dele no início do relacionamento, que desejou magoá-lo. Queria pegar o amor que aparentemente nutriam um pelo outro e jogar no chão para ver se ele se despedaçava. Se ela conseguisse quebrar aquilo, estaria livre para recomeçar com outro homem, um pai em potencial.

Carol e Matt

Sou capaz de ler você como se fosse uma revista

Era a reunião mais importante da semana. Todas as principais figuras da *BOLAS!* estavam lá. Matt, como sempre, estava na ponta da mesa, sentado ao lado direito do redator-chefe.

Estavam discutindo a edição de junho. A ideia preferida para a reportagem de capa tinha sido apresentada por um foquinha jovem e ambicioso que estava em período de experiência, que havia passado por cima de Matt e mandado sua sugestão por e-mail diretamente para Daren, o redator-chefe. Essa quebra de hierarquia poderia ter deixado o Foca encrencado se Daren (que tinha tirado um "R" do nome por mandado judicial) não tivesse adorado cada palavra. A pauta estava escrita no alto da lousa branca da sala de reunião em enormes letras de forma: "O DESAFIO DO PROTETOR SOLAR — OS PEITOS DEVEM OU NÃO BRILHAR?"

O Foca, que geralmente já se consideraria sortudo só de servir chá em uma reunião daquela importância, ocupava um lugar especial na ponta menos importante da mesa, de onde ele se remexia todo, cheio de orgulho e júbilo. O olhar que ele tinha lançado para o outro rapaz em período de experiência, no momento em que o sub-Foca foi obrigado a perguntar ao Foca promovido se ele queria chá ou café, tinha sido impagável. Nunca antes na história da comunicação humana as palavras "chá com bastante leite e três colheres de açúcar" haviam sido pronunciadas em tal tom de superioridade autoritária e autossatisfação.

A questão que estava sendo debatida era se a proposta original dos peitos brilhando era a única que deviam seguir, talvez com um repórter vestido como juiz de futebol medindo o reflexo de diversos peitos besuntados com um fotômetro, ou se deviam repensar a pauta como uma paródia de teste de TV, mandando alguém para experimentar uma boa variedade de peitos e escrever em estilo Gonzo/primeira pessoa.

O Foca prestava a maior atenção a cada palavra do debate, estupefato demais para falar, visivelmente abalado pela agonia de assistir à sua preciosa ideia ser jogada de um lado para o outro de qualquer jeito, sem muita consideração por sua integridade ou genialidade. Sempre que o ângulo do teste parecia estar vencendo o do brilho, o rosto do Foca ficava meio verde devido à dor física de ver sua amada lutando pela sobrevivência.

Estranhamente, Matt se viu incapaz de se preocupar com qualquer uma das opções. Sua função era ter uma opinião bem forte em relação a assuntos como este, e ele normalmente estaria à frente da discussão, marcando sua autoridade na reunião e sobre a revista. Nesse debate específico, era mais importante do que nunca que ele erguesse a voz para acabar com o mal-estar de sua posição hierárquica ter sido desrespeitada pelo tal e-mail. Era óbvio que ele devia estar forçando para que o ângulo adotado fosse o do teste; seria ideal que ele fizesse a coisa tomar um novo rumo para mandar o Foca de volta ao lugar a que ele pertencia e afirmar certa propriedade pessoal sobre a ideia, da qual todo mundo ao redor daquela mesa sabia que ele tinha sido excluído desde o início. Mas Matt ainda não tinha proferido nenhuma palavra sobre o assunto. O debate chegou a um impasse, as opiniões se dividindo mais ou menos de modo igual. Daren voltou-se para ele.

— Você está bem quieto hoje — Daren afirmou.

— Mmm.

— O que você acha?

— Sobre o quê?

— Brilho ou teste, Matt. Vamos lá, preste atenção.

— Mmm. Não sei bem.

— Não sabe bem?

— Quer dizer, não sei bem se gosto dessa ideia como um todo.

— Como assim, do Desafio do Protetor Solar?

O Foca, na ponta da mesa, ficou branco. Por um instante, parecia que ia desmaiar.

— Não me convence.

— Matt, o Desafio do Protetor Solar é sucesso garantido. Isso não está nem em discussão.

— Tudo bem.

— Tudo bem? Você nem se importa?

— Eu disse o que penso. Não gostei. Mas se vocês todos adoraram...

— Por quê? Você só está menosprezando a pauta porque o Scott não falou com você primeiro. Eu já conversei com ele sobre isso, e ele vai mandar um pedido formal de desculpa para você. Foi um erro bobo, e eu expliquei a ele como as coisas funcionam, e ele sabe exatamente o que fazer daqui para a frente. Ele sabe que é você quem manda. Não sabe, Scotty?

— Ah, claro que sim — respondeu o Foca. — Cem por cento. E sinto muito, mesmo. Quer dizer, eu não sabia. Ninguém me disse. Foi um erro. Ninguém me disse.

— Acalme-se, Scott — disse Daren. O Foca estava sem fôlego, à beira das lágrimas. — Vá beber um gole de água.

— Tudo bem.

O Foca se levantou com certa dificuldade, e saiu da sala aos tropeços.

— Ele é só um garoto — disse Daren. — Você está acima disso.

— Não é o e-mail — Matt explicou. — É a ideia. Simplesmente não gostei. Mas se você tem certeza...

— POR QUÊ? Como é que você pode não gostar? É sucesso garantido.

— É só que eu...

— O quê?

— ...acho que talvez seja...

— O quê?

— Nada.

— O quê? Você acha que seja um pouco o quê?

— Bom... degradante.

Um longo silêncio recaiu sobre a mesa de reunião.

— Para quem? — Daren perguntou, depois de um tempo.

— Você sabe.

— Não, não sei — Daren respondeu, apesar de obviamente saber. Ele queria que Matt dissesse com todas as letras, forçando-o a chafurdar em sua vergonha.

— Para as mulheres.

— *É degradante para as mulheres?* — Daren insistiu.

— Só um pouco.

Parecia que o oxigênio tinha sido sugado da sala. As luzes passaram a impressão de diminuir um pouco. Um silêncio denso se instalou sobre o ambiente.

O Foca voltou, com a calça levemente marcada por alguns respingos de urina. Ao sentir a atmosfera, e temendo que ele fosse a causa daquilo, deu meia-volta e fugiu, batendo a porta atrás de si.

— Certo, vamos fazer cinco minutos de intervalo — Daren anunciou. — Matt, na minha sala. Agora.

Daren saiu pisando firme. Matt foi atrás dele sem olhar nos olhos de ninguém enquanto saía da sala.

Quando Matt entrou na sala de Daren, ele estava parado à janela, olhando para fora, da maneira como delegados bravos fazem em seriados policiais norte-americanos. Matt se sentou. Daren não se mexeu. Matt tossiu. Daren continuou sem se mexer.

— Qual é o problema? — Matt finalmente perguntou.

Devagar e com muito cuidado, como se tivesse acabado de deslocar a coluna, Daren se virou para Matt.

— Precisamente — ele disse.

— Precisamente o quê?

— Eu não podia ter encontrado palavras melhores.

— Encontrado palavras melhores para quê?

— Qual é o problema? Você mesmo disse. E é o que eu quero saber.

— Comigo? — Matt perguntou.

— É, com você. Não com a porra do... — os olhos de Daren examinaram a sala, em busca de algo que pudesse completar com malícia o seu raciocínio — ...do cara do suporte de informática.

— Não tenho problema nenhum.

— Não minta para mim, Matt.

— Não estou mentindo.

— Eu conheço você, Matt. Sou capaz de ler você como se fosse uma revista. E eu sei quando você está mentindo. É droga? O que você tomou ontem à noite?

— Nada.

— *Nada?*

— Bom, um pouquinho de coca — Matt mentiu, para parecer normal. — Mas não foi nada de mais. Nada que eu não aguente.

— Tem mais alguma coisa? Está passando por alguma crise familiar? A Yvonne me disse que você anda atendendo telefonemas da sua mãe.

— Hum... estou resolvendo uma coisa na família, mas não está afetando o meu trabalho. Juro.

— É melhor que não esteja. Agora, escute bem. Tem muita gente que poderia fazer o seu trabalho. Quero que você volte para aquela reunião e mostre para aqueles caras que a revista está em boas mãos. Entendeu? Quero que você apoie uma dessas duas sugestões de pauta antes que eu comece a pensar que está perdendo o juízo. Entendeu? — Em momentos de estresse, o sotaque típico da alta classe de Daren aparecia um pouquinho, revelando um quê de Surrey, um vestígio de aulas de tênis, de sanduíches de pepino e rúgbi.

— Claro. Desculpe — Matt respondeu.

— E não quero nenhuma porra de desculpa.

— Tudo bem.

Matt optou pelo teste. O Foca nunca mais o olhou nos olhos. O chá preparado pelo Foca também ficou com um gosto esquisito e, depois de um tempo, Matt parou de bebê-lo.

Como parecer vagamente aceitável do ponto de vista social

Só pela maneira como Julia disse alô ele sentiu seu estômago revirar e seus dedos se apertarem com mais força ao redor do celular, caríssimo e tão minúsculo que podia sair voando de sua mão a qualquer momento. Deu para ver na mesma hora que o encontro não tinha surtido sobre ela o mesmo efeito que surtira sobre ele.

— Então — Matt começou, de repente sentindo a boca seca e pegajosa. — O que você tem feito?

— O de sempre — Julia respondeu.

Matt nunca tinha tido problema para falar com ninguém. Nunca ficava sem saber o que dizer, tirando esta vez. A única coisa que ela tinha dito era "alô" e "o de sempre", e já parecia que a conversa deles estava perdida. Tentou mascarar seu medo com falsa segurança.

— Então, quando é que a gente vai jantar de novo?

— Matt... a noite foi divertida. E certamente não foi como eu achei que seria, quer dizer, você não é nem de longe tão ruim quanto eu achava que seria, mas... nós não combinamos. Não vai acontecer nada, e também não temos muito a ver para ser amigos, então, por que simplesmente não esquecemos tudo?

— Por quê? — ele perguntou, sem nem fazer uma pausa para pensar antes de as palavras saírem de sua boca.

Como qualquer pessoa com mais de 13 anos sabe, esta era a coisa mais humilhante que ele poderia ter dito. Não fazia a menor ideia de como aquilo tinha saltado de sua boca, mas agora que já tinha saído mesmo, resolveu ser humilde. Com aquela pergunta, ele se colocou em posição afastada demais para que pudesse se agarrar a qualquer tipo de orgulho, de modo que resolveu entrar de cabeça. Além do mais, queria saber a resposta.

— Por quê? — ela perguntou, chocada por descobrir que aquele homem tão arrogante podia agir com humildade. — Você está me perguntando por quê?

— Desculpe. Eu sei que não devia perguntar. Que horror, hein? Estou me sentindo ainda mais idiota por perguntar por quê do que por ter sido dispensado.

— Então eu não preciso responder?

— Não. Desculpe. Foi só que eu fiquei surpreso, nada mais.

— Por ter sido dispensado? É tão incomum assim?

— Hum... bom, para falar a verdade, é sim. Mas só estou falando no seu caso. Achei que a gente tinha se dado bem.

— E nos demos.

— Então, por que você não está interessada?

— Por que você fica perguntando por quê?

— Não sei. Desculpe. Eu só quero que você me diga. — Matt estava começando a se sentir como alguém com um pé na terra firme e outro em um bote que não estivesse amarrado ao ancoradouro. Ele obviamente cairia na água, não importava se recuasse ou se tentasse pular para dentro do bote. Como toda a sua dignidade já estava perdida mesmo, ele resolveu abrir mão dela antecipadamente. — É idiotice, mas não consigo parar de querer saber por quê.

— Você realmente quer que eu diga?

— Se você não se importar.

— Tem certeza?

— Só para eu poder entender.

Como vapor d'água que forma uma nuvem, Julia sentiu um discursinho nervoso tomar forma em sua mente. Ela sabia exatamente o que havia de errado com Matt. Era mais ou menos a mesma coisa que estava errada com todos os homens ao longo dos anos que a entediaram, que a traíram, que a decepcionaram ou que fizeram as três coisas. E ela nunca tinha tido uma oportunidade tão boa para dizer o que tinha em mente, para dar o veredicto. Esta era sua chance.

Era pena que Matt seria o homem que escutaria seu discurso, já que no fundo ele parecia menos pior do que a maior parte dos outros, apesar de seu trabalho ser o ápice da podridão, mas ele estava pedindo, então, por que não entregar logo? Seria catártico. E ele era capaz de suportar. A longo prazo, se ele escutasse — o que era improvável — talvez até pudesse lhe fazer algum bem.

— Bom, tudo bem — ela disse, tentando segurar a sugestão de deleite em sua voz. — Se é o que você quer. Mas não vai adiantar nada, a não ser que eu seja sincera.

— Exatamente.

— Estou falando que vou ser honesta de um jeito brutal. Você é bem impermeável, não é?

— Impermeável?

— É.

— Não sou impermeável — Matt respondeu, ofendido sem nem saber muito bem por quê.

— Só acho que qualquer coisa que eu disser não vai magoar você.

— Claro que não vai.

— Exatamente. Você é impermeável.

— Não, não sou.

— Você acabou de admitir que é. Antes de eu dizer qualquer coisa, você já tem toda esta certeza de que nada que eu diga pode aborrecer ou arrasar você. É isso que significa impermeável.

— Não é mau hálito, é?

— Hum... é um pouco mais profundo, Matt.

— Pior do que mau hálito? — Matt estava horrorizado. As palmas de suas mãos começaram a suar, e sua língua parecia ter dobrado de tamanho.

— Não sei nem por que estamos tendo esta conversa, porque eu realmente não vou sair com você de novo, e isto não está aberto a negociação, e eu não acho que devo nada a você.

— Mas como um favor especial, se eu implorar, quem sabe você esteja disposta a me explicar por que me acha um canalha?

— Não precisa implorar.

— Que bom. Então, pode falar.

— Tem certeza? Eu não faria isso normalmente.

— Tenho sim.

— Certo. — Julia respirou fundo. A questão não era tanto o que dizer, e sim por onde começar. — Você não passa de um homem igual a todos os outros, Matt. Um daqueles que parecem interessantes e inteligentes e espirituosos quando estão falando de si mesmos e de seu mundo; mas daí, no minuto em que deixam de ser o centro das atenções, a personalidade de vocês meio que desaparece. Em algum momento, alguém ensinou para você que é necessário fazer uma ou outra pergunta... que é falta de educação passar a noite toda falando de si mesmo... então você segue o roteiro de demonstrar interesse pelos outros, mas só faz isso porque é um item da sua lista de afazeres de como parecer vagamente aceitável do ponto de vista social. Não é sincero. Você não escuta. Não dá a mínima para nada que não seja você mesmo. Você é uma criancinha de colo em um corpo de homem e isso, vamos encarar, é o maior tédio.

Julia fez uma pausa e escutou o silêncio na outra ponta da linha. Talvez fosse sua imaginação, mas o som da respiração dele parecia ter assumido um ar vexado, magoado. O efeito não se devia ao fato de Matt ser uma pessoa que se comunicava de maneira incomum por meio da respiração, mas porque esta era a primeira vez que ela lhe dissera alguma coisa que não tinha gerado reação imediata. Ou melhor, era a primeira vez que ela dizia algo a Matt sobre ele mesmo que gerava esse tipo de reação. Cada vez que ela disse algo a respeito de si mesma, houve pausas parecidas antes que ele pudesse dizer alguma coisa, mas aqueles silêncios sempre tinham jeito de devaneio, não de reflexão.

À medida que o silêncio foi crescendo, ela começou a ficar com pena dele, mas na mesma medida em que tinha sentido pena dele quando se conheceram. Talvez tivesse sido dura demais. No fundo, ele não era assim tão ruim. Pelo menos, não era pior do que os outros homens. Mas ela tinha falado a sua parte. Tinha feito bem em afastá-lo. Se ela amenizasse o que pensava sobre ele agora, ele poderia se agarrar a isso e fazer uma nova tentativa.

— Desculpe — ela disse. — Não fique mal. Quer dizer, é muito comum. E você é bem bonitinho. Mas, bom, espero que você se dê bem na vida. Tchau.

Clique.

Nunca um som de linha lhe soou tão vazio nem tão melancólico. Matt desligou bem devagar. Qual era a palavra para aquilo? Para aquela emoção? Ele não sentia nada parecido, nem de longe, desde que era adolescente e não conseguia um par para dançar "Careless Whisper".

Esmagado. É, era isso. Ele era uma uva; Julia era um pé. Este era o equilíbrio de poder, e ela tinha escolhido pisar em cima dele.

A última vez que seu coração tinha batido com tanta rapidez tinha sido durante uma decisão por pênaltis na Copa do Mundo. Aliás, a mistura de sensações era estranhamente parecida com a causada por um pênalti perdido: uma mistura esquisita de êxtase e desespero.

A tristeza dele perante a rejeição dela e seu veredicto execrável sobre seu caráter era bastante compreensível, mas o prazer masoquista que a acompanhava era mais misterioso. Talvez derivasse da emoção de redescobrir sentimentos perdidos, ou de encontrar um novo nível emocional, mais profundo. O fato de ele ser capaz de ficar assim tão incomodado, de poder ficar tão arrasado por causa de um telefonema a uma mulher que ele só tinha visto conscientemente uma vez, de algum modo servia para confirmar que ele estava totalmente vivo, e que uma parte dele, que acreditava morta, na verdade estava funcionando plenamente.

Havia uma noção de novidade e gratificação perversa em redescobrir essa câmara perdida de dor em seu coração. Poetas e artistas viviam ali; até agora, ele tinha perdido a chave e tinha até se esquecido de onde a sala ficava. Não era um lugar em que ele quisesse passar muito tempo, mas só saber onde ficava e perceber que a fechadura não estava toda enferrujada era de certo modo um alívio.

Mas havia uma outra emoção. As palavras "não está aberto a negociação" sempre deixavam Matt animado. A seus ouvidos, significavam o oposto. Negociar o que não estava aberto a negociação era seu esporte preferido. Julia na verdade não o tinha dispensado. Ela tinha lhe lançado um desafio. Algo na maneira como ela dissera que ele era bonitinho o fez pensar se a coisa toda não era uma piada. Ou não exatamente uma piada, mas uma provocação. Talvez ela só estivesse querendo se vingar da revista dele, do que ela achava que ele representava. Talvez ela não tivesse dito nada a sério, mas estava determinada a tratá-lo da maneira como ela achava que ele tratava as mulheres. Era bem possível que o comportamento dela fosse apenas uma imitação fraca do de um machista. Talvez esse fosse o plano dela desde o início: não só olhar o inimigo nos olhos, mas dar-lhe uma dose de seu próprio remédio. Uma ideia admirável e corajosa, até bem interessante, agora que ele entendia qual era seu objetivo. Mas deixar que ela prosseguisse com aquilo seria reconhecer que ela estava certa a respeito dele, e ele não permitiria que isso acontecesse.

Matt não podia forçá-la a gostar dele, mas podia se recusar a ser vencido com tanta facilidade. Era uma questão de orgulho mostrar a ela que ele entendia o seu jogo, e explicar (mais uma vez) que estava errada a seu respeito.

Pegou o telefone e ligou de novo para ela.

— Oi, Julia. É o Matt.

— Matt?

— É. Tudo bem com você?

— Tudo bem. Eu imaginei a conversa que nós acabamos de ter? Não aconteceu de verdade?

— Nós sempre nos divertimos, não é mesmo?

— Nós nos divertimos? Do que você está falando?

— Você é sincera comigo; eu sou sincero com você. Você mesma disse que geralmente não é assim tão sincera com ninguém, e o mais engraçado é que eu me sinto exatamente assim em relação a você. Seria uma loucura jogar isso fora, não?

— Eu fui sincera o suficiente para dizer que não gosto de você, é verdade, e isso é um pouco incomum, mas não acho que seja uma boa base para um caso de amor.

— Será que não? Acho que devemos nos encontrar de novo para discutir o assunto.

— O que temos para discutir?

— Nós devemos nos conhecer melhor. Sinto que existe alguma coisa aqui.

— É muito legal da sua parte, mas acho que eu não sinto essa coisa.

— Julia, você me emociona. Não me sinto assim em relação a ninguém há séculos. Não conheço ninguém como você. Nós vivemos em mundos diferentes, e há muitas coisas conflitantes entre nós, mas acho que podemos nos dar bem. Acho que isso é bom. Se você me der um tempo, acho que você vai descobrir que também não conhece ninguém como eu.

Quando discou o número, a intenção de Matt era imitar o tom distante e de joguinho de Julia, mas, mais uma vez, sem saber por que estava fazendo isso, ele se viu derretendo-se perante ela com a garganta apertada, esforçando-se para segurar o tom de choramingo e de súplica que ameaçava tomar conta de sua voz toda vez que ele pensava na ideia de nunca mais vê-la.

— Mas eu conheço muita gente igual a você — Julia disse. — Estou fazendo um bico em uma empresa de RP. Passo o dia inteiro rodeada de pessoas iguais a você, e não gosto de nenhuma delas.

— Só que eu não sou igual a elas. É isso que eu quero dizer. É o que eu estou tentando dizer.

— Porque o seu emprego está abaixo de você?

— É. Não. Isso soou mal. Só quero dizer que tenho interesses mais amplos.

— Tem mesmo? Como o quê, por exemplo?

— Eu... não vou dar uma lista de passatempos pelo telefone. Isso aqui não é entrevista de emprego.

— Você tem passatempos?

— Não! Tenho! Olhe... essa conversa é ridícula.

— Então, na verdade, você não está falando sobre interesses? Está dizendo que as outras pessoas na empresa estão abaixo de você em algum outro aspecto?

— Não abaixo de mim. Eu nunca diria isso a respeito de ninguém.

— Então, o que você está dizendo?

— QUE EU GOSTEI DE VOCÊ! Será que é uma ideia assim tão terrível?

Ao perceber que tinha gritado, Matt ergueu os olhos da mesa e reparou que tinha se esquecido de fechar a porta da sala. Naquele momento, Daren estava entregando um recado para Yvonne e sua cabeça se virou na direção da voz elevada de Matt. Daren ficou olhando para ele, com a testa franzida e uma expressão que misturava preocupação e desaprovação. Matt desviou o olhar e esticou a perna para fechar a porta.

— Certo. Tudo bem — disse Julia. — Muito obrigada. Mas disso eu já sabia, de toda forma.

Outro silêncio se instalou entre os dois. Foi Matt que acabou quebrando o gelo.

— Então, por que você está me torturando?

— Não sei — Julia respondeu. — Simplesmente me parece divertido.

— Ah.

— E por que você está me perseguindo se eu já disse que não gosto de você?

— Porque tudo o que você disse a meu respeito está certo. O eu de que você não gosta é o mesmo eu de que eu não gosto. Mas existe um outro eu que você ainda não conheceu, e é o meu eu de que você vai gostar. Acho que eu fiquei preso a ser um eu de que eu não gosto e você é a única pessoa que eu conheço que deseja que eu seja o verdadeiro eu.

— Não quero que você seja nada. Não é da minha conta. E, aliás, o que eu ganho com isso?

— Você pode me torturar. O que poderia ser melhor? Todo mundo sai ganhando. Vamos nos encontrar hoje à noite, e você pode me atormentar durante o jantar.

— Tenho um trabalho para fazer hoje à noite.

— Então saia mais cedo.

— Eu já vou sair mais cedo. Para ir para casa fazer um trabalho. Preciso escrever uma dissertação.

— Amanhã, então.

— Não posso escrever minha tese em uma noite.

— Sábado. Ninguém deve ficar em casa fazendo trabalho em um sábado à noite.

— Talvez. Ligue para mim no dia.

— Preciso do telefone da sua casa.

— Pode ficar com o meu celular 07929-378223 — Julia respondeu, surpresa de ver os números saírem de sua língua com tanta facilidade.

— Como?

— Você não anotou?

— Peguei a primeira metade. Diga mais uma vez.

— Você foi lerdo demais. Que azar.

— POR QUE VOCÊ ESTÁ FAZENDO ISSO?

— Eu já disse — ela respondeu. — É divertido. E é meio interessante. — E ela estava falando sério. Apesar de todos os defeitos dele, ela gostava de falar com ele. Aquilo despertava um lado ácido de sua personalidade que ela só libertava de vez em quando, como um carro de corrida que fica guardado na garagem embaixo de uma capa de proteção. Quando conversava com Matt, ela se sentia mais engraçada e mais sagaz do que quando falava com pessoas de quem realmente gostava e, estranhamente, isso fazia com que gostasse dele. Tinha descoberto que era boa nesse esporte. Não era idiota a ponto de se deixar ser namorada dele, mas sair com ele mais uma vez não seria uma experiência desagradável.

— Por quê? — Matt uivou.

— Bom, quanto mais eu faço, mais parece que você gosta. Simplesmente é muito bizarro você ainda não ter me mandado pastar.

— É estranho, eu sei. Eu mesmo estou tendo dificuldade para entender.

— Você deve estar gostando. A sua mãe é dominadora?

— Acho que isso não tem nada a ver com…

— Ah, claro, a sua mãe *é* dominadora. Eu a conheço. Ai, meu Deus! Acho que esta coisa toda é maluca. É melhor esquecer.

— PARE COM ISSO. POR FAVOR!

— 378223.

Daí, ela desligou. Desta vez, ele estava com uma caneta pronta.

Helen e Paul

Uma pedra ótima, bem grande

Os olhos de Helen se abriram de uma vez só às sete horas. Ela se sentia alerta e animada. Não conseguia se lembrar da última vez que tinha acordado assim, como uma criança, imediatamente pronta para saltar da cama e começar o dia.

A casa estava calma e silenciosa. Ela tomou um banho e um café da manhã rápido. Quando começou a escutar os primeiros passos no andar de cima, vestiu seu casaco e saiu apressada de casa. Aquele não era um dia para ficar batendo papo furado. Ela tinha coisas a fazer. Queria estar na Oxford Street, na frente da loja John Lewis, pronta, assim que as portas se abrissem.

O metrô estava cheio de gente azeda com expressão exausta indo para o trabalho, tropeçando pelo caminho, indo trabalhar como robôs. Helen ficou olhando para aquelas pessoas, surpresa por elas estarem com aparência tão desanimada quando a vida era tão cheia de maravilhas e alegrias. Helen queria dizer a elas que, por mais que estivessem mal naquele momento, alguma notícia fantástica e emocionante poderia estar à sua espera quando voltassem para casa à noite.

Sua vontade era sair pelo vagão dizendo às pessoas, uma a uma, que ontem mesmo ela se sentia sozinha, não-amada e irrelevante, e que hoje, de repente, ela era avó. Existia um bebê pequenininho naquela cidade que era dela: sua neta.

Helen não tinha mudado de ideia a respeito de Ella. Aliás, nem tinha tido oportunidade de refletir sobre o assunto. Simplesmente havia ido para a cama confusa e perplexa pela notícia, e tinha acordado feliz. Era simples assim. Em um mundo ideal, as circunstâncias seriam diferentes, mas não havia nada a fazer sobre isso agora, e seu sonho de conseguir algo levemente semelhante a um mundo ideal em relação ao que Paul faria de sua vida tinha sido esmigalhado havia muito tempo. Ele era seu único filho, e era gay, portanto, ela nunca seria avó. Já havia se conformado com isso (apesar de que, na verdade, ela ficava triste toda vez que via um bebê ou pensava em crianças), mas agora, do nada, quase que por magia, seu maior desejo lhe fora concedido. Todos os seus ressentimentos e reclamações em relação àquela situação pareciam meras picuinhas quando comparados ao fato de que existia um ser vivo e que respirava.

Ela existia, ela estava viva, e Helen era sua avó. Isso era mais do que Helen jamais ousara desejar. Agora que ela tinha Ella, não exigiria mais nada de ninguém. A vida de Helen recebera uma bênção milagrosa, e ela não se esqueceria disso, como prometeu a si mesma.

Com essa onda de felicidade nova e repentina pulsando em suas veias, um portão se abriu em sua mente, e ela se permitiu reconhecer como essa sensação lhe era alheia. Até agora, durante muitos e muitos anos, ela tinha sido infeliz. Ela só podia admitir agora, depois que tudo tinha terminado. Ela nunca superara a separação de Larry; os anos que passara sozinha tinham sido um longo emaranhado de ansiedade; o casamento com Clive não passava de uma concha dentro da qual se escondia. Ela havia sufocado esses pensamentos, ano após ano, temerosa do que poderia acontecer se ela os deixasse entrar, mas agora estava pronta para colocar fim à negação. Tinha forças suficientes. Tinha um futuro pelo qual viver.

Apenas alguns minutos antes, sua vontade era de andar pelo compartimento dizendo aos passageiros que a vida era melhor do que eles pensavam. Agora, percebeu, todos olhavam para ela porque estava chorando.

Remexeu na bolsa em busca de um lenço de papel e limpou o rosto. Se aquelas eram lágrimas de tristeza, causadas pela confissão repentina a si mesma de sua própria tristeza, ou lágrimas de alegria devido a seu novo papel de avó, ou simplesmente lágrimas de alívio por seu sofrimento ter acabado, ela não sabia. Só sabia que aquilo fazia com que ela se sentisse bem. Ela chorou, enxugou o rosto, assoou o nariz, e então chorou mais um pouco. Não se importava com o que os outros passageiros pensassem. Se ela quisesse chorar, choraria. Tinha conquistado esse direito.

Entrar no departamento de bebês da John Lewis surtiu um efeito estranho sobre a fisionomia de Helen. No mesmo instante, sentiu-se mais leve e mais jovem. Ao seu redor havia grávidas e casais com ar irritado, olhando com cautela para equipamentos estranhíssimos, enquanto Helen se sentia quase flutuar. Como que guiada por inspiração divina, Helen logo se viu na frente de uma arara com macacõezinhos minúsculos, menores do que seu antebraço.

Apressada, pegou mais lenços de papel. As lágrimas começaram a rolar mais uma vez. Pegou quatro macacõezinhos cor-de-rosa, dois de recém-nascido, dois de 3-6 meses, e se afastou antes que fizesse uma cena. De repente, deu de cara com um mostruário de meias. Eram as menores meias de que se lembrava de ter visto na vida. Será que os pés de Paul algum dia tinham sido daquele tamaninho?

Desistiu de ficar se controlando e se permitiu chorar de soluçar. As pessoas naquele lugar deviam estar acostumadas a demonstrações públicas de emoção. Devia ser raro alguém olhar para aquelas meias e não chorar. Ela comprou um punhado de pares cor-de-rosa, imaginando se seria estranho ficar com um para si. Então viu uma pequena jardineira cor-de-rosa com o desenho de um coelhinho na frente, que simplesmente seria impossível não comprar, além de um gorro de lã no mesmo tom e um par de sapatinhos cuja cor combinava tanto que seria loucura não levar também.

Ela foi até o andar térreo para escolher algumas agulhas de tricô e novelos de lã cor-de-rosa. Não haveria tempo para tricotar nada antes de sua visita naquele mesmo dia, mas pelo menos podia ir começando. Então ela pensou que também seria bom dar algo personalizado, de modo que comprou uma agulha e uma caixa de linha colorida, e pegou o elevador de volta à seção de bebês para escolher alguns babadores brancos simples. Não tinha certeza de quanto tempo demorava para bordar (não se lembrava de ter bordado alguma coisa desde a escola), mas achou que pelo menos seria capaz de fazer um "E" ou talvez um desenhinho de gato em um deles, para que Ella tivesse alguma coisa com o amor de Helen costurado. Uma primeira coisinha para uni-las. Uma amostra dos anos de devoção que viriam pela frente.

Depois, foi à seção de brinquedos.

Quando saiu da loja, Helen carregava duas sacolas grandes e tinha gastado mais de 100 libras. O dinheiro, no entanto, não significava nada para ela. Aquilo estava além do dinheiro. Aquilo estava além de tudo. Tratava-se de um ser humano novo, fresco, sem máculas, sem cinismo e perfeito para amar: o mais perto que a vida real chegava dos milagres.

Ela voltou para a casa em Hoxton ainda tonta de emoção e tocou a campainha. Ninguém respondeu. Ela esperou e esperou, mas ninguém apareceu.

Helen tirou o celular da bolsa e ligou. Discou o número do escritório de Paul.

— O Andre não está aí? — ele perguntou quando ela disse que estava trancada do lado de fora.

— Não.

— Ele deve estar na faculdade. Desculpe. Eu me esqueci.

— Mas eu achei que você ia tirar o dia de folga. E a visita?

— Era o que eu ia dizer.

— O quê?

— Eu tinha me preparado para não vir trabalhar. Mesmo. Dá para ver como isso é importante para você.

— Mas?

— Mas elas disseram não.

— O quê?

— Elas disseram não.

— Como assim, elas disseram não?

— Não sei de que outra maneira eu posso dizer.

— Como elas podem fazer isso?

— Eu achei que fariam. Tentei avisar você. Não é a Andrea.

— Qual delas é a Andrea?

— A mãe. Acho que ela não se importaria. Mas foi a Rebecca que atendeu o telefone. Ela é a outra, e sempre quis que eu ficasse longe. Foi ela quem estabeleceu todas as regras, definiu os direitos de todos e cuidou para que o meu nome não aparecesse na certidão de nascimento. Foi tudo bem até o bebê nascer, mas ela é uma pessoa muito intensa e leva tudo muito a sério, o que é compreensível, suponho. E ela me obrigou a fazer muitas promessas a respeito do que eu faria ou deixaria de fazer, e sobre as exigências que eu poderia fazer em relação ao bebê. Então, quando eu disse que você queria fazer uma visita, ela disse que não.

— Mas ela não pode fazer isso.

— Ela fez.

— Mas ela é minha neta. Eu tenho direitos.

— Não vamos ter essa conversa de novo. Só quero que você saiba que eu dei o melhor de mim.

— Não, não deu.

— Dei sim!

— Um telefonema é dar o melhor de si, por acaso? Você é ridículo e preguiçoso e, sinceramente, neste momento, acho que está sendo extremamente idiota. Qual é o endereço?

— Hum...

— Ande logo.

— Eu não acho que...

— Estou parada na porta da sua casa, trancada do lado de fora, carregando duas sacolas cheias de presentes para a minha neta, e não vou ficar aqui esperando o dia todo. Qual é a porcaria do endereço?

— Você não pode simplesmente...

— Posso e vou.

— Elas disseram que não, mãe.

— Elas disseram não para você, mas não para mim. Se vão dizer não para mim, podem dizer na minha cara. Agora, diga.

— Acho que não devo.

— Eu vou lhe dar mais uma chance. Isso não tem a ver com você e as lésbicas. Tem a ver comigo e com a Ella. E eu já cansei dessa conversa. Se você não me disser nos próximos dez segundos, eu... eu vou começar a quebrar as janelas da sua casa. Um. Dois. Três.

— Mãe, não seja ridícula.

— Quatro. Cinco. Achei uma pedra ótima, bem grande. Seis.

— Mãe!

— Sete. Oito. Nove. Nove e meio.

Ele disse a ela. Helen agradeceu e voltou direto para a estação de metrô; parou no caminho para comprar um guia de ruas.

Além do amor

O endereço ficava em Stoke Newington, onde Helen nunca tinha estado. Por não saber circular naquela parte da cidade, ela pegou um trem até Finsbury Park e ficou indo de um lado para o outro no terminal de ônibus durante alguns minutos, tentando em vão encontrar alguém que não fosse assustador demais para pedir ajuda; então, auxiliada por nada mais do que um mapa desbotado e imundo, subiu em um ônibus com uma vaga certeza de que ele a levaria na direção certa.

Sentou-se com as costas bem eretas em seu assento, acompanhando o trajeto vagaroso do ônibus, que passava pela frente de restaurantes turcos, etíopes e marroquinos, além de mercadinhos que vendiam frutas desconhecidas e verduras em formatos estranhos para pessoas que podiam ser turcas, etíopes e marroquinas.

Depois de um tempo, a quantidade de lojas diminuiu e o ônibus passou por um parque e entrou em uma área que lembrava ligeiramente Hoxton, por ter a mesma mistura de altos prédios populares e mercadinhos que vendiam *kumquats* e polenta orgânica. Aquilo era Stoke Newington.

O endereço ficava em cima de um sebo. A porta não tinha janela nem enfeites; à primeira vista parecia mais uma saída de incêndio do que a porta de uma residência. Havia duas campainhas, uma com um sobrenome cheio de consoantes todo borrado, semilegível, e outro que dizia “Andrea + Rebecca”. Helen estava no lugar certo. Mas não conseguiu apertar a campainha. Agora que finalmente tinha chegado, sua segurança falhava, pela primeira vez naquele dia.

Ocorreu-lhe que talvez já tivesse investido demais na ideia daquela criança, de cuja vida ela podia ser expulsa com muita facilidade. Permitiu-se imaginar que tinha se transformado em avó, mas, na verdade, sua condição estava na balança. A conversa que viria a seguir decidiria a questão.

O que ela escolhesse para dizer, se ia conseguir fazer ou não com que aquelas mulheres gostassem dela, podia ter algum peso sobre o desfecho, mas, essencialmente, a questão estava fora de suas mãos. Se elas não quisessem que ela se relacionasse com a neta, de maneira categórica, nada que ela fizesse surtiria qualquer diferença. Ela podia pedir, podia implorar, mas não podia exigir nada, nem insistir.

Algumas portas para baixo, Helen avistou um bar com um banco do tipo de piquenique na calçada. Resolveu se sentar lá um pouco, tomar um chá e ficar de olho na porta: não com atitude sinistra, só para ver se alguém entrava ou saía, só para acalmar os nervos e se familiarizar com aquele ambiente estranho.

Se ela pudesse dar uma olhada naquelas mulheres primeiro, saberia o que encararia pela frente. Quando alguém saísse, ela talvez até conseguisse ver para onde a pessoa estava indo e pudesse encontrar uma maneira de puxar uma conversa. Aliás, essa poderia ser sua única chance. Ela não podia fazer sua primeira abordagem de trás daquela porta fechada, falando através de um interfone entrecortado. Não podia permitir que uma conversa tão fundamental se desse de maneira tão impessoal.

Duas xícaras de chá e um xerez muito modesto depois, a porta se abriu. A primeira coisa que apareceu foi um carrinho de bebê. O pulso de Helen se acelerou. Era a neta dela! Helen tinha se concentrado tanto em como abordaria as mães que quase se esqueceu de que sua tática de espera tinha grandes chances de incluir o primeiro vislumbre de Ella. Daquela distância, Helen não conseguia enxergar o bebê dentro do carinho, mas já sentia seu corpo palpitando de amor.

Depois de um leve embate com a soleira e a porta pesada, uma mulher, que devia ser ou Andrea ou Rebecca, apareceu. Se as lésbicas tinham essa aparência, Helen pensou, não havia como saber quantas já conhecera antes.

Ela conhecia uma ou outra lésbica das festas do Soho na década de 1960, mas naquele tempo elas usavam uniforme. Não era exatamente um uniforme, mas elas tinham um certo visual. Ela nem sabia o que aquilo queria dizer quando conheceu a primeira, mas depois de colocar os olhos em uma delas, não precisava de muita explicação. Larry sempre tinha se interessado muito por elas, e tentou várias vezes arrastar alguma delas para o leito marital, para um *ménage à trois*, mas sem obter sucesso. Uma moça de cabelo loiro e curto e lábios de rubi certa vez disse a Helen que iria de bom grado, mas só sob a condição de que Larry ficasse trancado do lado de fora, no jardim. Se o plano não fosse tão impraticável, Helen talvez tivesse dito sim.

Andrea (ou será que era Rebecca?) passou bem na frente de Helen. Quando ela se aproximou, Helen viu que era bonita, com rosto fino e inteligente e olhos castanhos, profundos e muito bonitos. O carrinho, infelizmente, era alto, e o banco de Helen era baixo. Ela não podia enxergar a criança que passava à sua frente, a menos que se levantasse ou esticasse o pescoço. Apesar de ter necessitado de todo o seu autocontrole para não fazer nada, ela não queria chamar atenção, então se forçou para ficar sentada e olhar para o outro lado quando elas passaram.

Deu até para sentir o cheiro das duas, em uma nuvem gloriosa e súbita da relação profunda entre mãe e bebê. Fazia anos que ela não sentia aquele aroma, não de maneira consciente; certamente não tomava parte naquilo como agora. Ao inalar pela primeira vez o cheiro daquelas duas desconhecidas, pensou consigo mesma: "Vocês são a minha família, e nem sabem."

Ela se levantou e as seguiu, mantendo certa distância, observando enquanto a mulher e a neta dela entravam em várias lojas que vendiam comida, comprando saquinhos disto e daquilo, antes de repentinamente darem meia-volta e se voltarem em sua direção.

Helen ficou em pânico por um instante e quase pulou para trás de um furgão para se esconder, mas percebeu a tempo que a melhor maneira de não interferir seria continuar seu caminho, nada mais. Enquanto as seguia pela rua, tinha notado que era bem comum mulheres de sua idade olharem com curiosidade explícita para carrinhos que passavam, de modo que, dessa vez, permitiu-se olhar para Ella pela primeira vez quando elas passaram.

Ela estava dormindo de costas, com os braços para cima, em posição de rendição, apesar de seus membros serem tão pequenos que suas mãozinhas mal passavam da cabeça. Estava em um sono tão profundo que seu rosto se franzia em um bico e no cenho fechado da concentração total. O vislumbre de Helen foi apenas fugidio, mas se ela nunca mais visse aquela criança, pelo resto de sua vida, jamais se esqueceria daquele rosto. Nunca vivera um instante tão breve que ficara marcado desse modo indelével em sua mente. Nunca tinha visto nada mais lindo.

Primeiro foi Larry, depois Paul, e agora Ella. Pela primeira vez em 34 anos, Helen sentiu no coração o aperto delicioso e apavorante de se apaixonar de repente, de modo irreversível.

Ela simplesmente tinha se esquecido de como lidar com uma emoção daquela magnitude. Sentia-se como se fosse um esquimó jogado no meio de Nova York, esforçando-se para dar sentido àquela paisagem, com dificuldade de computar uma noção de escala. Aquilo era demais e, no entanto, não era suficiente. Ela queria parar o tempo e ter a oportunidade de compreender o que estava sentindo, e ao mesmo tempo sentia uma vontade enorme de correr em direção ao futuro para sentir o gosto daquilo novamente.

O que ela desejava, mais do que tudo, era saber como seria ter Ella em seus braços. Queria abraçá-la bem forte e sentir o cheiro de seu pescoço. Se pudesse fazer isso, só por um minuto, seu quinhão de felicidade na vida lhe teria sido entregue, em sua totalidade. Seria suficiente. Haveria mais, com sorte, mas ela não esperaria nem exigiria que houvesse. Qualquer coisa a mais seria uma bênção adicional e fortuita. Por enquanto, a única coisa de que ela precisava era de uma dose do papel de avó, que a elevaria a seu auge de exaltação.

Uma distância se interpôs entre elas. Helen se virou e seguiu Ella e a mãe de volta para casa. Mas, para sua surpresa, Andrea/Rebecca passou reto pela porta e foi para o parque, onde deu a volta em um laguinho de patos, sentou-se em um banco isolado e tirou um livro de baixo do carrinho.

Helen ficou por perto. Tinha três escolhas. Podia se esconder e ficar observando, podia ir lá se sentar ao lado dela, ou podia passar do lado para olhá-la pela última vez e ir para casa para planejar uma abordagem mais cuidadosa outro dia. O que não podia fazer era ficar ali parada no meio do caminho, olhando, agitada.

Aquela semana tinha sido incomum. Helen nunca vivera uma situação em que, em um único dia, sua autoconfiança crescia e desabava daquele jeito. Ainda não estava entendendo como, nem se o efeito ia durar, mas ela se sentia transformada. Sua vida previsível e chata tinha se despedaçado. De repente, Helen não sabia mais o que aconteceria amanhã. Se suas pernas fossem capazes de levá-la até aquele banco para se sentar ao lado da mulher que gerara sua neta, era o que tinha de fazer. Talvez nunca mais tivesse oportunidade nem força de vontade para isso.

Ainda carregando uma sacola volumosa da John Lewis em cada mão, tentando não se preocupar com o fato de Andrea/Rebecca reparar que aquele seria o terceiro encontro das duas,

Helen se aproximou do banco. Suas pernas pareciam fracas, seus pulmões de repente não conseguiam mais puxar ar em ritmo regular. Esforçando-se ao máximo para esconder o caos psicológico que corria solto em seu cérebro, Helen se acomodou na metade vazia do banco e soltou o tipo de suspiro que, acreditava, uma mulher de sua idade faria ao parar para descansar de carregar sacolas pesadas.

Andrea/Rebecca não ergueu os olhos do livro. Helen não tentou chamar sua atenção. Durante muito tempo, só ficou lá sentada, olhando para o nada. Ficou imaginando se aquela seria uma atitude suspeita. Quanto tempo alguém podia ficar sentado em um banco, olhando para o nada, de maneira legítima, sem parecer um mendigo?

Um sonzinho como um miado emanou do carrinho, era um choramingo baixinho e abafado, como se fosse uma porta rangendo. Andrea/Rebecca largou o livro, levantou-se, esticou os braços e, quando o miado se transformou em um uivo, pegou Ella no colo.

O rosto da menina estava roxo de raiva. Seus pés e mãos se agitavam e desferiam golpes, reclamando da afronta do leve atraso entre o sono e a comida. Andrea (finalmente ficou claro qual das duas mulheres era aquela) abriu com destreza vários botões e ganchos escondidos na roupa e, com muita ternura, colocou Ella no peito. Andrea olhava para a filha enquanto amamentava, às vezes acariciando-a de leve na bochecha com as costas do indicador.

Apesar de estarem sentadas ao lado de Helen, Andrea e Ella pareciam estar em um planeta distante de adoração mútua. O único sinal que deram de ter consciência do mundo ao seu redor foi quando Andrea colocou uma fralda por cima do peito e da cabeça do bebê para impedir que as pessoas ficassem olhando. Ou melhor, Helen percebeu, não tanto para impedir que as pessoas ficassem olhando, mas para impedir especificamente que ela ficasse olhando. Foi só aí que Helen percebeu que tinha fixado os olhos na cena, sem a menor vergonha, desde que começara.

Forçou-se a desviar o olhar, e tentou pensar no que poderia dizer para iniciar uma conversa. Resolveu esperar até que a mamada terminasse. Tinha que escolher o momento com cuidado.

Não demorou muito para que Ella estivesse em cima dos joelhos de Andrea, com mãe fazendo carinhos e dando tapinhas em suas costas minúsculas. Nessa posição, Ella estava bem de frente para Helen, que aproveitou a deixa.

— Olá! — Helen cumprimentou Ella, por algum motivo com a voz uma oitava mais alta do que normalmente usava para falar. — Olá! Como você é lindinha, não é? Não é? Hein?

Ella arrotou, bem alto e com vontade.

— Ops! — Andrea exclamou. — Lá vamos nós.

— Ela é linda — Helen comentou.

— Obrigada.

— Quantos meses ela tem?

— Três.

— Três? Achei que eram dois.

— Perdão?

— Quer dizer... só quis dizer que ela parece um pouquinho mais nova. Mas isso não quer dizer nada. Só achei que ela parece tão pequena e adorável que devia ter menos de três meses.

— Para falar a verdade, ela é bem grande para a idade.

— Não parece. Quer dizer, ela é adorável.

— Obrigada.

Andrea desviou o olhar, como se quisesse colocar fim à conversa.

— Qual é o nome dela?

— Ella.

— Ella! Que gracinha! Por causa da Ella Fitzgerald?

— Não. A gente só gostava do nome.

— Certo. Bom, esta é a melhor razão, não é? A única razão, aliás.

— A-hã. Bom, preciso ir andando.

Andrea se levantou e acomodou Ella no carrinho. Helen precisava pensar rápido. Sua grande oportunidade estava se esvaindo.

— Na verdade, não sei por que eu perguntei o nome dela, porque eu já sabia.

— Ah — Andrea respondeu, sem o menor interesse. Já estava pegando o livro do banco e colocando embaixo do carrinho. Soltou o freio com o pé e começou a se afastar.

— Eu sou a mãe do Paul — Helen soltou.

Andrea parou.

— Desculpe?

— Eu sou a mãe do Paul. A avó da Ella. Vim aqui para conhecê-la.

— Como assim? Como você nos encontrou?

— Fui até o seu apartamento.

— Mas como você nos encontrou aqui? Estava me seguindo?

— Não. Não exatamente. Eu fui até a porta, mas me senti insegura e não consegui tocar a campainha porque estava preocupada demais que você fosse me mandar embora, daí, enquanto eu estava pensando o que fazer, você saiu do prédio. Então eu só fiquei olhando para ver aonde você ia e, quando veio para cá, achei que seria uma oportunidade para dizer alguma coisa. Para conhecer você.

— Mas você está sentada aí há um tempão.

— Eu não sabia por onde começar.

— Só ficou nos olhando.

— Eu não sabia o que dizer. Sinto muito. Não quero parecer uma perseguidora, é que esta situação é estranha. Não tem um jeito fácil de fazer isso.

— Acho que não.

— Você se importa se eu der uma olhada nela?

Andrea ficou olhando para Helen, perdida em pensamentos.

— Tudo bem — ela finalmente respondeu, ativou o freio do carrinho e deu um passinho para trás.

Helen se inclinou.

— Oi! — disse. — Oi, oi, oi! Mas você não é lindinha? Hein? Não é? Parece um pintinho! Hein? Um pintinhozinho!

Que pintinho bonitinho! Hein? Não é? Tenho uma coisa para você. Espere um pouquinho.

Helen remexeu em suas sacolas e, depois de procurar bastante, tirou de lá um chocalho. Arrancou a etiqueta de preço de qualquer jeito e se inclinou por cima do carrinho.

— O que é isto, hein? Está ouvindo? Está? É um chocalho. É, um chocalhinho que chocalha. Não é legal? Olhe. Isto é branco. Isto é amarelo. Branco. Amarelo. Chocalhinho que chocalha.

Helen não fazia ideia de quanto tempo tinha se passado quando voltou sua atenção a Andrea, que olhava para ela com um ar de desconfiança e desprezo.

— Sinto muito por abordá-la deste jeito — Helen se desculpou. — Mas eu não sabia de que outra forma fazer isso.

— Você ligou hoje de manhã, não ligou?

— O Paul ligou. Mas ele foi meio vago em relação à resposta. Eu tinha que vir até aqui para ouvir pessoalmente.

— Ele falou com a Rebecca?

— Falou, acho que sim. E disse que a reação dela não foi muito positiva, mas eu não podia desistir. Eu simplesmente não tinha como desistir. Esta é a minha neta. Sou avó dela. E não posso fingir que não sou porque uma pessoa que eu não conheço na outra ponta de uma linha telefônica diz ao meu filho que não precisa de mim.

— O que você quer?

— Eu não quero nada. Não estou pedindo nada. Só estou afirmando que eu sou avó dela. E eu gostaria de ser uma boa avó, não uma má avó, se você me permitir.

— É muita gentileza da sua parte, mas ela tem avós.

— Eu sei que tem. E eu sou uma delas.

— Esse não foi o combinado.

— Isso não tem nada a ver com combinações. Isto é biologia. É um fato.

Andrea se sentou no banco e soltou um suspiro.

— Eu achei que você apareceria — ela terminou por dizer. — Conversamos sobre o assunto antes do nascimento, e todo mundo achou que seria possível estabelecer as coisas exatamente como nós queríamos, que nos poderíamos traçar um plano do zero, mas agora que eu tive a Ella, agora que eu sei como é, eu... bom, eu sei que, quando ela tiver um filho, se algum dia ela tiver, nada vai me manter longe dele. Nada. Guerra, enchente, terremoto. Eu vou estar lá.

De repente, Helen ficou sem saber o que dizer. O alívio por ter sido compreendida tomou conta de seu corpo e levou embora todos os outros pensamentos e sentimentos. O início de um soluço começou a formigar na ponta de seu nariz. Ela se virou e remexeu na bolsa de maneira frenética, em busca de um lenço de papel. Andrea, parecia, não tinha a intenção de esmagar suas esperanças. Aquele bebê, de um jeito ou de outro, faria parte de sua vida. Ela era, afinal de contas, avó.

— Eu trouxe alguns presentes — ela disse quando sua mente finalmente se desanuviou. Um por um, com mãos trêmulas, ela foi pegando os macacõezinhos e os brinquedos das sacolas da John Lewis. Ao fazê-lo, percebeu que metade das roupas eram em tamanho de recém-nascido, e que já estavam pequenas demais. — Estas eu levo de volta — foi explicando. — E estas. E estas. Desculpe. Não estava pensando direito. Ela era uma ideia tão nova para mim... Quer dizer, só soube da existência dela ontem e, na minha cabeça, era recém-nascida. Eu sabia que não era, mas fiquei atordoada quando vi tanta roupa de bebê, e acho que fiquei meio maluca. Acho que fiquei um pouco emotiva demais. Sinto muito. Vou trocar por outra coisa.

— Tudo bem. Não precisa trocar.

— Vou sim. Vou sim. Eu quero trocar. Foi idiotice.

Helen concluiu, pela reação morna de Andrea aos presentes, que havia mais alguma coisa de errado com eles. Então percebeu que as roupas de Ella, o gorro, o carrinho e o cobertor eram de várias cores, sem nenhuma sugestão de cor-de-rosa.

— Da próxima vez, eu escolho outras cores — ela disse. — Algo mais masculino. Quer dizer, menos de menininha. Só que não seja rosa. Eu... eu não sabia do que você podia gostar. Mas agora que eu a vi, acho que faço uma ideia melhor.

— Não se preocupe com isso.

— Posso pegar no colo?

Andrea não respondeu. Simplesmente continuou a examinar as roupas e os brinquedos, como se não tivesse escutado.

— Por favor.

Andrea examinou Helen de cima a baixo, como se a inspecionasse em busca de defeitos.

— A Rebecca me mata — ela respondeu.

— Ela não precisa saber. Podemos nos preocupar com isso em um outro momento.

— Não vai ter como eu dizer não, não é mesmo?

— Espero que não.

— Eu a tiro do carrinho e entrego para você. Precisa segurar a cabeça dela.

— Eu sei.

— Na dobra do cotovelo, assim.

— Eu sei.

— E eu preciso voltar logo. Sinto muito, mas disse que já estaria em casa a esta hora.

— Tudo bem. É só um pouquinho.

Então, de repente, lá estava Ella, um milagre da vida, remexendo-se curiosa em seus braços, como no passado tinha acontecido com Paul, e elas se olharam nos olhos pela primeira vez.

Certa vez, Helen tinha lido que o coração da mulher aumenta durante a gravidez para bombear o sangue extra de que o feto precisa. Ela sentiu, naquele momento, que isso estava acontecendo com ela. Aquela pessoinha macia, densa, que *de fato* estava ali em seus braços era feita de seu sangue. Elas eram a mesma coisa. Tirando Paul, todos os outros seres humanos do planeta só eram pessoas. Mas Paul também era parte dela, e agora Ella também. A partir daquele momento, havia duas criaturas que não existiriam sem ela; duas vidas derivadas de sua vida; duas pessoas que ela morreria para salvar.

Aquilo estava além do amor. Aquilo se comparava ao simples amor da mesma maneira que uma amputação se comparava a cortar as unhas. Não dava para ir mais longe do que aquilo, não para sentir mais do que aquilo; era tão irreversível quanto o nascimento.

Gillian e Daniel

Não dá para conhecer o ovo imediatamente

Exatamente por que ele entrou em contato com Alison, a mãe da criança que ia à mesma escolinha com o filho do sobrinho da cunhada da mulher cujo cachorro mordeu Daniel quando ele era criança, não sabia dizer. Talvez tenha sido para aplacar a mãe; talvez tenha sido porque ele se pegou concordando com algumas das críticas que ela fez. Ela tinha razão ao dizer que ele tinha se transformado em um ermitão, e ele sabia que não seria feliz se permanecesse assim em caráter indefinido, apesar de a opção do ermitão sempre lhe parecer preferível à alternativa sociável. Ele tinha que pensar mais sobre o futuro, menos sobre o passado. Precisava se forçar a sair daquela situação.

Então, lá foi ele para o Sardi's, um restaurante discreto o suficiente para que a noite parecesse informal, mas com comida boa o suficiente para que houvesse algum tipo de prazer em que se apoiar para o caso de a conversa não deslanchar.

A conversa, no fim, não só não deslanchou como empacou. No começo, Alison pareceu até bastante simpática. Ele ficou surpreso ao descobrir, quando ela entrou no restaurante, que realmente era bonita, tanto que ele logo achou que não podia ser ela. A ideia de que sua mãe pudesse ser capaz de colocá-lo em contato com uma mulher que ele considerava atraente não era plausível. Ela usava um casaco assimétrico esvoaçante e o cabelo preto brilhante preso de um jeito que podia ter sido arrumado em dez segundos ou uma hora. Quando tirou o casaco, revelou um vestido decotado estonteante, daquele tipo que parece ter um lugar especial para esconder uma carta nos seios.

Historicamente, Daniel não era um homem fissurado por peitos, mas aquela era uma visão e tanto. Ele não era capaz de olhar para seios como aqueles sem pensar em sexo, e não era capaz de se sentar na frente daquela mulher sem olhar para os seios dela. No mesmo instante arrependeu-se de sua escolha de restaurante. Deveria ter ido a um lugar com mais classe, mais adequado para um encontro com pretensões amorosas, que combinasse mais com aquele decotão. Talvez a refeição não constituísse a totalidade da noite juntos, afinal de contas, mas fosse apenas um prelúdio a outras aventuras.

Os primeiros cinco segundos do encontro foram maravilhosos. Depois disso, foi só ladeira abaixo. A descida começou quando Daniel mencionou o divórcio de Alison.

— Você não vai querer saber — ela disse com razão, como Daniel descobriria tarde demais. Ele cometeu o erro de convidá-la a explicar o que tinha acontecido, se estivesse disposta.

Ela explicou. Em detalhes.

— Você nem imagina — ela disse. — Você simplesmente não faz ideia do que é estar casada com um homem que nega a gente. Que renega a gente. Sabe do que eu estou falando?

Essa foi a única chance que ele recebeu para cair fora, mas não a aproveitou. Não reagiu com a rapidez necessária. Não disse nada.

— Nós nos casamos cedo demais. Esse foi o problema. Engravidei por acidente. Devia ter sido a deixa para nós nos separarmos, mas eu não podia fazer outro aborto, de jeito nenhum. Você não vai querer saber disso. Sinto muito. Vou pular os detalhes sórdidos. Mas eu simplesmente não consegui. E talvez eu pudesse ter tido a criança sozinha e tudo ficaria bem, mas nós éramos jovens e idiotas, e eu fiquei com medo de ficar sozinha, e eu odiava o meu trabalho, então achei que talvez fosse um bom momento e uma boa chance de passar um tempo em casa e pensar no que fazer a seguir, e ele disse que não podia me abandonar com aquela criança ainda por nascer, de modo que ele ficaria ao meu lado e se casaria comigo e seria um pai de verdade para o bebê, e isso parece bem legal assim, quando a gente fala, mas agora eu sei que essa é a maneira como ele opera. Ou como ele funciona. Isso explica exatamente quem ele é. Ele é o macho alfa. Ele se considera dominante, e a missão dele era me esmagar. O bebê era só uma desculpa. Quer dizer, quando a gente repete exatamente o que ele diz, nunca parece que é alguma coisa ruim, mas é por isso mesmo que ele é tão maléfico. É como se tudo na superfície fosse gentil e decente e compreensivo, mas o tempo todo ele só estava me rebaixando e tirando as minhas escolhas e acabando com a minha capacidade de pensar por mim mesma e de viver a minha própria vida. Está entendendo? Porque daí, lá estava eu, sozinha em casa o dia inteiro com um bebê, que, não sei se você sabe... sabe? Talvez não saiba, é maravilhoso mas é horrível e ninguém nunca pode falar nada mas também é a coisa mais chata do mundo, e daí ele voltava do trabalho, depois de um dia todo animado, e só ficava dizendo como era fantástico ser pai, e ele nunca soube como é isso na realidade, e ele simplesmente nos sufocava completamente. Está entendendo? Era só: "Você quer isto? Você quer aquilo?" Não dá para explicar. Você entende o que eu estou dizendo? Tudo o que ele fazia só servia para me rebaixar. Ele tinha um jeito de ser maldoso que era simplesmente sórdido, porque ele era mau por meio de gentileza, e quanto mais eu me ressentia, quanto mais eu não conseguia explicar, e quanto mais as coisas pioravam, mais a minha posição de mulher inteligente e independente se erodia completamente pela necessidade dele de sustentar e alimentar e sufocar e ele nunca entendeu que o comportamento dele estava me matando. Mas o negócio era que nem eu entendia o que estava acontecendo na época, porque eu estava internalizando todos os meus sentimentos negativos por ele e transformando em ódio de mim mesma, e parece que isso é muito comum. Eu estava me desapaixonando dele, mas só achava que estava parando de gostar de mim mesma. E a pior coisa que se pode fazer com alguém é acabar com sua autoestima. Precisei de muita terapia para me dar conta disso. Você entende o que eu quero dizer?

— Não tenho certeza se entendo.

— Olhe... pense em si mesmo como um ovo.

— Um ovo?

— É.

— Como eu faço isso?

— Só pense em si mesmo como um ovo.

— Estou achando isso meio difícil. Eu realmente não...

— SERÁ QUE VOCÊ PODE ME DEIXAR TERMINAR?

— Desculpe.

— Pense em si mesmo como um ovo.

— Estou tentando.

— Este ovo é você. É a sua autoestima. É o valor que você dá a si mesmo.

— É?

— É. Você consegue imaginar?

— Não sei bem. Consigo ver um ovo, se tentar.

— Será que dá para parar de me interromper? Então, o Amor Bom faz pressão nas pontas do ovo. E o que acontece quando se pressiona as pontas de um ovo?

— Nada.

— Exatamente. O Amor Bom desafia o ovo, coloca pressão no ovo, mas permite que o ovo permaneça inteiro. Que continue a ser ele mesmo. Sob as forças do Amor Bom, o ovo retém sua "ovice" essencial. E o que é necessário para que o Amor Bom se transforme em Amor Ruim?

— Hum... não sei bem.

— O ovo muda de posição. É isso. A pressão vai para os lados, e aí, o que acontece?

— Omelete.

— Exatamente. E a pergunta fundamental é: quem virou o ovo? É só isso que você precisa saber.

— E?

— E o quê?

— Quem virou o ovo?

— ELE! Você não estava escutando?

— Estava, é só que...

— E o que acontece quando o ovo quebra? — ela prosseguiu.

— Eu... Eu não sei.

— Dá para consertar, deixar inteiro de novo?

— Hum... acredito que não, não.

— Esta é a pergunta errada.

— Que pergunta? Eu não perguntei nada.

— Não, eu perguntei. Dá para consertar? Não. É isso que as pessoas tentam fazer. Consertar. Mas só estão perdendo tempo, não é mesmo?

— Acho que sim.

— Então, qual é a alternativa?

— Que alternativa? A quê?

— O resumo é este. É isto que eu estou tentando dizer. — Ela se inclinou por cima da mesa, revelando um dedo extra de decote, e Daniel rapidamente chegou à conclusão de que aquele era um chamariz exagerado, porque tinha semelhança próxima demais a uma bunda. Ela começou a sussurrar, com cuidado preciso, teatral. — *Não se conserta o ovo. Tem que desapegar. E quando você tiver se despedido do ovo de verdade vai descobrir que ele não se perdeu. Você encontra um novo ovo.*

Alison lançou a Daniel um sorriso do tipo "um dia você vai entender" e se recostou mais uma vez na cadeira.

Daniel não sabia o que dizer. Também não fazia a menor ideia do que fazer com seu rosto, cujos músculos de repente pareciam determinados a agir como se houvesse um limão em sua língua. Resolveu recorrer a comer em silêncio, coisa que ela poderia interpretar como bem entendesse, como grosseria ou simples intensidade gastronômica.

Não lhe ocorreu que ela veria aquilo como reflexão filosófica. Ela também passou um tempo comendo em silêncio, antes de dizer:

— Você sabe o que eu estou vendo?

A escolha obscura de tempo de verbo o deixou estupefato.

— Não tenho certeza se sei.

— Em você.

— Em mim? — ele perguntou. — Você está vendo alguma coisa em mim?

— Um ovo quebrado.

Daniel engasgou.

— Ah. Certo.

— Tenho razão, não tenho?

— Estou tendo um certo problema com a sua metáfora, para ser sincero.

— Isso é bem normal.

— Tem um ovo, e ele quebra, daí ele volta, e... eu... fiquei meio perdido. A coisa do ovo não está funcionando para mim.

— É muito honesto da sua parte dizer isso. Merece o meu respeito por isso.

— Obrigado.

— Antes de saber que o ovo está quebrado, você precisa conhecê-lo. E não dá para conhecer o ovo imediatamente. Demora, e precisa pensar muito, e é necessário desenvolver bem o lado emocional.

— Será que dá para deixar o ovo para lá? Achei que hoje o dia estava bonito. Apesar do vento. Aqui em Edimburgo sempre venta, não é mesmo?

— Estou vendo muita dor — Alison disse.

— Você usa tempos verbais interessantes. É uma boa mudança conversar com alguém que fala em tantos tempos verbais.

— Vejo muitas defesas e muita dor.

— Eu como pizza. Eu bebo vinho.

— Ficar na defensiva é normal. Agressão para os homens é a mesma coisa que amor para as mulheres.

— Você falava com o seu marido assim? Eu só estava aqui pensando.

— Ah, se falasse... Só descobri o vocabulário da minha autoestima depois que ele me largou.

— Então, ele abandonou você? Parecia que você estava construindo a narrativa de modo a dizer que você o largou.

— Nós nos largamos.

— E o ovo dele? Você quebrou?

— Você está fazendo piadinha?

— Hum...

— Por acaso você está *me* ouvindo pisar nas *suas* crenças? — Alison perguntou.

— Mais ou menos. Na lógica, por exemplo.

— De onde você tirou essa *hostilidade*? Você é um homem muito danificado. Você é muito avariado.

— Vamos pular a sobremesa, pode ser? — Daniel sugeriu. — Vou pedir a conta.

— Por que você odeia as mulheres?

— Eu odeio centenas de homens, mas muito poucas mulheres, apesar de uma me vir à mente neste momento.

— A sua ex.

— Não é dela que eu estava falando.

— Não era dela que você pensou que estava falando, mas todos nós falamos muito mais do que é nossa intenção.

— Achei que à tarde estava ventando mais do que de manhã. Você não?

— Você a odeia e você a ama. Para os homens, esses dois sentimentos não são exclusivos. É por isso que o casamento é uma instituição fadada ao fracasso. Contém duas pessoas que amam e uma que odeia.

— Então você não odeia o seu marido?

— Agora eu odeio. É claro. Mas não odiava na época. Este é o problema todo. Eu ainda não tinha forças para isso. Os homens sabem odiar. As mulheres precisam aprender.

— Bom, boa sorte com isso. Acredito que eu tenha ajudado. Vou acertar a conta no bar. E foi um prazer conhecer você.

— Não minta para mim. Por que os homens são viciados em mentira?

— Bem... certo, não foi um prazer conhecer você. Está melhor?

— Pelo menos é honesto. É um vislumbre do seu eu verdadeiro.

— Tchau, então.

— Está certo, fuja. Fuja dos seus problemas.

— Certo. Vou fugir, sim.

Era rara uma ocasião em que o ar fresco parecesse tão fresco, ou em que a sensação de se afastar de outro ser humano lhe desse uma alegria tão simples. Enquanto Daniel caminhava de volta para casa, atravessando a Meadows com passos rápidos, quase correndo, pelo prazer de sentir o sangue pulsar através de seu corpo, uma ideia terrível lhe bateu. Apesar da intensidade de sua aversão por Alison, apesar do desprezo que ele sentia por sua comiseração hipócrita, ele percebeu que talvez ele tivesse enxergado nela um vislumbre de si mesmo.

Ele estava lidando com a questão de maneira diferente, mas, assim como ela, estava permitindo que sua vida fosse dominada pelo ressentimento para com uma pessoa que já tinha sido sua parceira.

Daniel ergueu os olhos para Salisbury Crags, a escarpa ampla e alta que se avultava por sobre a cidade, que parecia rir dele com desdém. Ele tremeu e apressou o passo, quase passando por cima de um grupo de universitários que vinha na outra direção, vestidos ou para dançar ou para se prostituir ou para fazer um estudo de campo sobre hipotermia. Ele parou no lugar em que estava para evitar a colisão no último instante; o grupo se dividiu ao seu redor e voltou a se formar do outro lado, como se ele fosse uma árvore em um local inconveniente. Ficou lá parado por um instante, escutando a conversa deles se afastar, sentindo o cheiro que deixaram atrás de si. Só quando o som e o perfume tinham virado nada, ele prosseguiu em seu caminho, para longe da cidade, para longe dos universitários e das casas noturnas e dos restaurantes, para longe de Alison, para casa, onde sua mãe o estaria esperando, cheia de expectativa.

Como se a noite já não estivesse suficientemente ruim, agora ele ia ter que repassar tudo com a mãe. Gillian não era o tipo de mulher que o liberaria com um resumo superficial. Ela iria querer saber tudo: quem disse o quê, e quando, e em que tom de voz. Se tivesse meia oportunidade, provavelmente ia querer discutir os modos de Alison à mesa.

Como poderia descrever Alison? Será que valia a pena dizer o quanto a desprezara? Enquanto tentava pensar em uma maneira de encapsular a essência da noite em um aglomerado de informação que o livraria do inquérito da mãe e permitiria que fosse logo para a cama, começou a preocupar-se novamente que a intensidade de sua aversão a Alison tivesse sido causada não pelas diferenças entre eles, mas sim por suas similaridades. Era horrível admitir, mas ele não podia negar que tinha visto nela o reflexo de sua própria amargura.

Será que ele estava tão obcecado por Erin quanto Alison estava por seu ex-marido? Será que ele se deixava consumir tanto quanto ela pela raiva, será que se deixava arrasar tanto quanto ela pela traição e a decepção? Será que os dois eram, acima de tudo, prisioneiros de uma autoestima ferida?

A metáfora do ovo de Alison era ridícula e sem sentido, mas enquanto Daniel atravessava o calçamento rústico de Warrender

Park Road e virava a esquina de sua rua, ele se pegou imaginando um ovo que despencava do céu noturno e se despedaçava a seus pés, em uma miniatura perfeita da metamorfose violenta.

É, ele pensou, Erin tinha *mesmo* despedaçado o ovo dele. Ele não conseguia compreender exatamente o que aquele ovo devia representar, mas o ato de despedaçá-lo era exatamente o que ela tinha feito. Ela tinha pegado o ovo dele e jogado no chão, e aquele era o único ovo de que ele gostava. Era o único ovo para ele, e agora estava despedaçado e inutilizado, e a culpa era toda dela.

Talvez a única diferença verdadeira entre Alison e Daniel era que Alison tinha tentado, com o auxílio dúbio de qualquer manual de autoajuda com que tinha se deparado, encontrar uma maneira de se libertar de seus problemas, ao passo que Daniel simplesmente escolhera conviver com eles. Alison, à sua própria maneira, pelo menos estava deixando seu divórcio para trás, enquanto Daniel se deixava estagnar e infectar pela antiga raiva.

Alison era, disparado, a mulher mais irritante com quem ele já tinha saído. Mas será que ela seria mais corajosa e mais inteligente do que ele?

Mas eu lembro menos

Não era tarde quando Daniel chegou em casa. Encontrou a mãe assistindo à TV sem interesse, vendo um programa sobre reforma de jardins, em que um homem com um moletom amarelo tinha um ataque por causa de um deque. Ela desligou o aparelho assim que ele entrou.

— E aí? — ela perguntou.

— E aí o quê?

— Como foi?

— Difícil descrever.

— Bom?

— Não exatamente. Tivemos um problema fundamental.

— O quê?

— Eu detestei aquela mulher.

— Ah, Daniel — Gillian suspirou. Sua decepção só foi aliviada pelo fato de que ela sabia que isso aconteceria. Quando ele era pequeno, tinha sido um menino tão carinhoso, amável e sociável. Aos 3 anos, quando os filhos de Helen e Carol ainda eram apegados e tímidos, Daniel tinha o hábito de pegar as visitas pela mão, independentemente de já as conhecer ou não, e de arrastá-las a cantos isolados da casa para que lessem para ele histórias ou brincassem com seus brinquedos. No início, pelo menos, ele gostava das pessoas por instinto e sem reservas. Ele sempre partia do princípio de que as pessoas gostavam dele e de sua companhia e o resultado era que geralmente gostavam mesmo. Então, em algum momento da adolescência, ele mudou de ideia.

A fase de odiar as pessoas, que devia ter durado no máximo alguns anos, segundo os cálculos de Gillian, de certo modo nunca tinha terminado. Daniel já não era mais irritado nem mal-humorado, mas uma última e teimosa fagulha de antissociabilidade adolescente tinha sobrado nele. Sua vida social parecia normal, mas Gillian sentia que ele não dependia dela. Os amigos, para ele, eram opcionais. Já no quesito das pessoas desconhecidas, sua reação padrão parecia variar de desconfiança e hostilidade a (se ele estivesse com humor generoso) rebeldia e indiferença.

Desde o primeiro momento da vida de Daniel, Gillian sempre gostou de sua companhia. Mesmo antes de aprender a falar, ele já sabia como fazê-la rir. Ele era divertido e engraçado, era inteligente e carinhoso, mas preferiu esconder essas qualidades do mundo como se tivesse vergonha delas, e Gillian nunca compreendeu por quê. Durante quase vinte anos, ela se preocupou em silêncio com essa característica da natureza de Daniel.

Em muitos aspectos, ela sentia que compartilhava de muitas das falhas do filho, e compreendia sua tendência ao pessimismo e à misantropia. A diferença fundamental entre eles era que ele demonstrava exatamente os traços que ela se esforçava mais para reprimir, subjugar ou esconder. Era isso que mais a surpreendia nele. Eles eram tão parecidos, e ao mesmo tempo tão diferentes: era como se tivessem sido cortados do mesmo tecido, mas como se um fosse o avesso do outro, de maneira que às vezes a fazia pensar que suas características opostas fossem uma expressão de sua similaridade.

— Por que você está falando o meu nome desse jeito? — ele perguntou.

— Você sabe por quê.

— Por quê?

— Eu conheço você muito bem. Quando está deste jeito.

— De que jeito?

— Você faz a escolha de odiar as pessoas. De odiar todo mundo.

— Eu não odeio todo mundo. Tem muita gente de quem eu gosto.

— Estou falando de gente nova. Você não se abre para gente nova. Eu vi no seu rosto quando saiu, e é tão... é o maior desperdício.

— Desperdício de quê?

— Você está velho demais para isso, Daniel. É infantilidade.

— Olhe, eu não fui com a cara dela porque já tinha decidido de antemão que ia odiá-la. Na verdade, gostei bastante dela antes de abrir a boca.

— Você sabe ser tão crítico.

— E por que isso é ruim?

— Como pode ser bom? — Gillian explodiu.

— Você acha que é melhor não se importar? Simplesmente agir com indiferença em relação a todo mundo sem pensar se você gosta ou não de alguém?

— Você só precisa dar mais chances às pessoas.

— Por quê?

— Porque isso ajudaria. Deixaria a sua vida mais fácil.

— Bobagem. A minha vida é bem mais fácil por eu ter decidido que odeio aquela mulher logo de cara, em vez de passar um mês saindo com ela para depois perceber.

— Não, não é.

— Claro que é.

— Não é, porque no decorrer desse mês você poderia descobrir coisas novas a respeito dela de que poderia ter gostado, e que poderiam ter feito com que valesse a pena dar continuidade ao relacionamento. Você não pode simplesmente eliminar as pessoas. — Quando as palavras saíram de sua boca, ela de repente ouviu o som da mesma frase saindo dos lábios de sua mãe. Era capaz de enxergar o momento. Via a mãe com seu *twin-set* lilás, as costas eretas em posição irada, dando bronca nela com as mesmas palavras pela mesma ofensa, na sala da frente da casa apertada no East End londrino em que Gillian tinha lutado sem sucesso para apresentar aos pais a noção da adolescência, nova naquele tempo.

— Eu gosto de algumas pessoas; de outras, não — Daniel respondeu. — Quanto mais rápido eu souber de que lado elas ficam, mais fáceis as coisas ficam para todos.

— E quando foi a última vez que você conheceu uma pessoa nova de quem gostou?

— Não é tão simples assim.

— Você acabou de dizer que é simples. Quando? Há pouco tempo que não foi, não é mesmo?

— Que diferença faz?

— Quando? Eu quero saber.

Daniel passou a mão na testa e massageou o sulco entre as sobrancelhas com o indicador.

— Não sei. Recentemente, não — Daniel balbuciou.

— Exatamente — disse Gillian. A voz dela ressoava com um tom de triunfo, um quê de condenação. Sentia que agora, finalmente, estavam chegando ao ponto que ela tinha viajado 650 km para discutir.

Daniel olhou para ela, examinando seu rosto, como se exigisse uma explicação, mas sem disposição para pedir. Gillian via nele a relutância em aprofundar o assunto, misturada à curiosidade em relação ao caminho que suas indiretas apontavam. Ela se forçou a ficar esperando pela resposta dele; não queria mergulhar em mais uma acusação que pudesse fazer com que ele perdesse a paciência e fosse embora.

— Exatamente o quê? — ele terminou por dizer, mexendo no punho da camisa, recusando-se a olhá-la nos olhos.

— Você está deprimido — ela disse. — Você está se escondendo do mundo, principalmente das pessoas que o amam, e parece que você não vai a lugar nenhum nem faz nada nem aproveita nada. Você está simplesmente desaparecendo dentro de si mesmo, na sua própria infelicidade, e eu fico arrasada com isso. Você está deprimido.

— Não estou deprimido — ele rosnou.

— E quanto mais você nega e finge que não está acontecendo, mais vai piorar.

— Esta conversa toda é uma idiotice.

— Por que você veio para cá, Daniel? Por que veio morar tão longe, se não conhece ninguém aqui, se neste lugar não tem ninguém que se importa nem que ama você?

Daniel pegou o controle remoto e ligou a TV. Agora, o homem de moletom amarelo estava dentro de um laguinho de jardim com água até a cintura, gesticulando todo entusiasmado com um punhado de algas na mão. Gillian levantou-se do sofá com um pulo, caminhou até o aparelho de TV com passos duros e o desligou, tirando da tomada.

— Eu fiz uma pergunta — ela disse.

— A minha noite foi péssima — disse Daniel. — Realmente, este não é um bom momento.

— Este é exatamente um bom momento. Estou perguntando porque eu me preocupo com você e quero entender o que está acontecendo.

— Por favor, me deixe em paz.

— Não — Gillian respondeu. — Você é meu filho, e eu não vou simplesmente deixar você em paz.

Daniel olhou para o controle remoto que tinha nas mãos. Com o dedo mindinho, começou a tirar a poeira que tinha se acumulado entre os botões. Seria bem fácil se levantar e sair da sala. Ele não tinha obrigação nenhuma de dar continuidade àquela discussão. Era adulto, e tinha liberdade para fazer o que bem entendesse, mas sentia que aquele momento tinha um caráter único.

Sentia que tinha demorado vários dias para que ele e a mãe chegassem àquele ponto. Se ele não agarrasse a boia que ela, pelo menos dessa vez, tinha conseguido jogar para ele a uma distância que era capaz de pegar, então talvez ele fosse levado para longe e ficaria à deriva, sozinho, para sempre.

Demorou muito até Daniel começar a falar. Quando falou, contou a ela, do início ao fim, de um jeito que nunca tinha contado para ninguém, a história toda de sua amizade e de seu relacionamento amoroso com Erin, com todos os detalhes, até a descoberta da infidelidade. À medida que ia falando, percebeu que sua vida, a partir do momento em que conhecera Erin, tinha sido dominada por uma simples ideia. Desde aquele encontro, que agora já estava 15 anos no passado, ninguém jamais se igualara a ela. Tinham se passado muitos anos até que ficassem juntos, mas de modo imediato e irreversível, de alguma maneira, ela tinha se transformado em seu padrão.

Ao longo de todo esse tempo, a vida adulta inteira de Daniel, todas as outras mulheres tinham sido medidas em Erins. Ou melhor, em frações de uma Erin. E, quando isso lhe ocorreu, ele percebeu que estava preso àquilo de maneira definitiva, absolutamente perdido, para sempre. Porque, mesmo que encontrasse a mulher perfeita (mais bonita, mais engraçada, mais gentil, mais inteligente do que Erin), ele continuaria medindo-a em Erins. Ela tinha se transformado em seu modelo e isso nunca mudaria. Ela estava gravada nele.

Do jeito que ele estava agora, a única coisa que tinha algum sentido em sua vida era a ausência de Erin, e ele não conseguia imaginar que isso algum dia mudaria. Mas ele jamais poderia voltar para ela. Ela o tinha humilhado e traído. Ela havia despedaçado seu ovo.

Daniel concordou com a mãe que ele tinha fugido da vida. Mas ele não se arrependia; não via alternativa. A distância física era a única coisa que o ajudava a esquecer.

— Mas não ajudou você a esquecer — ela observou.

— Não — ele respondeu. — Mas eu lembro menos.

Carol e Matt

Um pouquinho de orgulho

Na manhã de sábado, Carol sugeriu que ela e Matt dessem uma volta no Hyde Park. Matt não gostava de caminhar, e também não se animava muito com parques, mas achou que seria grosseria recusar.

Era um daqueles dias londrinos em que está quente demais para se agasalhar e frio demais para sair sem agasalho; em que não está chovendo exatamente, mas que também não dá para chamar de seco; em que simplesmente não há nada a se ganhar ficando ao ar livre. Era o tipo de dia em que tudo o que se deseja ver do clima se concentra na cobertura futebolística no bar mais próximo.

O parque estava lotado de crianças, cachorros, pombos, gente empinando pipa e patinadores: todas as variedades de vida que Matt mais desprezava, sendo que uma proporção significativa deles estava sempre dedicada ao ato da defecação pública. Carol, no entanto, parecia animadíssima com o lugar.

— Eu devia vir aqui com mais frequência — ela ficava repetindo. — Não é assim tão longe, não é mesmo?

Matt não queria incentivar aquela linha de pensamento, e retrucou dizendo que a região central de Londres era suja e perigosa, um lugar a ser evitado por mulheres da idade dela.

Carol deu a Matt as notícias mais recentes do bairro e do pai, mas ele não pareceu interessado, já que não fez mais nenhuma pergunta. Depois de tentar mais alguns assuntos que também não deram em nada, Carol resolveu deixar Matt no controle do rumo da conversa.

Ela ficou decepcionada, apesar de nada surpresa, ao ver que isso resultou em silêncio. O mal-estar ia crescendo entre os dois e ela se pegou cheia de raiva por causa do egoísmo dele. Ela não queria que seu aborrecimento transparecesse, então não se permitiu olhar fixo para ele, apenas lançou-lhe alguns olhares discretos. Carol viu que ele parecia inabalável pelo abismo cada vez mais fundo entre os dois, sem perceber que ela estava testando até onde ia a grosseria dele. Então, de repente, ele colocou a mão no ombro dela.

— Quero agradecer pela sua visita — ele disse.

A irritação de Carol, em um instante, se transformou em gratidão emocionada.

— Bom... foi um prazer — ela respondeu e suas bochechas coraram. Ela quase sugeriu que voltassem a fazer aquilo em breve. Mas se segurou. Estragaria o momento se forçasse as coisas. E, pensando bem, ela nem sabia se queria isso. A semana tinha sido interessante, mas ela precisaria de um bom tempo para se recuperar dela.

— Eu... hum... continuo falando com aquela moça. A Julia — Matt informou.

— Que bom.

— A gente vai sair hoje à noite, eu acho.

— Você acha?

— Preciso ligar para ela.

— Ah, fico feliz por vocês dois terem se entendido.

— Eu tinha que ligar para ela hoje à tarde. Não quero parecer muito ansioso, mas esta espera está me deixando louco. Preciso ligar agora.

— Certo. Não se incomode por minha causa.

— Não é isso. É só que eu preciso me segurar.

— Ah, as mulheres detestam isso. Não há nada melhor do que um pouco de ansiedade.

— Você acha?

— Tenho certeza.

O celular em seu bolso o atraíra a manhã toda, como um maço de cigarros atiçando um fumante. Matt olhou para o relógio. Mal eram onze horas, mas ele não aguentava mais esperar. Não havia por que deixar que a tensão continuasse estragando seu dia.

Matt pediu licença para a mãe e se afastou. Posicionou-se atrás da árvore mais próxima. O número de Julia já estava gravado em seu celular. Depois de uns dois toques, ela atendeu.

— Você ainda não desistiu? — ela perguntou.

— Não. E não vou desistir.

— Os homens acham que as mulheres gostam de ouvir isso, mas não gostam. Essa coisa toda de perseguição realmente não é excitante.

— Por acaso foi o que eu disse? Que ia perseguir você?

— Não sei muito bem. Você vai me perseguir?

— Não. Onde a gente pode se encontrar?

— Ainda nem sei por que dei meu telefone para você.

— Talvez você não tenha conseguido se conter.

— Hum... é, você é irresistível, Matt. Você é a fantasia de qualquer mulher.

— Talvez eu saiba o que você está fazendo — ele disse com uma entonação que tinha o intuito de transmitir inteligência penetrante. Não sabia muito bem se tinha atingido seu objetivo.

— O que eu estou fazendo? O que eu *estou* fazendo?

— Nós dois sabemos o que está acontecendo, Julia. Eu não sou idiota. E respeito você por isso — ele começou, tentando citar o joguinho de machismo às avessas dela, mas perdeu a confiança em sua teoria assim que as palavras começaram a sair de sua boca.

— Você me respeita por quê? — Julia perguntou. — Por tentar me livrar de você?

Matt sentia que a conversa estava lhe escapando. Conversar com Julia o fazia se lembrar vagamente do dia de educação física na escola: da maneira como você era obrigado a fazer uma coisa em que é ruim em público, já sabendo, antes de começar, que vai perder.

Ele sabia que devia desistir, pelo bem de sua dignidade, mas não conseguia. Ele a desejava demais, e parte dele sentia que ele merecia a humilhação que ela lhe desferia, como se fosse algum teste, armado de alguma maneira obscura, pela mãe. Se ele conseguisse sobreviver àquilo, e se conquistasse Julia, sentia que provaria alguma coisa a si mesmo e a Carol. Seria uma maneira de demonstrar que ele tinha noção de seus defeitos e estava disposto a saná-los. Ou, pelo menos, que tentaria.

Quanto mais ele falasse com ela, mais oportunidade Julia teria para dispensá-lo, coisa que podia fazer a qualquer instante, só por diversão. A melhor tática para evitar a rejeição, ele resolveu, seria simplesmente ser breve.

— A gente se vê no Coach and Horses, no Soho — ele disse. — Na rua Frith. Às oito horas.

Ele desligou sem esperar pela resposta dela; o polegar trêmulo errou a mira do botãozinho vermelho na primeira tentativa. Ele tinha feito bonito. Mostrou a ela que não a deixaria ficar no controle. Tinha salvado um pouquinho de orgulho.

Ela apareceria. Um pouco atrasada, talvez, mas apareceria. Afinal de contas, tinha lhe dado seu telefone. Julia veria, assim como a mãe, que ele era um homem melhor do que aparentava ser.

Assassinato de caráter chamado paquera

Matt esperou no Coach and Horses durante três horas, mas Julia não apareceu. Antes, ele nunca, em toda a sua vida, tinha esperado mais de 15 minutos por uma mulher. Dessa vez, só parou em três horas porque o bar fechou.

Ele poderia ter lhe telefonado assim que ficou claro que ela estava um pouco atrasada, para perguntar se estava a caminho, mas ele não queria parecer ansioso demais. Daí, quando tinha deixado passar meia hora, ele percebeu que, se ligasse para ela agora, independentemente do que dissesse, ele não perguntaria "Você vem?", mas sim "Por que você não vem?". E essa conversa eles já tinham tido.

Ele podia estar se sentindo esmagado (de novo), deprimido, chocado e magoado, mas ainda tinha aquela fagulha de dignidade que o impedia de pegar o telefone. Ela não o queria. Ela não gostava dele. Ele simplesmente tinha que aceitar o fato como homem.

E foi o que fez. Bebeu.

Entre todos os lugares para levar um bolo, um bar não é dos melhores. O consolo à mão não é de um tipo útil, e é quase impossível de resistir. Quando o bar fechou, Matt estava tão bêbado que cinco táxis passaram por ele antes que conseguisse se mostrar sóbrio o suficiente para que algum se dignasse a parar.

De volta ao apartamento, que estava escuro, silencioso e aparentemente vazio, Matt se esqueceu de sua visitante.

— PORRA! — ele gritou. Começou a chutar o sofá. — PORRAPORRAPORRA! VACA! VACA! VACA DA PORRA!

— Está tudo bem? — Carol perguntou ao aparecer atrás dele, de camisola e penhoar.

— Mãe! — disse Matt. — Ah, Mãe.

As inibições dele tinham sumido. Suas defesas estavam em frangalhos. Seu autocontrole tinha desaparecido. Estava com 4 anos de novo. Ele estendeu os braços e se jogou para cima dela.

— Ela não apareceu! — ele gaguejou e abraçou a mãe pelo pescoço.

— Quem?

— A Julia! Ela disse que iria, mas não foi. Fiquei lá esperando horas.

— Ah, sinto muito.

— EU GOSTEI DELA! ELA É SUPERLEGAL!

— Eu sei que é, querido.

— POR QUE ELA NÃO GOSTOU DE MIM?

— Não sei. Bom, pelo menos você tentou. Isso é o mais importante.

— EU TENTEI MESMO! EU GOSTEI DELA! ELA É SUPERLEGAL!

— Você acabou de dizer isso, querido. Quer um café?

— Não sei.

— Eu faço um café para você.

Carol se desvencilhou dele e o conduziu até o sofá. Ela sabia que uma janela de oportunidade preciosa estava prestes a se abrir, depois que ele se acalmasse e antes que ficasse sóbrio, durante a qual ela seria capaz de perguntar qualquer coisa a ele, e ele provavelmente lhe daria uma resposta sem reservas. Ela fez o café forte, mas nem tanto.

— Por que você não me conta o que aconteceu? — ela pediu e se sentou na poltrona à frente dele. — Desde o início.

— Eu já contei. Nós saímos. Nós nos demos bem. Nós nos falamos ao telefone. Nós marcamos um encontro. Ela não apareceu. Fim.

— Vai ver que aconteceu alguma coisa. Talvez ela tenha ficado presa em algum lugar.

— Não, não foi assim. Ela meio que disse que não iria, mas eu achei que era brincadeira, e só percebi que não era quando ela não apareceu.

— Que tipo de brincadeira é dizer que não vai a um encontro?

— A coisa toda é uma brincadeira. É mais ou menos um jogo, em que eu falo que gostei dela e ela diz que não gostou de mim. É uma coisa de paquera.

— Paquera?

— É.

— Então, ela gostou de você ou não?

— Bom, eu achei que tinha gostado. Mas obviamente não gostou. Talvez eu tenha ficado achando que era paquera, mas ela falou sério.

— Eu realmente não estou entendendo.

— Ela até me disse por quê.

— Por que o quê?

— Por que ela não gostou de mim.

— Isso era parte da paquera? Dizer por que ela não gostou de você?

— É.

— E qual era a razão?

— Ah, Deus. Foi um discurso muito comprido. Eu nem me lembro de tudo.

— Qual era o ponto principal?

— Uma coisa sobre como eu pareço um cara legal quando estou falando, mas quando eu começo a escutar, sou um babaca, porque só finjo que escuto em vez de escutar de verdade. E isso é besteira. Quer dizer, só porque você não se lembra de uma coisa que alguém disse para você, isso não significa que você não estava escutando o que ela disse.

Aquela moça era mais esperta do que Carol tinha pensado. Depois de apenas uma semana, ela já conhecia a essência de Matt melhor do que ele próprio, como se tivesse partido ao meio um bastão de pedra para ler o texto de dentro. Exatamente de que forma esse assassinato de caráter preciso e correto podia ser chamado de paquera estava além de sua compreensão. Mas a janela estava aberta. Estava passando por um momento que, para ele, podia ser classificado como introspecção. O modelo de conduta familiar lhe disse para se afastar e deixá-lo pensar, mas ela mais uma vez se forçou a ignorar as regras e seguir em frente. Era para isso que tinha ido até lá. A porta em que batera a semana toda estava se abrindo em uma frestinha. Ela resolveu dar um empurrão.

— Você realmente acredita nisso? — Carol perguntou. — Você acha que escuta com atenção o que as pessoas dizem… o que as mulheres dizem… e demonstra respeito e cortesia?

Enquanto o observava, Carol percebeu que nunca tinha visto o filho pensar. Ele sempre dava uma resposta direta quando lhe perguntavam qualquer coisa. Nas raras ocasiões que ele reconsiderava alguma de suas opiniões ou mudava de ideia a respeito de alguma coisa, o processo de pensamento era sempre conduzido em particular, e depois disso ele voltava com uma retratação rebuscada ou uma explicação elaborada a respeito de por que os acontecimentos o tinham feito mudar de ideia. O que ela nunca tinha visto era isto: pensamento em ação ao vivo. Ela tinha lhe colocado uma questão, e ele estava refletindo sobre ela, bem na frente da mãe. Claro que estava bêbado, mas é preciso se contentar com o que se tem.

— Talvez eu pudesse ser um pouco melhor. Com a coisa de escutar — ele respondeu. — Mas não é minha culpa. É o mundo em que eu transito. Eu simplesmente perdi a prática.

— Como isso não é sua culpa?

Mais pensamento, dessa vez com um ar sentimental tomando conta de seus traços.

— Certo, talvez a culpa seja minha. Mas eu não quero ser assim. Não quero.

— Então, não seja.

— Não é tão fácil assim.

Matt sentiu que a cafeína começava a penetrar em seu cérebro, e com isso veio uma percepção horrível. A gaveta do desprezo por si mesmo estava escancarada, com seu conteúdo todo espalhado pelo chão, vergonhosamente. Ele odiava o emprego que tinha. Não gostava dos amigos. Sua vida o conduzira para um lugar em que ele nunca quisera estar. Ele vivia em uma bolha hermética de ambição, rodeada de pessoas desprezíveis que acreditavam que produzir a BOLAS! era uma empreitada adequada para um adulto inteligente, e não um acinte diário à alma. Ele era fraco e idiota, nada melhor do que os colegas que desprezava.

Ele almejava fazer coisas boas na vida. Assim como qualquer pessoa, quando era jovem, ele desejara conquistar a admiração das pessoas que admirava. Nunca teve a ambição de ser médico ou assistente social (nunca aspirara a nenhum grande altruísmo), mas tinha certeza de que acabaria fazendo alguma coisa que fosse pelo menos remotamente válida, ou, no mínimo, algum trabalho que não fosse malicioso ou imoral. Agora, apenas com 34 anos, ele já tinha traído cada restinho de seu idealismo adolescente.

Julia fora a primeira pessoa que ele tinha conhecido em anos que despertara nele qualquer lembrança de seus ideais perdidos. Na companhia dela, Matt sentira as primeiras pontadas do desejo adormecido de se aprimorar. Ela poderia ser a salvação dele. Com a ajuda dela, ele poderia ter começado a se transformar na pessoa que desejava ser. Sem ela, não havia incentivo, nem assistência, nem esperança.

— E o que aconteceu com a Julia? — Carol perguntou, como se estivesse lendo os pensamentos dele do outro lado da sala. — Está tudo acabado com ela?

— Não dá para dizer que acabou se nem começou. Ela simplesmente não gosta de mim.

— E é porque você não escuta?

— Parece que é.

— Então, por que você não mostra que escuta?

— Como?

— Escutando.

— O que eu vou escutar? Está tudo acabado. Agora não dá para ligar e me oferecer para escutar. É tarde demais.

— Bom, mostre a ela que você escutou antes. Use alguma coisa que você se lembra de ela ter dito quando ela acha que você não estava prestando atenção.

— Bom, a principal coisa que ela disse é que não tinha gostado de mim.

— Você não consegue se lembrar de alguma outra coisa? Sobre o que ela falou no encontro de vocês? Tem que haver alguma coisa que você não escutou e que ela pode usar contra você por não ter escutado.

— Hum... não consigo me lembrar.

— Bom, e do que você se lembra? O que ela contou sobre si mesma?

— Não sei bem. Ela falou um pouco dos estudos dela. Do mestrado.

— O que ela disse sobre isso?

— Que era sobre desenvolvimento.

— Que tipo de desenvolvimento?

— Não sei. Não tenho certeza se perguntei.

— Você não perguntou? Então podia ser desenvolvimento imobiliário, desenvolvimento infantil ou desenvolvimento no Terceiro Mundo e você nem pensou em perguntar o que era? Você nem se incomodou?

— Posso ter perguntado. Não sei dizer. Mas não me lembro da resposta. Eu estava distraído. Foi uma noite confusa.

— Bom, para a sua sorte, eu fiz isso.

— O que você fez?

— Eu perguntei. Sobre o mestrado dela. É sobre desenvolvimento no Terceiro Mundo. Ela está escrevendo alguma coisa sobre má nutrição infantil no Quênia. Acho que ela disse que era sobre o povo masai.

— Acho que eu consigo encontrar alguma coisa na internet! Posso colocar o nome dela no Google junto com Quênia e talvez alguma coisa apareça. Posso ler sobre o assunto.

— Se você acha que ajuda...

— Claro que ajuda! Posso provar a ela que eu escuto e que estou interessado no que ela faz.

— E você está?

— Estou o quê?

— Interessado no que ela faz.

— Estou! Estou! Totalmente.

— Não está só tentando levá-la para a cama?

— Não! Preciso voltar a falar com ela com alguma prova de que eu não sou quem ela pensa que eu sou. Acho que isso serve.

— Só serve de prova se for verdade. Se você só quiser enganá-la com uma coisa que eu disse e mais outra coisa que você encontrou na internet, não vai funcionar. Ela vai perceber. Você tem que fazer de coração.

— Eu estou fazendo de coração, e não é truque nenhum. Você só me lançou um salva-vidas. Eu realmente quero saber mais a respeito dela. Estou interessado.

— Bom, espero que dê certo. E espero que ela não magoe você.

— Ela não vai me magoar. E se eu a magoar?

— Isso não vai acontecer.

Carol terminou de tomar o café, deu um beijo na testa do filho e voltou para a cama. Ela não sabia se ficava mais ou menos preocupada com o filho do que estava antes de sua visita. Tinha ido até lá com a esperança de redescobrir quem ele era, e o encontrara em tal estado de instabilidade e confusão que não parecia haver nada de sólido ou permanente a ser descoberto. No minuto em que ela achava que tinha entendido alguma coisa a respeito dele, ele lhe dizia que estava prestes a mudar exatamente aquele ponto.

Isso era algo que se espera de um garoto de 16 anos, mas não de alguém que já passou dos 30. As intenções dele pareciam boas, de modo que ela calculava que devia se sentir agradecida pelo menos por ele desejar mudar para melhor, mas se ainda não tinha conseguido, será que havia mesmo qualquer chance real de começar agora, com essa idade?

Para ser sincera, ela só acreditaria vendo. Ela o amava, e desejava do fundo do coração ser capaz de acreditar nele, mas ele sempre tinha algo em seu caráter que se dobrava com muita facilidade. Nunca tinha sido um líder. Quando criança, era frequente ele imitar a personalidade de outros garotos mais carismáticos. Agora era possível que ele só concordasse com Carol enquanto ela estivesse em seu apartamento. Ela não tinha nenhuma certeza real de que, quando ela fosse embora, a vida dele não retornaria exatamente ao ponto em que estava quando ela chegou.

Havia uma leve possibilidade de ele estar falando sério, e de que realmente levaria seu plano a diante. Era concebível que ele tivesse decidido crescer agora, naquela semana. Mas ela duvidava. Matt sempre tinha planos grandiosos para si mesmo, mas nunca tomava nenhuma atitude. Era mais um sonhador do que um realizador. Ele planejava mais do que executava. Julia, ao que parecia, tinha enxergado através dele em uma única noite. Qualquer mulher inteligente enxergaria. Ele não tinha a menor chance com ela. Mas era importante tentar. Pelo menos ele estava indo na direção certa, e ficar de coração partido talvez até lhe fizesse bem.

Ela não devia ter tomado aquele café. Demoraria horas até cair no sono.

Carol saiu da cama e começou a arrumar a mala. Partiria na manhã seguinte. Estava com saudade de casa, e já tinha descoberto o que fora até lá para descobrir. Se Matt ia mudar ou não, no final das contas, não era responsabilidade dela. Ele era adulto. Tinha o direito de viver como quisesse, e Carol tinha que aceitar o que ele escolhesse. Ela tinha que amá-lo, independentemente de gostar dele ou não. Esse era o papel de uma mãe.

Sem pensar, Carol se viu já sem a camisola e se vestindo. Em algum lugar de sua bolsa havia um cartão de um serviço de táxi 24 horas, para qualquer emergência. Ela sairia agora mesmo e iria para casa, e se esgueiraria para dentro de sua própria cama sem acordar o marido.

Telefonou do quarto e saiu na ponta dos pés, fazendo o mínimo possível de barulho, mas não faria a menor diferença se ela estivesse de tamanco. Matt estava fora de combate, jogado no sofá, totalmente vestido, sem nem tirar os sapatos. Carol se ajoelhou no chão e desamarrou os cadarços. De algum modo, aquele parecia um desfecho adequado. Era assim que as coisas tinham de ser. Ela agia como mãe; ele agia como filho.

Mas é claro que não devia ser assim. Na idade de Matt, ele é que devia estar de joelhos, tirando os sapatos de Carol. A esta altura, os papéis já deviam ter se invertido. Mas talvez Carol tivesse esperanças demais, e talvez estivesse procurando a coisa errada. Havia algo a ser observado em relação a isso. O fato de Matt continuar a ser criança impedia que Carol se tornasse velha. Ela não podia se deixar envelhecer até que ele envelhecesse. Só um deles podia ocupar a posição de tirar sapatos e, por enquanto, ela preferia que fosse ela.

Vê-lo dormir fez com que ela voltasse trinta anos no tempo, para uma época em que entrava no quarto dele antes de ir se deitar, com a desculpa de conferir se o filho estava bem, mas na verdade só para tomar mais uma dose dele, só para dar uma última olhada em sua beleza, para sentir o cheiro daquele sono doce e perfeitamente longínquo. Era impressionante o fato de aquele homem que roncava, com a barba por fazer, fedendo a álcool e cigarro, pudesse ser o mesmo ser humano. Aquela criatura enorme, aquela força incontrolável, capaz de exercer grande bem ou grande mal sobre o mundo, já tinha vivido dentro dela, tinha sido amamentada em seu peito. Ela tinha criado aquele homem.

Ela arrumou o corpo de Matt em uma posição menos torta e saiu pelo apartamento à procura de um cobertor. Não conseguiu encontrar nenhum. Examinou todos os armários altos, mas só encontrou aparelhos eletrônicos não-identificáveis, equipamento esportivo descartado e três apoios para livros de cozinha, sendo que ela se lembrava vagamente de ter lhe dado todos os três, em aniversários diferentes. Um edredom serviria, só para cobrir as pernas, para ele não ficar com muito calor.

Quis deixar um bilhete para explicar que não havia nada de sinistro em sua partida repentina e para agradecer pela hospitalidade (se é que era possível usar esta palavra para descrever o que uma pessoa como Matt era capaz de oferecer). Fez outra busca pela casa, desta vez para procurar caneta e papel, mas não encontrou nada. Era ridículo, mas talvez fosse necessário enviar-lhe uma mensagem de texto. Então, lembrou-se da própria bolsa. Arrancou uma folha de trás da agenda e escreveu:

> *Obrigada por me receber. Não consegui dormir, por isso resolvi ir embora um pouco mais cedo. Estou morrendo de saudade do papai. Foi muito bom passar este tempo com você. Só quero que seja feliz.*
>
> *Com amor,*
> *Mamãe*

Aquele último desejo parecia muito cafona e vazio, mas ela não conseguia pensar em nada diferente para dizer. A verdade é que ela desejava muito mais do que aquilo. Ela queria que ele fosse bom e honesto e decente, e amoroso com alguém que fosse digna de corresponder ao seu amor. Mas "eu só quero que você seja bom e honesto e decente, e amoroso com alguém que seja digna de corresponder ao seu amor" não teria ficado no tom adequado, e também não caberia em uma página da agenda dela.

Pelo menos, talvez, no decorrer da semana, ela tivesse conseguido transmitir a mensagem a ele sem ter que dizer nada explicitamente. Não que pudesse surtir alguma diferença. Ela precisava lembrar a si mesma que não tinha ido até lá para mudá-lo. Só tinha ido para satisfazer sua própria curiosidade, e isso ela tinha conseguido. A semana tinha sido bem-sucedida.

Ela apagou a luz e desceu a escada. Ele faria o que fosse necessário, a seu tempo. Ela tinha dado o melhor de si para ele. No fundo, ele não era um mau homem. E ela não era má mãe muito ruim.

Gillian e Daniel

Pragmântico

Gillian ficou olhando para Daniel do outro lado da sala, que parecia envolta pelo silêncio denso da cidade adormecida ao redor deles. Já passava de uma da manhã e Edimburgo, como nunca acontecia em Londres, estava quieta. Gillian não se lembrava da última vez que tinha ficado acordada até tão tarde, mas não se sentia cansada. A sinceridade tinha sobre ela o mesmo efeito que a cafeína.

A história de Daniel sobre seu amor por Erin não a surpreendera. Não sabia muito bem dizer como, mas de algum modo ela já sabia de quase tudo que ele tinha lhe dito. Sentia que havia compreendido a profundidade do amor dele por Erin antes mesmo de ele entender, mesmo enquanto ainda eram apenas amigos. E, no entanto, ouvir o desabafo de Daniel foi um alívio imenso para Gillian.

Ela sabia que, ao falar de sua infelicidade, ele não se curaria automaticamente de nada, mas ela tinha certeza de que a negação o condenara à tristeza infinita. Ela sentia que um degrau tinha sido galgado. Não havia garantias de que a próxima etapa seria melhor, ou mais fácil, ou mais feliz, mas pelo menos haveria algo a seguir e, ao começar a reconhecer seu problema e aceitá-lo, Daniel permitia que sua vida ganhasse impulso para avançar.

Gillian saiu da sala sem dizer nada e retornou um pouco depois com duas xícaras de chá. Ele deu um sorriso triste quando ela se sentou e os dois ficaram tomando a bebida durante um tempo, em um silêncio fácil.

Quando a xícara começou a esfriar entre suas mãos, Gillian disse a Daniel que ela também tinha algo importante a declarar. Nunca achou que contaria a Daniel esta história específica, mas agora os acontecimentos daquele distante dia de verão de repente pareceram relevantes, até mesmo urgentes.

A história de Gillian tinha quase 25 anos de idade. Ela começou perguntando a Daniel se ele se lembrava de umas férias que passaram acampando em Gloucestershire, quando ele tinha 8 anos. Um grupo de famílias de Pinner tinha viajado junto para um camping que não passava de um sítio com um chuveiro tosco em um banheiro do lado de fora, como descobriram ao chegar lá.

A propaganda do lugar era tão fraca quanto o próprio local, de modo que, apesar de estarem no auge do verão, o grupo acabou compartilhando o terreno apenas com alguns carneiros. No primeiro dia, algumas pessoas tinham se queixado a Ian, o pai de Daniel, que tinha sido responsável pela reserva; mas, assim que todos se acomodaram, o lugar se revelou perfeito. As crianças podiam berrar o quanto quisessem, podiam rolar peladas na lama sempre que desejassem e fazer a maior bagunça sem que ninguém se preocupasse em estar incomodando, irritando ou ofendendo alguém que estivesse por perto.

A lembrança mais forte que Daniel guardava daquilo era de um par de pavões que agiam como se fossem donos do lugar, e que sempre estavam andando de um lado para o outro perto da casa do sítio. Durante a semana toda, parecia que os pavões eram as únicas criaturas que tentavam dar bronca nas crianças por qualquer coisa: berravam ultrajados quando elas se aproximavam muito.

Quando Gillian começou a falar do lugar, a memória de uma árvore tombada também lhe veio à mente. Era um carvalho enorme, morto havia muito tempo, que se estendia no meio do campo, na vertical, como um gigante caído. Aquela árvore tinha sido o ponto central da semana toda: tinha se alternado entre navio pirata, abrigo na selva, castelo, rede de transporte e campo de batalha. Era alta demais para ser segura, mas irresistível demais para não ser escalada, e os pais logo desistiram de tentar fazer com que as crianças não fossem até ela. O único ferimento se deu quando Paul caiu em uma cama de urtigas que infestavam uma ponta da árvore; Daniel se lembrava bem de ter visto Matt empurrar Paul, mas Gillian se lembrava do ocorrido como um acidente. Talvez só Daniel tivesse visto a cena, e nunca tinha contado a verdade para ninguém.

— Por que nós nunca voltamos lá? — Daniel perguntou. Afinal de contas, aquela semana tinha sido quase perfeita. — Aliás, por que nunca mais saímos de férias em grupo? — Depois daquela única semana mágica, nunca mais aconteceu.

— Porque aquilo passou longe de perfeito — Gillian respondeu. — É por isso que resolvi tocar no assunto.

Tinha sido um dia desastroso, que começara com Larry levando um choque fraco no chuveiro. Ele foi até o sítio para falar com o proprietário a respeito do ocorrido, mas não havia ninguém em casa. Ninguém tinha visto o homem nem a esposa dele desde o dia da chegada. Larry examinou o chuveiro mais uma vez e chegou à conclusão de que só seria necessário um pouco de fita isolante para não dar mais choque. Como aquele era o único lugar para tomar banho, ele resolveu consertar por conta própria. Ian era a única pessoa que conhecia a região, e tinha uma vaga lembrança de ter visto uma loja de ferragens em algum ponto de um vilarejo próximo. Não sabia dizer bem onde era, mas achou que, se fosse até lá, seria capaz de encontrá-la. Essa, pelo menos, foi a história que Larry e Ian contaram para o resto do grupo.

Os dois homens partiram no carro de Larry e combinaram de encontrar todo mundo no concurso de rolar queijo que haviam marcado de assistir naquela tarde.

— Os queijos rolantes! Eu me lembro dos queijos rolantes! — Daniel disse, aprumando a coluna em um salto.

— Nós não fomos ver queijo rolante nenhum.

— Tem certeza?

— Absoluta.

— Eu me lembro dessa ideia.

— Vai ver que é isso.

Aquela manhã tinha sido quente e abafada, dedicada em sua maior parte a um jogo de críquete francês que parecera que não iria acabar nunca, e a um almoço no estilo piquenique preparado por Carol, com uma salada de abacate que Matt, por algum motivo, passou no cabelo de Paul.

Começou a chover bem quando estavam terminando de almoçar, e todas as outras famílias resolveram ficar no camping. Só Gillian e Helen optaram por manter os planos de ir ver a rolagem de queijo, para se encontrarem com os maridos. Quando se aproximaram do local, uma tempestade de proporções inimagináveis, começou a cair. Mesmo que tivessem alcançado seu destino, elas não teriam vontade de sair do carro; além do mais, os roladores de queijo, sejam lá quem fossem, e independentemente do que decidissem fazer, quase com certeza já deviam ter ido para casa, levando os queijos consigo. Larry e Ian compreenderiam o que tinha acontecido e todos voltariam a se encontrar mais tarde, no camping.

Apesar das reclamações das crianças, elas decidiram ir a um museu local, que era a única atividade seca em que as duas mulheres foram capazes de pensar. A promessa de um esqueleto inteiro e algumas ferramentas cirúrgicas antigas, como estava descrito no guia, além da chantagem com chá com creme, colocou fim aos choramingos no banco de trás do carro.

Quando tinham acabado de estacionar no museu, Gillian viu o carro de Larry se aproximar. O que viu a seguir ficou gravado em seu cérebro não como imagem em movimento, mas sim como uma cena fixa que até hoje continuava tão clara em sua mente quanto no momento em que ocorreu.

Em si, a visão era bem normal. Só um carro que abrigava dois homens e duas mulheres. Larry ia na frente com uma mulher que parecia dez anos mais nova do que ele no assento do passageiro. Ian estava no banco de trás, junto com uma mulher da mesma idade. Os quatro riam, absortos demais em sua piada e um no outro para repararem nas silhuetas boquiabertas de Gillian e Helen no meio do estacionamento.

As crianças, que já tinham disparado para dentro do museu, não viram nada; os homens do carro não viram nada; mas naquele momento a vida de todos eles mudou. Não existia nenhuma explicação inocente possível para o que elas tinham visto. Se as duas mulheres estivessem no banco de trás, talvez houvesse a possibilidade de terem pegado carona, mas o arranjo de corpos no carro exprimia a formação de casais, intimidade, sexo.

Logo de cara, a história do chuveiro com defeito pareceu estranha, e a missão em dupla até a loja de ferragens, um pretexto. Os dois não tinham apenas planejado suas mentiras. Tinham providenciado um dia inteiro longe da vida doméstica, dos filhos, do casamento. Quanto mais Gillian pensava sobre o assunto, mais a trama, a ausência total de espontaneidade na combinação, parecia ser a parte mais maligna de todas. Independentemente do que o marido tivesse feito com aquela mulher, se tinha ido para a cama com ela ou não, o fato de ter planejado aquele dia com antecedência era imperdoável. Afinal de contas, para cada mentira ensaiada, havia mil espontâneas enquanto se esperava pelo momento certo, fingindo dedicação, bolando a fuga.

Os dois só voltaram para o camping bem mais tarde. Cheiravam a cerveja, a bar, e, bem de leve, ao tipo de perfume de ambiente usado em hotéis baratos. O andar deles estava leve demais. Exalavam uma felicidade mal disfarçada. Entre os dois, havia um segredo palpável no ar.

Com muita desenvoltura, contaram uma história comprida a respeito de um problema no carro e de uma oficina que tinha prometido executar o conserto na hora, mas que tinha demorado muito mais, porém, à medida que foram percebendo que a raiva das esposas não era só porque tinham demorado demais, e à medida que sua versão começou a ser desafiada em relação a localizações geográficas e horários, o álibi foi por água abaixo. Quando foram informados de que tinham sido vistos, mentiram cada um para um lado e se embrenharam em nós de contradição mútua.

Os homens foram encarregados de colocar as crianças na cama, enquanto Gillian e Helen ficavam refletindo. Uma não tinha nada a dizer à outra. Quando Larry e Ian voltaram das barracas, as mulheres exigiram a verdade. Era estranho, mas apesar de Gillian se lembrar de tantos detalhes daquele dia, o que o marido tinha feito exatamente, ou que havia alegado ter feito, agora tinha ficado levemente anuviado em sua memória. Em essência, o negócio é que Larry tinha uma amante, ou ex-namorada, que tinha se mudado para a região havia pouco tempo. Ela tinha tirado o dia para se encontrar com Larry. Larry dissera a Ian que ia vê-la, e perguntou a Ian se ele não acharia divertido se ela levasse uma amiga. Ian respondeu que sim. Parte da tarde tinha se passado em um hotel. Ian tentara argumentar que não acontecera quase nada no quarto e que não tinha desejado nada daquilo, mas esses detalhes Gillian não quis saber. Ele já tinha contado o suficiente.

Alguns dias depois de voltarem das férias no camping, Gillian disse a Daniel que iria passar uma semana na casa da mãe. Daniel se lembrava disso, mas não que tivesse acontecido tão perto da temporada no camping. Nunca duvidou que era para lá mesmo que ela tinha ido, e a única coisa que lhe pareceu estranha na época foi o fato de ela ter levado o carro. Já era bem esquisito ficar sob os cuidados do pai, mas ficar sem carro ao mesmo tempo pareceu uma privação dupla. Ele se lembrava de o pai estar tenso e sobressaltado, em uma mistura irritante de cuidados excessivos e negligência para com as necessidades de Daniel e de Rose. A semana tinha sido peculiar, mas o fato de a mãe não estar lá já era explicação suficiente para qualquer atmosfera ou comportamento fora do comum. Nunca lhe ocorrera imaginar por que ela tinha saído de casa, muito menos para onde tinha ido.

A verdade era que ela simplesmente tinha entrado no carro e seguido em frente. Não queria pena nem conforto; não queria nada que se assemelhasse a férias e que a distraísse de tudo em que precisava pensar, de modo que tomou o rumo do norte. Sem fazer qualquer tipo de plano, sem nem ter em mente qualquer destino ou motivo específico, pegou a estrada e seguiu em frente. Parou para fazer xixi, parou para comer, mas fazia o mínimo de pausas possível, já que a luz forte e a acústica ruidosa das paradas à beira da estrada acentuavam ainda mais seu estado mental. O rádio permaneceu desligado, e seus olhos não desgrudaram da estrada. Uma parte de seu cérebro dirigia, a outra pensava. Parecia-lhe que nenhuma das duas usava linguagem ou lógica. Seus pensamentos não tinham coerência nem objetivo; ela ainda nem estava tentando definir o que fazer, simplesmente queria conseguir processar os acontecimentos da semana anterior. Até que tivesse digerido a traição do marido, não poderia tomar nenhuma decisão.

Apesar de estar dirigindo de maneira que lhe parecia perfeitamente segura (ultrapassando quando era necessário, conferindo o espelho retrovisor, dando seta, mudando de faixa), sua mente parecia mais adormecida do que desperta. Na verdade, ela não ocupava seu corpo nem seus pensamentos. Simplesmente parecia que ela não estava ali, no carro. Ela não estava em lugar nenhum.

Quando a noite foi caindo, a noção de irreal de Gillian se acentuou. A estrada agora se parecia menos com uma estrada que continha outros carros dirigidos por outras pessoas, mais um corredor abstrato de luzes pelo qual ela passava sem o menor esforço. De vez em quando, ela recobrava os sentidos e se lembrava do que estava fazendo, mas, durante a maior parte do tempo, não sentiu a influência nem das horas que passavam nem da distância percorrida. Quase se esqueceu de que estava indo para algum lugar. Passou por Manchester, passou por Glasgow, chegou até o fim da rodovia e, mesmo assim, não parou de dirigir.

Só olhou para o relógio quando sentiu os olhos pesarem. Era quase meia-noite. Uma placa informou que ela estava se aproximando de Ullapool. Quando avistou uma indicação de pousada, ela saiu da estrada e tocou a campainha. Gillian sabia que não se deve chegar a lugares assim tão tarde da noite, e tentou pensar em uma história plausível, mas seu cérebro não tinha capacidade para tanto.

A proprietária, de penhoar, veio atender a porta, nervosa no começo, mas enxergou alguma coisa no rosto de Gillian, algo que ela própria nem sabia estar lá, que fez suas maneiras se transformarem. Com gentileza, até mesmo em atitude solícita, ela levou Gillian até um quarto e lhe disse que poderia tomar o café da manhã no horário que desejasse. Gillian nem perguntou o preço. Só agradeceu, tirou a roupa e, em segundos, caiu no sono.

No dia seguinte, Gillian caminhou até o centro da cidade, que estava vazio e desolado, bem como ela queria. Encontrou um bar com vista para o porto e se demorou com uma tigela de sopa e uma xícara de café; ficou olhando para os barcos enferrujados que acompanhavam o leve movimento da água. Era o meio da tarde e ninguém a tinha incomodado ainda quando uma balsa enorme anunciou sua chegada com um apito. Durante dez minutos, a balsa se agitou com caminhões, motocicletas, carros, trailers e pedestres, depois silenciou mais uma vez, como se a explosão momentânea de atividade tivesse sido uma alucinação fugidia.

Ela pagou a conta do bar e perguntou sobre a balsa. Partiria naquela noite, na direção de Stornoway, nas ilhas Ocidentais: eram aquelas que antes se chamavam Hébridas Exteriores. Gillian queria continuar avançando, para mais longe, mas ainda não estava pronta para voltar ao carro. Aquilo seria perfeito. Quando a balsa partiu, ela estava a bordo.

Gillian ficou no convés para ver o pôr do sol: listras de laranja e rosa flutuando tímidas entre o mar e o céu, como que acanhadas por serem tão lindas e de cor tão exuberante. As ilhas se erguiam da água à sua frente em massas puras de calma. Gillian fechou os olhos e deixou a maresia fria e salgada encher seus pulmões. Era difícil se irritar ali. Se existia um lugar onde era possível deixar o agora de lado, era ali. Ela poderia abandonar Ian; podia chutá-lo para fora de casa. Podia deixar que sua vida fosse destruída. Ou podia ficar com ele, enfraquecida e humilhada, esperando pela próxima infidelidade.

Havia um mapa em algum lugar na traseira do carro, mas Gillian não o consultou. Saiu da balsa e continuou em frente, aumentando a distância entre si e sua casa. Se chegasse bem longe, achava que poderia encontrar uma resposta. Outra pousada anônima a abrigou pela noite, mas dessa vez ela já tinha acordado e estava no carro antes da hora do café da manhã; deixou o dinheiro para pagar pelo quarto embaixo de um cinzeiro cor-de-rosa no criado-mudo.

Passaram-se semanas até que ela fosse consultar um mapa para ver onde estivera. Seu trajeto ilhas adentro acabara por levá-la para mais perto de casa, apesar de ela não saber disso na ocasião. À medida que ia se afastando de Stornoway, ao saltar de uma ilha para outra por pontes e duas balsas pequenas, o arquipélago na verdade a levava de volta ao sul, de Lewis a Harris, de North Uist a Benbecula e a South Uist, e finalmente até uma pequena extensão de água até Barra, depois Vatersay. Ali, a estrada acabava. Não dava para avançar mais.

Parou o carro, desceu e sentiu uma rajada de vento frio atingir-lhe no rosto. A estrada terminava em uma elevação. À sua frente estendia-se uma encosta sem maiores atrativos além de capim e pedras, salpicada de ovelhas. Lá embaixo, de ambos os lados da estrada, havia duas praias de areia bem branquinha. Uma das praias, à direita, era coberta de quebra-mares horrorosos. A outra, que ficava à esquerda, depois de uma encosta mais curta, era uma baía calma com água azul-turquesa do tipo que se espera encontrar em uma ilha tropical. Na água, olhando para ela com postura de indagação, havia uma foca.

Fazia uma hora que ela não cruzava com nenhum carro. Não tinha visto absolutamente ninguém na ilha toda. Gillian deixou o vento bater em seu corpo mais um pouco, tirou toda a roupa rapidamente e correu até a praia mais calma.

A água envolveu suas canelas como uma ameaça, um castigo, mas ela não recuou. Assim que estava com água pelos joelhos, ela se jogou de corpo inteiro, até a cabeça. O choque do frio lhe deu vontade de berrar, mas quando sua cabeça emergiu e ela abriu a boca, nenhum som saiu dali. Seus pulmões falharam, incapacitados, sem conseguir fornecer ar suficiente para produzir qualquer som. Ela se sentia como se seu corpo pudesse se solidificar, ceder sob seu peso, literalmente se petrificar na água, mas agora estava lá dentro. Bateu os pés com o máximo de força possível, e disparou nadando o mais rápido que conseguiu. Quando sentiu que começava a ficar sem fôlego, mudou para nado de peito. Logo, já estava no ponto em que tinha avistado a foca. O frio já não causava tanto desconforto. Na verdade, sua pele agora formigava, e aquilo parecia aquecê-la.

Parou e voltou-se para trás, agitando os pés para ficar com a cabeça fora d'água e olhando para a praia. Tinha deixado as portas do carro abertas. Olhou para baixo, para a água, que era de um azul tão límpido e cristalino que ela enxergava os dedos dos pés com tanta clareza quanto se estivesse flutuando no ar. Ela ergueu a cabeça de novo e alguma coisa pequena e marrom passou boiando na água. Era um cocozinho seco de ovelha. Ela riu. Quase tinha se esquecido de como era ouvir esse som saindo de sua garganta.

Gillian nadou de volta até a praia, saiu correndo da água, enxugou-se com uma camiseta, vestiu-se o mais rápido possível e entrou no carro. Então voltou para casa, com a pele formigando, esquentando-a como queimaduras de sol. Algo a tinha levado até lá. Não sabia para onde estava indo até encontrar aquele lugar. Ali, no fim da última estrada, no limite da ilha mais distante, a resposta por que buscava tinha vindo até ela. Aquele lugar (aquelas duas praias; uma exposta, a outra protegida) tinha lhe dito o que fazer. Ela tinha feito sua escolha.

Depois de dirigir a noite toda, chegou em casa pouco antes de amanhecer. Esgueirou-se para a cama e acordou Ian sem querer; ele perguntou onde ela tinha estado, o que tinha feito e o que decidira.

— Voltei para casa — ela respondeu. — Agora preciso dormir. — E não disse mais nada.

Ian logo desistiu de perguntar. Ela tinha voltado. Isso bastava. Qualquer coisa que precisasse ser dita, ela diria a seu próprio tempo.

Nunca falou a Ian sobre o lugar que tinha visitado. Não se mostrou carinhosa nem amorosa para com ele ao retornar, mas também não se deu ao trabalho de agir com hostilidade exagerada. Os dois simplesmente deram prosseguimento à vida e, com o tempo, quando um bom período tinha se passado, as coisas voltaram ao normal. Alguma coisa fundamental no cerne da relação parecia ter morrido, mas, lentamente, no decorrer dos meses seguintes, como um bulbo que vai abrindo caminho até a superfície da terra, o amor deles renasceu, como que por milagre.

Apesar de Gillian ter explicado a ressurreição conjugal a Daniel como milagre, a verdade era de fato perfeitamente lógica e compreensível, apesar de ser um pouco difícil de explicar, ainda mais para o próprio filho. A raiva de Gillian pode não ter sido discutida, mas não foi ignorada, nem desapareceu com a passagem do tempo. A questão simplesmente foi abordada de maneira física, não verbal.

Durante vários meses, Gillian não tocou em Ian. Não era sua intenção, nem ela percebeu de antemão que aquilo aconteceria, mas ela não sentia vontade, e ele não a forçou. Tentou seduzi-la uma ou duas vezes, mas logo percebeu que ela queria fazê-lo esperar. Só quando ele compreendeu isso foi que Gillian entendeu o que estava fazendo. Estava muito certo. Ficou achando que um ano seria adequado.

Sem que uma única palavra fosse proferida, de algum modo ficou claro que a recusa de sexo era o castigo dele. Ele compreendeu, e esperou. Permitiu que ela tivesse o controle absoluto da cama. Sua reticência física em resposta à dela se transformou em uma espécie de arrependimento.

Verbalmente, fingiram que a violação ao casamento nunca tinha ocorrido. A negociação se deu no plano físico, e ele cumpriu sua penitência, e ela lhe mostrou quando foi perdoado.

Ocasionalmente, depois que caía no sono, ela era acordada de repente por um tremor estranho no estrado da cama, mas sempre fingia que não tinha reparado. Começou até a ficar com um pouco de pena dele.

Aos poucos, muito antes de o ano previsto chegar ao fim, ela começou a encostar nele. No início, só se deitava um pouco mais perto. Então começou a encaixar seu corpo no dele. Mas as regras permaneceram as mesmas. Tudo tinha que avançar no ritmo dela. Com suavidade, meio de brincadeira, ela se recusava a permitir que ele a tocasse, mesmo enquanto já começava a tocar nele de maneira mais afetiva e mais íntima. Foi se entregando pouco a pouco. Aquilo se transformou em teste, castigo e brincadeira, tudo ao mesmo tempo.

Aquela foi a fase mais erótica do casamento deles. O menor toque o deixava duro, e a ereção dele também a excitava, mas mesmo assim ela o fez esperar, levando-o até o limite e então recuando, mostrando que ele ainda estava de castigo. Àquela altura a brincadeira havia terminado e se transformado em um jogo erótico. Quando ela finalmente colocou fim ao tormento dele, tiveram uma noite mais cheia de paixão do que qualquer outra na vida a dois.

Até hoje, eles tinham transado mais e (pelo que ela sabia) muito melhor do que as amigas dela. Ela tinha certeza de que isso se devia à interrupção da rotina depois de 12 anos de casados. Aquilo tinha feito com que eles voltassem a pensar em sexo, bem quando estava ficando fácil tratar o ato como mais uma tarefa doméstica. O jejum e o banquete sexual tinham servido para lembrá-los de como precisavam daquilo, e de como gostavam daquilo. Esse lembrete tinha atiçado o desejo entre os dois, e fizera com que continuasse ardendo por mais tempo do que qualquer um dos dois pudesse esperar que ardesse.

Apesar de Gillian ter tido vontade de contar essa parte da história a Daniel, não conseguiu proferir as palavras. Agora que tinha chegado ao fim, começou a achar que talvez aquela fosse a parte mais importante, a essência do que ela estava tentando dizer a ele. Mas ninguém quer saber esse tipo de coisa a respeito dos pais. Em vez disso, disse a ele com o máximo de autoridade e convicção que conseguiu reunir na voz, que a confiança não é feita de vidro. Não é um objeto que se despedaça e que não pode ser consertado. É um músculo. Pode se ferir. Pode parar de funcionar durante um tempo, mas pode ser curado, se você fizer as coisas bem devagar. Se você ficar forçando a mesma ferida, esticando antes da hora, o músculo nunca vai se recuperar. Mas se você tomar cuidado, se permitir, ele vai se curar.

Voltar para Ian, Gillian disse a Daniel, foi a coisa mais corajosa que ela já fez, e sentia que tinha sido recompensada por isso desde então. Enquanto dirigia de volta a Londres, tentando justificar para si mesma a decisão que tinha tomado, Gillian percebeu que uma palavra ecoava em sua mente. Nem era uma palavra de verdade.

Pragmântico. Era uma palavra de que a língua necessitava; era uma palavra da qual todos os casamentos dependiam. Um homem e uma mulher não podem durar uma vida toda sendo apenas pragmáticos, nem só românticos. Raiva, ultraje moral e vingança eram sentimentos muito tentadores, mas não ajudavam em nada. Não a deixavam mais feliz, nem fortaleciam seu casamento, nem contribuíam para o bem-estar de seus filhos. A única maneira de ser, o único caminho a seguir, era o do pragmantismo.

Helen reagiu de outra maneira. Não parou para pensar. Teve ataques de fúria e cuspiu, expulsou Larry de casa, aceitou-o de volta, perdoou com muita facilidade, ao mesmo tempo que não perdoou de jeito nenhum, e foi só uma questão de tempo até o casamento acabar. Talvez essa fosse a solução certa para ela. Larry provavelmente nunca teve dentro de si o que é necessário para ser um marido bom e fiel. Talvez ele nunca pudesse ser capaz de arrependimento nem de fidelidade, independentemente de como Helen tivesse agido. Mas a diferença entre os dois casamentos, entre os dois homens, não impedira que Helen condenasse Gillian por sua escolha, nem de se ressentir dela. Helen sempre agiu como se Gillian a tivesse traído, tivesse desrespeitado a irmandade, ao permitir que seu casamento se salvasse. A amizade nunca tinha se recuperado completamente.

— Eu sempre entendi você, Daniel, sem que precisasse dizer nada — Gillian disse. — Quando você era pequeno, eu sabia quando você ia se irritar antes mesmo de acontecer. Eu sempre sabia quando você dizia que estava cansado, mas na verdade estava com fome; e quando dizia que estava com fome, mas na verdade estava cansado. Sempre entendi o que acontecia com você, de um jeito que nunca aconteceu com a Rose. O seu pai costumava rir de nós dois quando você tinha ataques. Ele sempre dizia que a única pessoa tão teimosa quanto eu era você. E quando você fugiu para cá eu logo percebi o que tinha acontecido. Eu entendi, e compreendi a sua reação. Mas se você quer ser feliz, e se esta é a única mulher que você ama, e se todo o tempo que você passou longe dela não o ajudou a se desapaixonar, então você tem que voltar para ela. Se você realmente achasse que nunca mais poderia confiar nela, acho que não teria continuado gostando dela durante tanto tempo.

Gillian se levantou, atravessou a sala e deu um beijo no topo da cabeça de Daniel.

— A vida não vai recompensar você por ficar alimentando seu orgulho ferido — ela afirmou. — É humilhante perdoar alguém que magoou a gente, e é por isso que é difícil, e é por isso que é corajoso, mas acho que você tem força suficiente para isto.

— Achei que você não gostasse dela — Daniel disse.

— Se ela fizesse você feliz, eu aprenderia a gostar dela. Eu aprenderia a amá-la.

— E se ela já encontrou outra pessoa?

— Só tem um jeito de descobrir.

— Já deve ter encontrado.

— Mesmo que tenha, talvez ainda ame você.

— Talvez não tenha encontrado.

— Só tem um jeito de descobrir.

— Pare de repetir isso.

— Venha comigo, Daniel. Eu levo você para casa.

— A minha casa é aqui.

— Não acho que seja. Realmente, não acho que seja.

Daniel olhou ao redor de si, para a sala com mobília escassa, paredes nuas e janelas sem cortina. Percebeu pela primeira vez que, com o papel de parede branco e os móveis pretos, a única cor da casa vinha da lombada de seus livros. Ela tinha certa razão. Aquele era um lugar para viver, mas não era um lar.

Helen e Paul

Uma mulher que ele não conhecia

Paul saiu do trabalho mais cedo e foi para casa com um peso no coração. Aquela semana tinha sido apavorante, e a coisa só piorava a cada dia extra que a mãe ficava lá. Dava para sentir que o ar tinha se limpado entre eles, e era um alívio ter se desvencilhado dos diversos segredos que ele guardava, mas ele só seria capaz de aproveitar o efeito disso depois que ela fosse embora. Enquanto ela ainda estava lá, ele não conseguia relaxar: temia que algum novo horror, trauma ou ataque pudesse saltar em cima dele quando menos esperasse.

Agora, a tarefa mais difícil da semana o aguardava. A mãe estaria à sua espera em casa, depois de ter sido dispensado por Rebecca. Elas deviam ter dito a Helen o mesmo que tinham dito a ele. A mãe devia ter discutido e implorado e chorado, mas nada no arsenal emocional de Helen faria qualquer diferença. Rebecca e Andrea sabiam exatamente o que queriam, e com toda certeza não era Helen. Ela não fazia parte dos planos, e não tinha poderes para desviá-las da rota escolhida. Helen seria forçada a abrir mão de sua reivindicação, e Paul teria que dar conta dos destroços.

Às vezes ele ficava achando que ter uma mãe como Helen era a mesma coisa que ter um encanamento com defeito. Nunca dava para relaxar totalmente. Nunca dava para saber quando e como ele precisaria de panos.

Paul não era de frequentar bares. Ele os considerava opressivos e desagradáveis. Não sentia que eram seu território, nem quando estavam aparentemente vazios e calmos, já que ele sabia que a qualquer momento podiam se encher de hordas de homens com cerveja na mão, vestindo camisas de time de cores berrantes e urrando para telas de TV gigantescas. Mas naquele dia, ao percorrer o caminho tão conhecido da estação de Old Street para casa, ele se viu com vontade de entrar em cada um deles, para se esconder um pouco, reunir forças para o confronto que estava por vir e fortalecer seus nervos contra a carnificina inevitável.

Ele sucumbiu no último bar antes de chegar em casa. Um uísque duplo não durou muito, mas cumpriu sua função. Diminuiu um pouco sua ansiedade e serviu para lembrá-lo de que faltava pouco para Helen ir embora, e que ele logo teria sua vida de volta. Também serviu como um prêmio por ser um bom filho. Ele não tinha obrigação nenhuma de convidá-la para visitar sua casa e ficar quanto tempo quisesse, mas tinha sido decente ao conceder à mãe idosa o que ela pedia. Sentiu-se orgulhoso de si mesmo. Independentemente de como as coisas se dessem na questão do bebê, ele tinha se portado bem. Tinha sido um bom filho, hospitaleiro e generoso para com a mãe exigente, desajeitada e histérica. Aliás, ele merecia uma recompensa. Ele merecia mais um uísque.

Esse copo ele saboreou, em vez de engolir em goles rápidos e, quando terminou, percebeu que sua decisão bem-intencionada de sair mais cedo do trabalho em nome da mãe tinha sido anulada por sua opção de passar todo o tempo economizado sentado em um bar. Ter a mãe em casa surtiu um efeito estranho sobre ele. Estava começando a agir como um heterossexual; talvez até como o pai.

Depois do segundo uísque, viu que não podia demorar mais. Arrastou-se para fora e caminhou lentamente para casa.

Encontrou Helen na cozinha, ocupada e, à primeira vista, bem contente, fatiando beringelas.

— Olá, querido — ela o cumprimentou e lhe deu um beijo na bochecha.

— Oi.

— Passou bem o dia? — ela perguntou.

— Tudo certo. E você?

— Também. Tudo ótimo.

— Ótimo?

— É. Bom, na verdade foi muito mais do que ótimo. Maravilhoso, para falar a verdade. Miraculoso, aliás. Eu conheci a Ella, e ela é a coisinha mais deliciosa, linda e maravilhosa em que me lembro de ter posto os olhos.

— Então você gostou dela.

— Ah, Paul. Ela é perfeita. Ela é tão perfeita...

— Elas deixaram você ver o bebê?

— Eu não apareci lá, simplesmente. Achei que esse tiro poderia sair pela culatra. Fiquei sentada perto do apartamento delas durante um tempo, e quando a Andrea saiu com a Ella, fiquei observando para ver aonde elas iam e puxei papo. Daí eu disse a ela quem era e dei alguns presentes, e ela ficou meio desconfiada no começo, mas na verdade acho que foi tudo muito bem.

— A Rebecca não estava lá?

— Não. A Andrea diz que é ela que não quer saber de mim.

— Então, o que vai acontecer?

— Era o que eu queria perguntar a você — Helen retrucou.

— Bom, agora já não está mais nas minhas mãos, não é mesmo? Se você já entrou em contato direto com elas.

— Não estou falando de mim. Eu vou dar um jeito de ver a Ella. A Andrea parece ser uma pessoa razoável. Tenho certeza de que vamos entrar em algum tipo de acordo.

— Então, do que você está falando?

Helen parou de fatiar e pousou a faca em cima da tábua de cortar. Virou-se de frente para Paul.

— De você — respondeu.

— O que tenho eu?

— Quero saber o que você vai fazer.

— A respeito do quê?

— A respeito de ser pai.

— Eu não sou pai. Já discutimos essa questão. Esse não foi o combinado.

— Paul! Eu não sou idiota. Por favor, não venha me falar de combinações quando estou tentando ser séria.

— O combinado é o combinado, e *é* sério. Foi o acordo que nós fizemos, e é assim que vai ser. Se eu fosse o tipo de homem que ia querer ficar lá todo dia trocando fralda, elas não iam me querer. Teriam procurado outro.

— Mas elas não procuraram outro. Elas procuraram você, e tiveram a sua filha. A Ella é sua filha.

— É filha delas.

— Você é o pai, goste ou não.

— Eu gosto, mas nós combinamos qual seria o meu papel, que é ficar longe, então é assim que vai ser.

— Quem combinou?

— Eu, a Andrea e a Rebecca.

— E a Ella?

— O que tem?

— Ela concordou com isso?

— Não seja idiota.

— Não estou sendo idiota. Estou falando muito sério. A Ella concordou com isso?

— Ela é um bebê!

— Exatamente, então ninguém perguntou a opinião dela.

— Agora você simplesmente está se fazendo de louca.

— Não estou dizendo que você devia perguntar a ela. Estou dizendo que você devia tentar imaginar como seria. Como será. Quando ela tiver idade suficiente para se preocupar e querer saber de onde veio, e quem cuidou dela, e quem se importou com ela; e daí, o que ela vai pensar? O que ela vai querer?

— Bom, aí a gente vai ver, não é mesmo? Quando chegar a hora.

— Daí já vai ser tarde demais.

— Não, não vai. Se ela quiser, pode me visitar.

— Vai ser tarde demais, Paul. Porque quando ela tiver idade suficiente para saber que deseja ter um pai, e para ficar imaginando se o pai a amou, e se não por que não, a essa altura a pergunta já vai estar respondida, não é mesmo? E se daqui a 15 anos você quiser dizer que não era seu papel mostrar interesse por ela, e que você estava ocupado demais para se dar ao trabalho, então vá em frente. Faça o que está fazendo agora. Mas se você quiser dizer que se preocupava com o que acontecia com ela, e que fez o melhor para lhe dar o que achava que ela poderia querer de você, então precisa começar a fazer agora, já.

— Mãe, ela tem duas mães. Se eu não confiasse nelas, e não soubesse que são amorosas e sinceras e estáveis e preocupadas, eu não teria feito isso. Sim, de certa maneira ela é minha filha, e eu não deixaria que uma filha minha fosse criada em um ambiente ruim, mas não acho que esteja deixando.

— Até onde me diz respeito, ela pode ter dez mães e toda a atenção do mundo, mas ela só vai ter um pai, que é você.

— Mãe, isto realmente não é da sua conta.

— É da minha conta. É absolutamente da minha conta, porque você e ela são tudo o que restou da minha família, e eu vou, sim, fazer o máximo possível para me assegurar de que você não vai negligenciá-la.

— Ela não está sendo negligenciada, mãe. Ela é extremamente bem cuidada.

— Pare de passar a responsabilidade para os outros, Paul. Isso aqui tem a ver com você. Tem a ver com você e com a sua filha.

— Mas... não foi esse o combinado.

— Certo. Então é isso.

— O que foi?

— Estou indo embora.

— O quê?

— Estou indo embora. Não quero mais escutar essa palavra. Para mim, já basta. Vou para casa. — Helen desamarrou o avental de qualquer jeito e jogou no chão.

— Mãe, não faça assim — Paul disse, mas ela já estava subindo a escada. Ele foi atrás dela, com os pés pesados, cansado. — Mãe, não faça cena.

— Não estou fazendo cena. Só vou para casa. Para mim, já chega.

— O que você quer que eu diga?

Sem ouvir o que Paul estava dizendo, Helen entrou no quarto e começou a jogar as roupas e os sapatos de qualquer jeito dentro de uma mala.

— Você quer que eu implore para você ficar? — ele perguntou, da porta. — É por isso que está se comportando assim? Só vai se sentir importante se eu implorar para você ficar?

— Pode implorar o quanto quiser, eu não vou ficar.

— Não vou implorar!

— Que bom, assim a gente economiza um tempo.

— Isso é ridículo. Se você não quer que eu fale sobre o combinado, eu não vou falar sobre o combinado.

— Já falou mais duas vezes. Eu disse que não queria ouvir essa palavra.

Helen passou por ele aos esbarrões e bateu a mala com firmeza no joelho dele, desceu a escada pisando firme, até chegar à porta.

— Então vá! Ótimo! — ele foi dizendo atrás dela.

— Eu vou sim, e faça o favor de não gritar.

— É VOCÊ QUEM ESTÁ GRITANDO!

— Não estou gritando, Paul. Acho que você vai descobrir que eu não ergui a voz nem uma vez durante todo o tempo que passei aqui, apesar das suas provocações.

— Mesmo que não esteja gritando, você está aborrecida. É você quem está ficando irritada, e isso é ridículo, porque eu não fiz nada — Paul disse e desceu a escada para se juntar à mãe no hall de entrada, esfregando o joelho pelo caminho.

— Exatamente. Você chegou ao cerne da questão. Estou irritada, sim. E estou irritada porque você não fez nada. Tem uma menininha que precisa de você, e você não fez nada.

— Mãe...

— Não vou discutir. Eu já falei o que tinha para falar, e nada que você diga vai me fazer mudar de ideia. Então eu vou andando, e não quero mais escutar as suas desculpas, só quero que você reflita a respeito do que eu disse e se lembre de que Ella vai viver pelo resto da sua vida, se Deus quiser, e um dia você vai ter que olhar para ela nos olhos e prestar contas do que fez. Ou do que não fez. Tchau. Obrigada por me receber.

Ela deu um beijo na bochecha dele, saiu de casa e fechou a porta atrás de si. Paul caminhou até a janela da sala e observou a silhueta dela se afastando pela rua. Se não tivessem estado juntos um minuto antes, ele talvez não a tivesse reconhecido. A mãe com quem ele crescera não caminhava assim. A mãe dele nunca tinha andado assim tão rápido, com tanta leveza e determinação. Aquela era uma mulher que ele não conhecia.

Um ano depois

Tudo que o fez feliz

O casamento de Daniel e Erin foi fora do comum, não só por ter acontecido na roda gigante London Eye, mas também porque o padrinho foi o filho de três meses deles, Joseph. Enquanto a enorme roda subia a partir do Tâmisa, erguendo-se por sobre a cidade, o juiz de paz fez um breve discurso que ninguém escutou. As pessoas ou estavam olhando para Daniel e Erin, que olhavam um para o outro, ou para a extensa paisagem de telhados que lentamente ia aparecendo abaixo, brilhando ao sol da primavera.

Daniel usava um terno que tinha custado vinte vezes mais do que qualquer outra peça de roupa que ele jamais comprara. Erin o convencera a experimentar "só por diversão", mas daí, quando ele se olhou no espelho e percebeu pela primeira vez na vida que era capaz de se vestir com elegância sem ficar com cara de garçom, se gastasse uma quantia suficiente de dinheiro, ele cerrou os dentes e entregou o cartão de crédito. Erin usava um vestido vintage verde de Ossie Clark, que tinha sido objeto de uma guerra brutal e frenética de lances no eBay, da qual Erin emergira firme e triunfante. Parecia bem simples, mas desempenhava a façanha surpreendente e sutil de esconder e acentuar, disfarçando os efeitos pós-gravidez e aproveitando ao máximo os seios inchados de leite, assim fazendo com que ela se transformasse em uma versão melhorada de seu auge físico. Quando ela vestiu a roupa e se olhou no espelho, começou a acreditar, pela primeira vez desde o parto, que algum dia voltaria a ser ela mesma. Não se sentiria uma baleia para sempre.

A cabine de vidro em que a cerimônia se deu só continha parentes, com um pequeno número de amigos convidados apertados na cabine seguinte, com as mãos no vidro e acenando sempre que cruzavam o olhar de alguém pelo espaço vazio estreito que os separava no céu de Londres. Aquela não era uma cerimônia solene.

Gillian ficou preocupada que a coisa toda se parecesse demais com uma piada, mas agora que estava acontecendo, ela se sentiu satisfeita. Até feliz. Não, estava em êxtase. Ela só tinha tido permissão para convidar duas pessoas, e tinha escolhido, claro, Carol e Helen. Em uma manobra tramada por Gillian, mas nunca discutida com Daniel, as duas foram acompanhadas dos filhos em vez dos maridos. Gillian achou que fosse apropriado, não pelo fato de ainda existir alguma amizade entre os três garotos, mas porque, de algum modo, esse casamento parecia o ápice de uma empreitada conjunta executada pelos seis.

Daniel tinha ficado estupefato de ver Matt e Paul entrando na recepção antes do casamento com as mães (apesar de nada que Gillian fizesse conseguisse ser inteiramente chocante) e teria ficado aborrecido se não estivesse flutuando dentro de uma bolha de euforia matrimonial impenetrável, e se não estivesse se sentindo estranhamente contente por ver os dois.

Fazia mais de dez anos que ele não via Paul, e desde que ficara sabendo, por meio de Gillian, sobre a situação da filha criada pelas lésbicas, estava com vontade de encontrá-lo para saber como estava indo a experiência. Um sorriso de curiosidade mórbida apareceu em seus lábios quando ele se aproximou de Paul e apertou a mão dele.

Paul parecia igual ao que sempre fora, e continuava gay como sempre, com a mesma reserva distante, mas com um ar mais calmo e mais feliz do que jamais transparecera no passado. Depois de falar sobre amenidades tempo suficiente para não parecer intrometido, Daniel perguntou com que frequência ele via a filha.

— Toda semana — Paul respondeu.

— É mesmo?

— É, eu não achei que a veria, mas... sabe como é...

— O que é? Conte tudo — Daniel pediu. Tinha ouvido da mãe relatos extensos a respeito da luta intermitente de Helen para manter contato com Ella, mas apreendera pouca informação confiável a respeito de Paul.

— É só que... depois que eu comecei, não deu mais para parar. No início foi complicado, mas devagar nós fizemos um arranjo que deixou todo mundo feliz. Acho que nós todos descobrimos que... que a ideia de um bebê é muito diferente da realidade. Parece idiota, mas...

— Não é idiota — Daniel respondeu. — A gente acha que vai ser um bebê e não... uma pessoa. Quer dizer, não de cara. Na verdade, talvez seja *mesmo* idiota, mas eu também senti.

— E eles aprendem um monte de coisas o tempo todo — Paul prosseguiu, de repente todo animado. — Absorvem tudo, e mudam toda semana, mas uma coisa que não aprendem é a personalidade. Isso é o mais impressionante. Parece que está tudo lá desde o início, e a única coisa que você faz como pai é... descobrir devagar o que é.

— Você acha?

— Você vai ver. O Joseph vai ser uma pessoa completamente diferente daqui a um ano, mas também vai ser exatamente a mesma coisa.

— Que ideia esquisita.

— Eu nunca pensei que seria tão interessante — Paul disse e sua boca se curvou em uma sugestão de sorriso, tocada por algum pensamento privado sobre a filha: uma lembrança, talvez, ou simples ansiedade pelo próximo encontro.

Quando Daniel foi arrastado para cumprimentar outro convidado, virou-se para Paul e lhe disse, com um apertão no braço para enfatizar, que era ótimo vê-lo mais uma vez, e era maravilhoso vê-lo tão feliz. Paul corou e, quando Daniel insistiu para que não perdessem contato de novo, ele lhe entregou um cartão com seu endereço de e-mail. Daniel guardou no bolso do paletó e, sorrindo ao se virar para o outro lado, deu dois tapinhas de leve no bolso.

Gillian estava no meio de uma explicação rebuscadíssima a respeito da troca de filho por marido que as duas amigas tinham feito, envolvendo uma doença e um convite perdido, enquanto Daniel tentava interromper para dizer a ela que não se incomodava, quando Matt o pegou por trás e o ergueu no ar.

— Uaaaaaaaaaaaau! — Matt exclamou. — Mas que homem!

— Sai fora — Daniel disse, desvencilhando-se dele.

— Que terno bacana — Matt observou e se voltou para Gillian. — Só precisa de um casamento, e ele finalmente começa a se vestir como adulto.

— Olá, Matt — Gillian disse. — Que simpático da sua parte se oferecer no último instante.

Matt olhou para ela sem entender nada.

— Para vir no lugar do seu pai — ela prosseguiu, visivelmente implorando a Matt, com o queixo duro e os olhos esbugalhados, que desse cobertura à sua mentira.

— Estou sempre pronto para agradar — Matt respondeu e se inclinou para a frente para lhe dar beijos nas bochechas. — Você deve estar tão orgulhosa — ele prosseguiu. — Depois de todos esses anos, eu achei que ele não tinha bala na agulha.

— Não tinha bala na agulha?

— Ele está falando do Joseph — Daniel explicou. Ele estava começando a imaginar quanto tempo mais essa conversa seria capaz de progredir antes que nem a mãe nem o amigo entendessem uma palavra do que o outro dizia. — Quer conhecê-lo?

— Hum... tudo bem — Matt respondeu, com relutância mal disfarçada.

Gillian observou quando Daniel conduziu Matt até Erin, pegou o bebê dos braços dela e colocou no abraço rígido de Matt.

Enquanto Matt pegava Joseph e dizia “Ele não vai vomitar nas minhas roupas, vai?”, Gillian se virou e avistou Carol parada sozinha na ponta da sala, observando o filho com o bebê do amigo nos braços. O rosto de Carol estava contido e rígido, paralisado com uma expressão que Gillian sentiu ser uma mistura de inveja e arrependimento.

Um ano depois da semana passada com os filhos, apenas a vida de Carol permaneceu inalterada. Ao passo que tanto Gillian quanto Helen tinham se tornado avós ativas e, pela primeira vez em anos, mães ativas, Matt continuava no mesmo emprego, morava no mesmo apartamento e continuava tão sem comunicação e evasivo em relação à mãe como sempre fora. Até onde Carol sabia, não existira nenhuma namorada que tivesse durado o bastante para merecer menção. Quando as coisas não deram certo com Julia, aparentemente Matt retomara seus velhos hábitos sem pestanejar.

Carol tinha desvelado no filho um desejo de mudar, mas parecia que faltava a ele a força de vontade para tomar alguma atitude em relação a isso. A pressão exercida por ela, no decurso da semana que passaram juntos, tinha forçado Matt a reconhecer que existia um certo grau de insatisfação com a vida que ele levava, e a desejar algo menos superficial; mas, em última instância, a vida dele parecia oferecer uma aproximação suficiente do que o deixava feliz, a ponto de ele não tomar a iniciativa de provocar qualquer mudança.

Sua intrusão tinha causado uma ondulação na superfície da vida do filho, nada mais. Ele desejava mudar, mas também desejava permanecer do mesmo jeito e, para quase todo mundo, essa última opção era um impulso mais poderoso.

A semana com o filho não tinha sido perda de tempo. Ela pelo menos tinha descoberto um pouco mais sobre ele. Eles tinham retomado o relacionamento, ainda que por um curto período, e isso valera a pena. Mas ela não tinha vontade de ir lá outra vez. Agora já sabia tudo o que desejava saber.

No ápice da rotação da London Eye, telefones foram trocados; nesse ponto, o Tâmisa já tinha se transformado em uma fita prateada brilhando lá embaixo, esgueirando-se através da ampla paisagem de tijolo e concreto, de labuta humana. À medida que iam subindo no ar, a frivolidade da ocasião foi lentamente se esvaindo e uma onda de emoção emanou de Daniel e Erin e tomou conta de todos os convidados. Aquilo não era piada nenhuma, por mais apressado e casual que tivesse sido o planejamento do evento, por mais extravagante que fosse a locação. Poucas coisas na vida eram mais profundas ou mais sérias do que aquilo.

Foi Daniel que chorou primeiro, quando a aliança fina de platina foi colocada em seu dedo. A voz de Erin falhou no meio dos votos, mas ela manteve o controle enquanto Daniel fazia a aliança deslizar até seu lugar. Eles se beijaram imediatamente, seu primeiro beijo de casados, profundo e cheio de ternura, sem dúvida o primeiro de milhares. Daniel sentiu uma lágrima escorrer da bochecha de Erin até os seus lábios. Então o som abafado da comemoração da cabine vizinha penetrou o vidro, e eles se viraram para ver os amigos acenando como loucos, jogando beijos e os saudando com taças de champanhe. Daniel e Erin sopraram um beijo conjunto e exibiram as mãos já com as alianças, despertando mais uma onda de vivas, acompanhada pela explosão de rolhas de champanhe.

— O que eu costumo dizer a esta altura — disse o juiz de paz — é: "Agora pode beijar a noiva."

Entre ondas de risos, Daniel e Erin se beijaram de novo, os dedos dela se enterraram no pescoço e no cabelo dele com ternura. Sem se largar, eles foram na direção de Gillian, que lhes entregou o padrinho. Quando Joseph entrou no abraço deles, Daniel por um instante sentiu que o mundo além de sua mulher e de seu filho tinha se esvaído e se transformado em nada. Aquilo, naquele momento, naquele lugar, era tudo de que ele precisaria na vida. Aquele era o auge da felicidade. Percebeu a sensação tomar conta de seu corpo, enterrando-se em seu coração, uma onda de regozijo puro para sempre marcada na paisagem de seu ser.

Mal passado um minuto depois do casamento, Joseph começou a urrar em uma reclamação ruidosa e faminta, exigindo bravamente a mãe de volta. Erin se sentou e o colocou no peito. Ele mamou com os olhos bem abertos, quase sem piscar, olhando para ela com algo que era mais do que amor, fome, necessidade ou confiança; um olhar que parecia aludir a outro tipo de apetite, como se a mãe tivesse as respostas para tudo, como se, só de olhar para ela, o universo todo lhe pudesse ser revelado.

A roda-gigante continuou a girar, carregando todos lentamente de volta ao chão.

Agradecimentos

Obrigado a Felicity Rubinstein, Alexandra Pringle, Mike Jones, Leah Schmidt, Susannah Godman, Jane Finigan, Emily Sweet, Richard Sved, Kate Webb, John e Sue Sutcliffe e também a Saul Venit e Caroline Bourne. E obrigado, acima de tudo, mais do que sou capaz de exprimir, a Maggie O'Farrell.

Nota sobre o autor

William Sutcliffe é autor de quatro romances, *New Boy*, *Are You Experienced?*, *The Love Hexagon* e *Bad Influence* (publicado no Brasil como *Má influência*), traduzidos em vinte idiomas.

Este livro foi composto na tipologia Electra LH,
em corpo 11/14,9, e impresso em papel off-white 80g/m²
pelo Sistema Cameron da Distribuidora Record
de Serviços de Imprensa S. A.